Hanif Kureishi

THE BLACK ALBUM

黑色唱片

[英] 哈尼夫·库雷西 著　　曹元勇 译

上海文艺出版社

Shanghai Literature & Art Publishing House

1995 年英国 Faber and Faber Limited 第一版

据 Faber and Faber Limited 2003 年版译出

目 录

一天傍晚,沙希德①·哈桑从走廊上的公用卫生间出来,顺手用套成圈的绳子把门挂好,然后站在一盏光线昏暗的电灯下面扣着裤扣。就在这时,他隔壁房间的门开了,从中走出一个提公文包的男子。此人身材瘦小,穿开领衬衫和棕色皮鞋,套在外面的西装不是淡黄褐色的,或者说没有什么颜色可言——反正不是那种特色鲜明的西服。

沙希德颇感意外。学院在伦敦西北面的吉尔本给他分配了一个房间,兼做卧室和起居室。房间所在的楼房紧邻着一家中国餐馆;在这幢六层楼房里,大多数房间都有人住,非洲人、爱尔兰人、巴基斯坦人,甚至还有一帮英国学生。这些形形色色的房客听音

---

① 沙希德,一般用作男性伊斯兰教信徒的教名;在阿拉伯语中,意思是"证人"、"受难者"。——本书所有注释均为译者所加,下同

乐，吸大麻，就连黑咕隆咚的走廊里也弥散着廉价剃须水和醉醺醺色鬼的难闻气味；这些气味和别的气息混杂在一起，把墙上的壁纸熏得像古代的卷轴画一样往下翻卷。每时每刻，尤其是到了夜间，这些房客操着五花八门的语言争吵不休，有的家伙责骂他们养的狗，有的夸赞他们养的鸟，也有的练习吹奏小号。但在此刻以前，沙希德从未听到隔壁房间有过什么动静。因为断定隔壁房间一直没人租赁，他经常肆无忌惮地弄出各种噪音，现在他倒真的是颇为尴尬了。

走廊上的灯熄灭了。每个楼层的电灯都是自动开关；你人尚未走到要去的地方，灯就会自动熄灭，即使你走得再快也没用。在昏暗中，这个男子冲着沙希德眨眨眼，似乎要拦住他的去路。沙希德正要说抱歉，他这位邻居却用乌尔都语①讲了一句话。沙希德应了一声；于是这个男子像是验证了一个想法，又向前跨了一步，伸出手，自我介绍他是里亚兹·艾尔-侯赛因。

沙希德对里亚兹产生的第一印象是他已经有四十来岁了；但是当这个肤色灰黄、略显秃顶的男子一开口说话，沙希德才发现他的年纪至少还得再老十岁，而且举止刻板，眼神虚弱，像个书呆子。

不过，此人文质彬彬的神态肯定是伪装的。他身上肯定有某种令人敬而远之的东西，因为，就在他们客气地互相攀谈、确认双方都在当地的那所学院读书的同时，此人却一直专注地审视沙希德，仿佛他已看穿沙希德的心思。这让沙希德一方面觉得很开心，因为终于有人注意他了，但另一方面也让他产生了一丝自己暴露

---

① 乌尔都语，巴基斯坦的官方语言，在印度也有人使用。

于人的感触和不安。

此人下了决心，"咱们走吧。"

"去哪里？"

他把手搭在沙希德的胳膊上，"来吧。"

沙希德欣然由里亚兹领着——但他也说不上是为什么——走下两层楼梯，穿过停放着很多自行车和成堆没人领取的邮件的大厅，到了外面的街上。里亚兹吸了吸空气，回转身，语气和蔼地吩咐沙希德最好去带件外套和围巾，如果有的话。仿佛他们要去进行一趟长途旅行。

等到沙希德把自己包裹得严严实实后，他们就步行出发了。路上，里亚兹对沙希德说话的样子，就好像他已经好久没有如此喜欢过某个人，或是好久没有如此了解某个人。

"你吃过了吗？每当思考问题或写东西的时候，我总是几个小时都不知道吃东西，等到忽然想起来时，已经饿极了。你也这样吗？"

沙希德颇感温暖；自从进了这家学院，几个星期以来，他几乎还未受到过别人的热情对待，自己也未曾向什么人露出过友好的笑脸。他回答说："最近几天，美味的印度菜让我想念得直流口水，可是我不知道该到哪里去吃。"

"你当然会想念那些菜。你是我的老乡啊。"

"嗯……也不完全是。"

"哈，没错，你就是。此前我一直都在观察你。"

"是吗？我都在干什么呢？"

里亚兹没有回答，而是只管径直向前快行。为了跟上里亚兹,又不能撞到那些麇集在酒馆外面的爱尔兰人,沙希德不得不时不时地从人行道上跳开。对这条路,他正变得越来越熟悉;迄止目前,他对伦敦的认知主要就是来自这条路。白天,这一带以二手货商店和成排待售的破旧家具闻名遐迩。可怜巴巴的物主坐在扶手椅上,面前摆着潮湿的、漆面绽裂的桌子,俯身在四十年代流行的、带流苏饰边的灯罩底下,读着赛马小报。污渍斑斑的床垫像沙包一样堆叠在他们身边,床垫的塑料外罩上面散布着一些凹坑。

里亚兹显得对周围的生活景象毫无兴趣。沙希德揣测,他是不是正在思索什么哲学问题,或者,他说不定是在赶赴某个约会,只是需要有个伙伴与他同行。

在来伦敦之前,沙希德曾经坐在肯特郡①的乡下,想象着这个城市该是怎样的粗野和混乱。他哥哥齐力为了让他在心理上有所准备,把《穷街陋巷》和《出租车司机》②借给他。但是这两部跌宕起伏的电影并未使他可以平静面对这里随处可见的贫困现象。刚到这里的那天,他见过一个穷苦的、脚上只穿着塑料拖鞋的妇人;那个妇人拽着三个小孩穿越大街,到街对面,她脱下鞋子,照着小孩们的胳膊就是一顿抽打。

另外,他还怀疑附近是不是有家收容所在不久前关闭了,因为无论白天晚上,大马路上总是有许多疯子、暴露癖和胡言乱语的家

---

① 肯特郡位于英格兰东南角,伦敦东南方。
② 《穷街陋巷》(Mean Street)和《出租车司机》(Taxi Driver),美籍意大利裔导演马丁·斯科塞斯于1973年和1976年拍摄的两部电影,由他指导的著名电影还有《愤怒的公牛》《基督最后的诱惑》《纽约黑帮》等。

伙冲着天空鬼叫。有个剃光头的男人整天攥着拳头站在一户人家的门口,不住劲儿地嘟嘟囔囔。无家可归的年轻人像握手雷一样握着啤酒罐;沙希德最初以为他们是一些学生,但后来看见他们席地睡在门洞里,身上还往外渗着汁液,仿佛狗曾往他们身上撒过尿似的。还有一个女孩,整天在建筑工地和有废料桶的地方捡拾生火用的木柴。

尽管这样,从餐馆敞开的门口飘出来的印度菜、中国菜、意大利菜以及希腊菜等各式各样不同的菜香味,倒是让沙希德觉得很愉快;当他扛着行李,满怀希冀和期待地第一次从这一带路过时,那些菜香就让他有这种感觉。不过,在那些餐馆中间夹着许多已经倒闭、门面用木板封起来的店铺。其中有些店铺,被改装成了便宜货商店或慈善商店。沙希德一度以为伦敦人特别慷慨大方,直到他的巴基斯坦裔房东呵呵笑着告诉他,这些店铺之所以这样,是因为破产,而非因为美德。

里亚兹再次开口说话时,没有看着沙希德,只是说:"你当然是在刻苦用功啊。咱们这些来这儿求学的都是这样。不过,你同样也是在为某种严肃的目标而努力。"

"我吗?"

"我对你的诚挚精神丝毫都不怀疑。"

沙希德并不打算对里亚兹的看法提出质疑。让他觉得惊讶的是里亚兹这种评价所包含的亲密意味。或许,他有这种感觉是因为他最近接触的大多都是含蓄矜持的英国人。

"是的,我已经下决心要在学校刻苦学习,因为我——"

"这家餐馆特别棒。菜很简单。一般人都在这儿就餐。"

"我会记住的。"沙希德说。

"绝对会。"

在一家加勒比海假发中心和一家罗马尼亚餐馆——肮脏的网式窗帘后面,摆放着几排浅白色的椅子和没有台布的桌子——中间,开着一家印度小餐馆。沙希德跟着他的新伙伴走了进去。

"你肯定会觉得如同到了家里一样。"

餐馆里摆着五张胶合板餐桌和一些固定式圆背单人座椅,亮着明晃晃的白炽灯,十足像警察局的牢房。就这样一个地方,里亚兹凭什么认为他会觉得像到了家里一样呢?

盛着菜肴的长方形钢盘摆在玻璃柜里,钢盘上贴着标签,标明是"茄子"或别的菜。一个架子上放着两台微波炉,用来热菜。墙上挂着一只镂刻着《古兰经》经文的铜盘。有一个男孩正坐在桌前做着家庭作业,沙希德猜想他是老板的儿子。

里亚兹大概是感觉到自己对待新朋友的态度有点强势,便在沙希德看菜样的时候,用非常温和的口气说:"就算你已经吃过,或许你愿意陪着我坐一会儿。或者,老让你这样陪着,是不是让你心烦啊?"

"一点都不。"

"你知道,我刚才说的不只是指你的大学学业。你是有追求的。"

"我也不太清楚,"沙希德沉思地说,"不过,你也许说得没错。"

沙希德坐下来,里亚兹则到玻璃柜那边去点菜。店老板因为嚼过槟榔,牙齿红赤赤的。他用长柄勺把饭菜盛到塑料餐盘里,放进微波炉。沙希德听见里亚兹向店老板打听他的另外一个儿子,法哈特。

接着,血牙齿要他的小儿子停下作业,把饭菜端给顾客。

"你哥呢?"里亚兹低声问小男孩,同时坐下来。

小男孩朝父亲那边瞥了一眼,像是要确定他有没有在听,"哈特在学习。楼上。今晚不准出门。老爸很气。"

里亚兹微微点了下头,"告诉他我明天与他见面。"

"好的。"

这番让人摸不着头脑的举动过后,里亚兹和沙希德便用几乎被烫坏的手指撕开恰巴提烤饼①,放进扁豆羹和油腻的青豆羊肉汤里。沙希德抬起头,看见里亚兹吃东西的样子——他从未见过有人吃东西会吃得这么快,简直像是给机器加油。他心想,这可真是太走运了!迄今为止,他一直渴望在智力上受到考验,在其他所有方面也是一样;然而他每天所做的只有读书、写信、听讲座和四处闲逛。他去过电影院,买过最便宜的戏票,有天晚上还去参加了一场社会主义者的政治聚会。他去过皮卡迪利大街②,在环形街口爱神雕像下面的台阶上坐了一个小时,期望能结识个把女人。莱斯特广场③和科文特加登④一带,他也逛过;他还进过一家色情酒吧;在那家酒吧,有个女人在他旁边坐了十分钟,还有个男人想为一瓶汽水向他索要 100 英镑,并且在他离开的时候打了他一拳。

---

① 恰巴提,一种印式烤饼。
② 皮卡迪利大街,伦敦一条有名的繁华大街,环形街口有一座小爱神雕像。
③ 莱斯特广场,位于伦敦西区,是伦敦戏院区的中心,东面是查令十字街,向南约 300 米是著名的特拉法加广场。
④ 科文特加登,伦敦中心区的一个地方,在唐人街附近,有著名的皇家歌剧院,还有各式各样的街头艺术表演。

他从来没有那么强烈地想变成一个隐形的人；不管怎么说，"真实的"伦敦不该是这样的。

"你知道吗？"里亚兹嘴里塞满食物，"辣椒的原产地是南美洲，辣椒这个词出自阿兹特克语，中世纪的时候才传到了印度。"

"我对这个一无所知。不过我哥哥叫齐力^①。跟他挺般配的。"

"何以见得？"

"确实很般配。告诉我，里亚兹，你读什么专业？"

"法律。很久以来，在我住的那个地方有很多贫穷的、没有受过教育的人向我求助，我给他们提供一些普通的法律方面的建议。作为一个还算有见识的业余顾问，我竭尽全力去帮助他们。眼下，我正在进行正规化的学习。"

"你是什么地方的人？"

"拉合尔^②，祖籍。"

"祖籍是个相当重大的问题啊。"沙希德说。

"是最为重大的问题。你认同这一点，对吧？我十四岁那年被带到了这个国家。"

沙希德获知，里亚兹曾经住在利兹^③附近的一个穆斯林社区，"跟那里的人们一起生活和工作，告诉他们拥有什么权利。"里亚兹说话时明显夹带着两个地方的口音，这正好说明为什么他的声音

---

① 辣椒的英语是"Chilli"；下文中，沙希德哥哥齐力的原文是"Chili"，与辣椒的英文只有一个字母之差。
② 拉合尔，巴基斯坦东北部城市。
③ 利兹，英格兰北部约克郡的一座城市。

听上去像是作家 J. B. 普里斯特里①和巴基斯坦总统齐亚·艾·哈克②两人声音的混合体。不过,他英语说得一丝不苟,而且不用俚语。沙希德可以感觉到,他那抑扬顿挫的语调犹如悬在空中的网格。

沙希德联想到自己的叔叔阿塞夫,巴基斯坦的一个记者(曾经因为写文章反对哈克的伊斯兰化政策而被哈克关进监牢)。阿塞夫总爱断言说,如今能够讲地道英语的只有生活在次大陆的人了。"他们把英语教给了我们,但是只有我们知道该怎么使用这种语言。"

以前每到冬天,沙希德和齐力都会待在阿塞夫叔叔家。沙希德记得,阿塞夫叔叔躺在庭院中芒果树下面的吊床上,议论着该去参加哪个舞会。那时候,阿塞夫叔叔总爱用他那些讥嘲的言论逗两个侄子开心。他会说,现在,巴基斯坦人在英国不得不样样事情都干,赢得运动比赛啦,播放新闻啦,开商店做生意啦,还有搞女人。"你们的国家已经变成外国佬的天下喽!"他硬说这是"棕色人种的负担"。

沙希德的哥哥齐力在十八九岁的时候就已接受了这种观点;那时,他还没有与艳光四射的苏尔玛成亲,他们俩的婚礼录像比电影《教父》上下集加在一起还要长,在整个卡拉奇③成了人们必看

---

① J. B. 普里斯特里(1894—1984),英国著名作家,主要作品有《好伙伴》《危险街角》等。
② 齐亚·艾·哈克(1942—1988),1978—1988 年任巴基斯坦总统。
③ 卡拉奇,巴基斯坦最大的城市和港口,濒临阿拉伯海。

的影像,甚至在白沙瓦①也不例外。每当夜里在爱情上又取得了一场胜利,齐力会在吃早餐的时候神气十足地走进厨房,说:"如今咱们在这儿不得不样样都干啊! 这是咱们的负担——不过我一个人就能对付得了!"

此刻,沙希德告诫自己千万不要提及自己的私事。不过,里亚兹也不再主动谈他自己了;沙希德想,里亚兹是不是有什么特别的事情要找他。他怀疑里亚兹是想找他帮什么忙。但他排除了这些怀疑;他决定不要当一个封闭的人。

于是,几分钟之后,沙希德就向里亚兹说起自己的父母和哥哥是开旅行社的。二十五年前,他的父母都在一家小旅行社工作,母亲干的是秘书,父亲是职员。现在,虽然老爸最近才过世,但一家人在肯特郡的塞文欧克斯②经营着两个分社。

里亚兹听着,随后问道:"他们刚来这里的时候有没有迷失了自己?"

"迷失了自己?"

"这正是我所问的。"

这个问题很奇怪。不过说到底,沙希德来读大学、拉开自己和家人的距离、思考他们的生活以及他们为何移民到英国,不都是因为这一点吗?

"你可能是对的。事情或许就是那样。我家人的工作一直是把人们送到世界各地去旅游。可是他们自己,除了每年回一趟卡

---

① 白沙瓦,巴基斯坦西北邻近阿富汗边境的城市。
② 塞文欧克斯,或译七橡镇,在肯特郡西部,距离伦敦不远。

拉奇,从来不到任何别的地方。他们除了工作,别的什么都不能做。我哥哥齐力的态度是比较……散漫。不过,他是又一个时代的人。"

"他是那种浪子型的人吗?"

"浪子?"听到这个触动记忆的词,沙希德差点说不出话来,"你有什么权力说这种话啊?"

一瞬间,表面冷静执着的里亚兹内心里也勃发出了激动,他拍了一下桌子,说:"什么权力?"

"是啊,什么权力?"沙希德说。

"我是说,这些人——我们的同胞——他们生活中到底都有什么?"

"至少,他们有安全感和目标。"

"那他们就是迷失了自己。"

"怎么迷失?"

"当然会迷失,如果那就是他们所拥有的一切。这并不难理解!"

沙希德看着自己被食物弄得像被香烟熏黄了的手指。里亚兹是想激怒他。他很后悔自己竟如此坦率。不过,对这种谈话方式,他还是喜欢的。他只会讲这么一件事。

"他们当然失去了一些东西,"他承认道,"比如说,他们无法热爱艺术。与此同时,他们还看不起自己的工作,嘲笑他们的顾客,讥讽那些人不是到外国的海滩上去蒸他们丑陋的身体,就是进卡拉 OK 酒吧。"

"没错,他们做得完全正确! 没有哪个巴基斯坦人会渴望到海边去当那种白痴——从来没有。但是,很快我们就会跟他们一样穿着比基尼到处晃悠了——你不这么看吗?"

"这正是我妈妈和齐力所期待的。期待着亚洲人开始参加包价旅行。"

"对不起,我能否问一下——我知道你不会介意——可我看得出,你的家人具有不同凡响的特质。"

"没错,我觉得是这样。"

"那么,他们怎么会让你到这样一所破旧的大学来读书呢?"

里亚兹显得很客气,神态中带着腼腆,而且完全没有那种一喝威士忌就爱大吹大擂的毛病,比如像沙希德的叔叔那样。然而,沙希德还是怀疑里亚兹是不是有一点强人所难,仿佛里亚兹是在为了某种不可告人的目的,想从他身上发现点什么。可究竟是什么目的呢?这个居然能问出这种问题的家伙到底是谁?

"是因为一个名叫迪迪·奥丝古的女人。你知道她吗?"

"哦,知道,她在这所大学有一定名气。"

"应该是这样。另外就是因为我的学习成绩不好。"

"你?"里亚兹关切地问,"可是为什么?"

"那时候,你知道,我心里装着一些别的事情。我的女朋友怀孕了。她——嗯——必须得——"

"必须得什么?"

"做晚期流产。非常丢人的一件事。"他担心里亚兹听了这件事会把他看扁,或许这是因为他自己都觉得这件事很难堪;另外也是因为他最后撇下女友,自己逃走了。里亚兹真的叹了口气。沙希德继续说:"在那件事之后,我父母就强迫我帮着他们干活。"

"你也很敬重他们吧?"

"也不完全是那样。因为,在应该送顾客去伊维萨岛①的时候,我却坐在办公室里读马尔科姆·X②的自传、玛雅·安吉洛③的书和《黑人之魂》④。我读过关于印度反抗英国殖民暴动的书,读过关于印巴分治的书,还有关于蒙巴顿⑤的书。一天早上,我躺在床上开始读《午夜的孩子》⑥。你有没有读过这本书?"

"我觉得这本书关于孟买的描写非常准确。但是最近这次,作者写得太过分了⑦。"

"是吗?刚开始,我发现《午夜的孩子》这本书很难理解。它的叙述节奏不是西方式的。它的每一个部分都推进得很仓促。后来,我看到作者在电视里抨击种族主义,向观众解释种族主义是怎么产生的。我跟你说,我真的想喝彩。但是这让我感觉更为糟糕,因为我终于认清了一件事。我心里的感觉开始变得非常可怕。情况就是这样,里亚兹——"

---

① 伊维萨岛,属西班牙,位于地中海西部。

② 马尔科姆·X,原名马尔科姆·利特尔(1925—1965),美国非裔伊斯兰教教士,美国民权运动中的重要人物,与马丁·路德·金齐名。

③ 玛雅·安吉洛(1928—2014),美国黑人女作家、诗人、剧作家、演员,主要作品有《我知道笼中鸟为什么歌唱》等。

④ 《黑人之魂》(Souls of Black Folk),是一部美国文学经典,初版于 1903 年;作者是美国历史上的著名民权活动家、社会学家、作家 W. E. B. 杜波依斯,他的著作还有《费城黑人》等。

⑤ 蒙巴顿(1900—1979),维多利亚女王的曾孙,担任过英国海军大元帅、最后一任印度总督等职。

⑥ 《午夜的孩子》(Midnight's Children),印裔英国作家萨尔曼·拉什迪的主要作品,曾获得 1981 年布克文学奖。

⑦ 里亚兹的这句话是指拉什迪 1989 年出版、在伊斯兰世界引起轩然大波的长篇小说《撒旦诗篇》。

"其他事情全都毫无价值。"

"是啊,"沙希德的心跳变得急促起来,"我觉得自己都快要发疯了。"

"怎么说?"

"里亚兹,我——"

就在这时,一名男子急匆匆地冲进了餐馆,速度之快让沙希德禁不住想,如果有警察在后面追的话,这个家伙没准还会从餐馆的后门蹿出去。但是这个家伙却刹住脚步,气喘吁吁地站在他们跟前。此人还没有张口说话,里亚兹就打了个权威性手势,让他别吭声。此人立刻听从里亚兹的指示,坐了下来,但仍在气喘不止。

里亚兹看着沙希德,说:"接着说。"

"我开始感到——"

"嗯,感到什么?"

"——在这个国家,我越来越不像一个正常人,反而变成了一个怪胎。我一直被踢来踢去,被穷追不舍,你明白的。这种状态让我变得极其敏感。我一直都在想,我肯定是缺少某种东西。"

此刻,眼前这两个男人使沙希德颇为尴尬,没法保持专心。坐在旁边的这位,他还毫无了解,却在听他讲自己埋藏最深的感受;而对面的这位,则期待着了解所有事情。

"无论我走到哪里,我都是唯一一个深肤色的人。这让别人怎么看我呢? 我开始害怕走进一些场所。我不知道人们是怎么想我的。我确信他们心里充满了讥嘲、厌恶和敌视。如果他们对我表现得友好一点,我就会觉得他们全是伪君子。我越来越偏执多疑。我都没法到外面去了。我知道自己心里充满了困惑,而且——精神也不够正常。可是我不知道究竟该怎么办。"

沙希德转向刚来的那位,此人听得十分专注,仿佛在按照一定的节拍点着头,手指则好像就要舞动起来似的。

"我听得见你的灵魂每时每刻都在喊叫,"此人说道,"管我叫查德吧。"

"沙希德。"

"他是我的邻居。"里亚兹向查德解释说。

他们两个握了握手。查德是个高嗓门,脸型宽大,身材魁梧,看上去像一个试图变成大人的青春期男孩,表现出一副欲望勃发的样子。

"还有更糟的事儿呢。"沙希德觉得口干舌燥,手也开始了抖颤。他想端起他的水杯,却把水洒在了餐桌上。"我想我没法说下去了。不过,也许我应该说出来。"

"你一定要说出来。"里亚兹说。

"对的。"查德说。

他们向沙希德倾过身来,也不管袖子沾到了桌子上的水。

沙希德说:"我渴望成为一个种族主义者。"

查德的严肃表情变得实在是极其严肃。他向里亚兹瞧了一眼,然后起身走到柜台那边,去拿他要吃的东西。沙希德等着他回来。里亚兹则仿佛在轻声哼着什么曲调。

沙希德浑身直哆嗦,"我的脑子里甚至闪过杀死黑鬼的幻想。"

"咱们在这儿讨论的是什么事情呢?"查德问。

"什么事情?关于随处侮辱巴基斯坦佬、黑鬼、中国佬、爱尔兰人、各式各样外国人渣啊。只要一看见这些家伙,我就会低声咒骂他们。我还想踹他们的屁股。任何跟亚裔姑娘睡觉的念头,都让我觉得恶心。我现在跟你们说的绝对是肺腑之言——"

"敞开心扉。"查德轻声说,对自己点的饭菜却动也没动。

"即便是她们主动投怀送抱,我也无法忍受。我觉得,你知道,对于亚裔姑娘,只要你冲着她眨眨眼,她就会想嫁给你。我绝不去碰棕肤色的肉体,除非拿着烙铁折磨她们。我憎恶所有的外国杂种。"

里亚兹轻声叫道:"啊,怎么会这样呢?"

"我心里斗争过……为什么我就不能像别人一样做一个种族主义者? 为什么我就得放弃这种特权? 为什么非得只有我去做好人? 为什么我就低人一等,不能四处游荡去欺凌别人? 我已经开始变成其中的一员。我正在变成一个怪物。"

"你并不想成为一个种族主义者,"查德说道,"此时此地我要肯定地告诉你。而且我要让你知道,现在没事了。"

查德看了看里亚兹;里亚兹富有同情心地侧着脑袋,肯定地说现在真的没事了。

"不要把它看成是非常个人的问题。"查德用手指了指自己和里亚兹,"因为我们两个都知道是怎么回事。我们也根本不觉得你是那种有种族偏见的人。"

"我是个种族主义者。"

查德拍了一下桌子,"我已经说了,你只不过是个接收器。"

"我一直想加入英国民族党①。"

---

① 英国民族党,成立于 1982 年,是一个以不列颠本土白人为主的极端党派,它反对英国开放式移民政策。

"真的?"

"要是他们有入党表格——我早就填了。"沙希德转向里亚兹,"怎么样才能申请加入那种组织呢?"

"大哥会知道吗?"查德的脾气上来了。他问的是正在检查公文包的里亚兹,而里亚兹肯定地点了点头。

查德竭力保持着耐心,继续说道:"听着。在所有的历史中,这是一个种族歧视横行的最为漫长、最为艰辛的世纪。你怎么可能不沾染这种扭曲的思想情绪呢? 在所有的白种人身上都存在着那么一点希特勒的影子——他们也传染了你。一直以来,他们全都是这样对待咱们的。"

"只有那些净化自己的人才能避开这种传染。"里亚兹说道。

他站起身,朝门口走去。

"大哥需要新鲜空气,"查德说,"咱们都需要。呸!"

查德和沙希德跟随着里亚兹,回到宿舍楼。沙希德心里忐忑不已,担心自己过于打扰了这两个新伙伴,致使他们不愿意跟他交朋友。他喜欢查德。这家伙浑身上下洋溢着欢笑——肩膀、腹部、胸腔;而且,他的双手像扇子似的抖个不停,仿佛有人在他肚子里启动了一台马达。不过,查德竭力克制着这种泛滥全身的欢笑,尽管不是那么容易做到;他好像为自己总有这么多乐事而觉得难为情。

在里亚兹的房门外面,沙希德怀着含蓄的敬重之情,不安地握住里亚兹的手。"我很高兴今天晚上遇见你。"

"谢谢,"里亚兹说,"我也受益匪浅。"

"再见。"

"咱们不说再见。"

"抱歉?"

"我们很高兴有你跟我们在一起。"里亚兹对沙希德微微一笑,仿佛沙希德已经通过了某种考察。

第二章

片刻之后，沙希德刚打开自己房间的门锁，却发现查德就站在他身后，准备乘机跟进去。

"进来吧。"沙希德纯属多余地说道。

查德顺手关上身后的房门，紧挨着沙希德站住。他压低声音，问道："他咋样？"

"不错啊。"沙希德说。他明白查德指的是里亚兹，并且猜想可怜的里亚兹说不定可能患有什么疾病。里亚兹的气色看上去很明显不是容光焕发的。"要喝点什么？"

"过会儿喝点水吧。说实话，你住在他的隔壁，真是太幸运了。你是说对你而言他好像还不错吧？"

"为什么不呢？"

查德打量着沙希德的脸，好像他觉得沙希德了解里亚兹的秘密似的。"太好了，太好了，"查德如释重负地说，"最近几天我一直没在他身边,因为在他心里有一些特殊的计划需要完成。我知道,他很快就会让我先睹为快——因为那些计划快要完成了。他是不是工作得太辛苦了?"

"他每时每刻都在工作。"沙希德肯定地说。

"有好多事情需要去做啊。"

"绝对是。"随着胆气增加,沙希德打算问一个问题。"你确切知道他在干什么吗?"

"什么?"

"我的意思是说……是不是某种非同寻常的事情?"

"呃,他是不会说的,沙希德。"

"明白,明白。可是——"

"没错,是某种非同寻常的事情。也有惯常要做的事情——给国会议员、内政部和移民局写信,给报纸写文章。他还想向商务部门募款,准备办一份报纸。他甚至跟伊朗人也有交道。他不喜欢谈论这些事情。反正,你明白……"

沙希德注意到查德的眼神颇为伤感,仿佛曾经遭受过某种很深的创伤。

"你在小餐馆说的那番话——对我触动极深。"他和沙希德碰了碰手,"说得太好了。说那种话的男人就像一头狮子。你是一头狮子。"查德拉开房门,说:"咱们去吧。"

"去哪儿?"

"来吧。"

沙希德跟着查德,就像他之前跟着里亚兹那样。

在沙希德原来以为没人住的隔壁门前,查德有节奏地敲了几下房门。听到里面有人应了一声,他们走了进去。

里亚兹背对房门坐在堆满东西的书桌前,就着一盏台灯正在工作,方向正好看得见对面的游戏大厅。

查德把手指举到唇边,"嘘⋯⋯"

看到里亚兹如此专注工作的样子,沙希德的敬佩之情油然而生。他总是把一个人的学识、研究、对知识的渴望与善心联系起来。

这个房间比沙希德住的那间要大一些,墙上的壁纸也一样是翻卷的。不过,这个房间显得极其凌乱,乱七八糟地堆满了书、报告、档案和信件。它们有的堆放在地板上,有的从柜橱里散落出来,有的则好像黏在了窗台上,可能是被芒果酸辣酱或勒克瑙①泡菜粘住了。有一些看上去一碰就会碎的文档,沙希德相信上面黏着的是印度面包片、干掉的恰巴提,其中还有放了很久的薄煎饼;那些文档上面还挂着蜘蛛网丝。

楼上有人正在播放唐娜·桑玛②的一张专辑;男人们拉着长调的尖叫声,听得一清二楚。沙希德有点想笑,但马上凭直觉知道他的新朋友谁也不会觉得这有什么好笑。沙希德怀疑里亚兹是不是知道他们居住的这幢宿舍楼里,除了其他一些人,还住着几个男同性恋。沙希德楼上就住着一个毒瘾很深的"小皇后",那个家伙老是在打扫走廊,只要有人经过,他都会说:"你可以在这块油毡上吃早餐哦。"

---

① 勒克瑙,印度北方邦的一座城市。
② 唐娜·桑玛(1948—),美国一位擅长黑人灵歌及迪斯科风格演唱的超级女歌王。

在里亚兹身后,查德开始把一堆摞得摇摇欲坠的文件移到另一堆上面。一把椅子上凌乱不堪地堆放着一些厚重的书,他朝那些书脊认真看了一眼,然后把那些书搬到地板上一个不方便走动的地方;他只能踮着脚尖往那个地方倒退着走,却被书绊倒了。随后,查德把一些文件塞到沙希德怀里;因为受到查德做事精神的感染,沙希德想把那些文件移到窗台上,但也只是随手帮帮忙而已。

有个书架倾倒下来,一排阿拉伯语的书籍散落在地板上;查德从那些书下面拽出一块洗碗用的丝瓜棉、几件衬衫、两件内裤和许多只黄啦吧唧的袜子。他把那些脏衣服拎了一会儿,仿佛在想把它们放到复印机上可能最为妥当。但他把那些东西塞给了沙希德。接着,他撕开一只塑料袋,沙希德则把那些待洗的衣物塞了进去。

"最好有人能把它们拿到自助洗衣店去洗洗。"

"的确是。"沙希德吸了吸鼻子。

查德用探询的眼神瞧着他,说:"自助洗衣店通宵开放。"

"真是座了不起的大都市。"

"对年轻人来说诱惑很多。"

"哦,没错!"沙希德同意道,"感谢主。"

"不过自助洗衣店倒是非常实用。"

"实用极了。"

从查德的表情,沙希德明白查德想让他把里亚兹的脏衣服拿到自助洗衣店去!太过分了!他刚想拒绝,却又迟疑了。如果拒绝,不是显得缺乏教养吗?沙希德一直想认识一些有趣的亚裔朋友。如今事情终于有些眉目了,为什么自己却开始变得心高气傲了呢？难道他希望总是独自一人消磨每个夜晚？

离开房间时，沙希德发现查德在偷笑。就连他自己扛着那包脏衣服走在街上时，也禁不住兴致勃勃地哼起了歌。

时间已经很晚，自助洗衣店里空无一人。他把那堆臭衣服塞进洗衣机，将硬币投入银色收银器，按下洗衣机开关，然后就走到外面的街上。

他离开大马路，朝着一大片黑咕隆咚的住宅区走去。因为在小餐馆做的那番告白让他精神上如释重负、颇为振奋，他走得非常快，根本不在意身在何处。他发觉自己正走下一段阶梯，穿越一座地下停车场。那是一座肮脏不堪的停车场，除了一些没有完全烧透的垃圾，空荡荡的没有一辆车，而且随时都可能跳出一个手持刀子的歹徒。不过，他丝毫没觉得害怕。即便是城市里的鬼魅黑影也比乡下的暗淡日光好得多。

他摊开夹克，在一盏昏暗的电灯下面坐了下来。凡是引起他兴趣的事情，他都会记下来；仿佛只要做了记录，就可以跟残酷的现实拉开了距离，如同拥有了护身符一样。

爸爸一直都是病歪歪的。最后，九个月前，他因为心脏病发作去世了。没有了爸爸，这个家像是要散架了。沙希德狠下心离开了自己的女友；苏尔玛和齐力老是争争吵吵；妈妈一直闷闷不乐，没有生活目标。那段日子真是不堪回首。所以，沙希德渴望到一个新的地方，认识一些新朋友，开始新的生活。这座城市，感觉上似乎挺适合他；在这里，他不会遭受排斥，他也一定会找到属于自己的生活方式。

他收起笔，返回洗衣店。洗衣机里的衣服全都不见了，就连那个塑料袋也踪影全无。他冲到其他几台洗衣机跟前,但是全都没有里亚兹那些色彩模糊的衣物。他冲到外面的街上,也看不到任何可疑的人影。

眼前的大街上,能够找到的只有脚下的碎玻璃;一个黑人小孩骑着自行车冲过人行道,然后丢下车子,跑进一家汉堡店;有个汉子低头望着垃圾桶,同时把半块馅饼塞进嘴里;还有一个女人在一扇窗户后面尖声喊叫:"滚蛋,骚货,否则我就修理你!"有两个人头脚相抵,躺在被雨水打湿的门洞里,身上盖着一大叠报纸和纸板;空苹果酒瓶竖在他们的脑袋旁边,俨然玩九柱戏用的柱子。沿街空无一人的汉堡店、烤肉屋以及门窗紧闭的店铺,他意识到它们都在嘲笑他,就像嘲笑其他面对这些却无可逃离的人一样。

沙希德对着洗衣机拳打脚踢,可是那些机器根本不怕任何敲打。因为害怕回到里亚兹的房间,他在冷飕飕的街上来来回回跺着脚。他实在不想去描述这个充斥着小偷、人渣和百分之百骚货的城区。

里亚兹仍然保持着先前的坐姿,精神还是那么专注,丝毫没有理会查德正在用鸡毛掸子拂拭他的墨水瓶。房间里一幅宁静、惬意的后半夜景象。他们还会允许沙希德待在这儿吗?他想解释整个事情的经过,可是必须等到查德不在里亚兹身边时才行。

"查德,太糟糕了,可这不是我的错。我——我——呃——把那些衣服弄丢了。"

"什么?"

"你忘了你让我拿去洗的那些衣服啦?"

"里亚兹的衣服?"

"都被人偷掉了。"

查德朝里亚兹那边看了看,见他还在专注地写东西,便小声问:"你把大哥的衣物弄丢了?"

"恐怕是这样。"

"真不敢相信你会搞出这种事儿。"

"查德,听着,你快点告诉我,你知道他对自己的衣着并不是特别自豪。是这样吧?"

"确实不自豪,无需多说。"

"不,不,我说的不是这个意思,只是——"

"那你是啥意思?"

沙希德浑身发颤,抑制着要哽咽的冲动。"真的很抱歉。"

"说这有啥用?"

"我犯了大错。"

有人在房门上轻轻拍了一下。

查德冲着里亚兹扬了扬头,"你没有守在大哥那些衣服旁边?"

"我没有想到有人会偷一堆——"

查德瞪着他,向门口走去。

沙希德继续说:"查德,我没有守着。我愿意学,可我匆匆闯到了伦敦,这座城市大得吓人,所有的事情都捉摸不定啊!到处都是疯子,可很多人看上去又挺正常!查德——他会原谅我吗?"

"这得看情况。你的意思是想让我帮你搞定这件事儿?"

"行吗?"

"我得想想我能做什么。不过,事情实在是严重啊。"

"我知道,我知道。"

"稍等一下。"查德说。

一个理平头、留着大黑胡子的汉子站在门前,手里拎着一只绿色提包。里亚兹转过身来,向他致意;他则站在原地,一边打招呼,一边解开长外套的扣子,露出屠夫穿的血迹斑斑的工作服。

"是你需要这些工具吗?"那个汉子问道。

"对啊。"

那个汉子把叮当作响的提包递给查德。查德往里面瞧了瞧,伸手进去,拿出一把屠刀,试了试刀锋。

"很棒。非常感谢,齐亚。等我们用完了,会还你的。"

那个汉子点点头,向沙希德躬身致意后,就离开了。查德把提包推到一把椅子下面,又重新提起刚才的事情。

"就是说你随便乱丢东西啦?"

"是被人偷了,查德!"

查德思索了一会儿,"外面的世界充斥着败德的事情。现在最要紧的是,咱们得在大哥需要换衣服之前有所作为。"

"这会有多少时间?"

"谁知道? 可能是五个礼拜,也可能是五分钟。他或许会马上跳起来,准备穿那些衣服。"沙希德心想,总不至于只有五分钟吧。"你宿舍里都有什么?"

"床,书桌,一摞王子①的唱片,还有很多书。"

---

① 王子(1958—2016),二十世纪八十年代之后在世界流行乐坛涌现出的非常少有的多才多艺明星之一

查德露出很有兴趣的样子,"你是说王子?"

"是啊。"

"让我去瞧瞧。"

"干吗?"

"我最好确认一下。"

"为啥?"

"要想让我救你,首先就不要问那么多问题。快点让开。这件事情十万火急!"

查德大步流星地走进沙希德的房间,开始翻看沙希德摆在地板上、装着王子唱片的那个纸板箱。他真的是心无旁骛,可这跟里亚兹的衣服被偷肯定没有关系吧?

"怎么回事——你也有王子之类的唱片?"

"我?"查德果断有力地摇摇头,合上纸板箱,"流行音乐对我没有好处。对任何人都没有好处。你为什么让我现在想这种事情?"

"我有吗?"

"现在事情看来真的很严重。嗯,让我来看看你有没有那张《黑色唱片》吧。"他再次兴味十足地往箱子里瞧了瞧,"很多人都没有。嗨,你居然也有这张盗版 CD 啊!"他讥嘲地补了一句,"你从哪儿搞来的?"

"卡姆登市场①。"

"没错。那儿有很多盗版货。"

---

① 卡姆登市场,伦敦卡姆登镇有名的跳蚤市场,也是很有名的朋克摇滚文化传播地。

"想听听吗?"

"永远都不想!"

查德丢开王子的唱片,站起身,仔细打量房间里的其他东西。

在家的时候,沙希德喜欢从图书馆借回一些美术书,翻开放在自己的房间里;这样,当他刮胡须或是在房间里唉声叹气地踱来踱去时,就可以瞧瞧伦勃朗、毕加索或维米尔的某幅画,并试着理解其中的意蕴。

而现在这个房间,在一大片棕黄色、有雪花点的壁纸上,他贴满了自己最喜欢的明信片。其中有很多是马蒂斯的作品——他窃以为:马蒂斯是那种没人能对他吹毛求疵的艺术家。用蓝色图钉钉在壁纸墙上的有:利奥塔①的"玛丽·古宁画像";彼得·布莱克②的《威尼斯海滩》,画中有他本人;大卫·霍克尼③和霍华德·霍普金④的作品;几张毕加索的画;米莱斯⑤的那幅非常奇特的作品《伊莎贝拉》;一张照片,是艾伦·金斯堡、威廉·巴勒斯、让·热内以及躺在床上的简·伯金⑥的合影;以及许多别的明信片。这些全都是沙希德从家中他的房间里撕下来,带到伦敦来的。

查德说:"嗬,你这儿有好多书啊。"

---

① 利奥塔(1702—1789),十八世纪瑞士著名画家;《着土耳其装的考文垂伯爵夫人玛丽·古宁》是他作于 1749 年的一幅著名肖像画。
② 彼得·布莱克(1932—2001),英国"波普艺术之父",现代流行艺术的代表人物。
③ 大卫·霍克尼(1932—),生于英国,1961 年移居美国,是当今国际画坛最具影响力的大师之一。
④ 霍华德·霍普金(1932—),是英国著名的画家、版画家,被公认为当今英国艺术界最重要的人物之一。
⑤ 约翰·埃弗里特米莱斯(1829—1896),英国著名画家与插图画家,前拉斐尔派的创始人之一。
⑥ 简·伯金(1946—),生于英国,二十岁时移居法国,成为著名女歌星和演员。

"是啊，不过家里的更多。"

"都是从哪儿弄的？"

沙希德解释说，他有个愤世嫉俗的叔叔阿塞夫，回巴基斯坦去了，把书都留在了他家。他从中挑了一些带到这里，诸如乔德[①]、拉斯基[②]、波普尔[③]的著作，研究弗洛伊德的书，还有莫泊桑、亨利·米勒以及一些俄国作家的作品。他几乎每天都去图书馆；漫无目的地浏览书籍，时而停下来听听流行音乐，这是他最大的乐趣。对他来说，书就像跳板，他读了一本又一本，既是因为乐趣，也是因为担心哪天会碰到知识比他丰富的人。

沙希德说："我现在主要是喜欢读长篇小说和短篇故事。通常情况下，我会同时读五本书。"

"为什么要读这些书？"

"为什么？"

"是啊。为了什么呢？"

查德看上去不太友好。这可不是客观的询问而已。这种敌意让沙希德实在是摸不着头脑，迷惑不已，弄得他把里亚兹的衣服被偷那件事都忘记了。以前，他可从来没想过有人会问他这种问题，当然更没有料想到如此提问的会是查德。不过，他满怀热情地到这里读大学，正是为了探索此类问题——小说存在的意义和目的，

---

① 乔德（1891—1953），英国哲学家，以通过广播传媒推广哲学而出名。
② 拉斯基（1863—1950），英籍犹太人，二十世纪英国著名的政治哲学家，费边社会主义思想代表人物。
③ 波普尔（1902—1994），生于维也纳犹太人家庭，后移居英国，二十世纪最著名的哲学家之一。

比如说，小说在社会生活中的地位。

他激动地看了看摞在桌子上的书。只要翻开一本书，他就会心绪飞扬，仿佛迷失在了书的世界里：很久、很久以前啦，芝麻开门啦，斯万与奥黛特①、列文与吉蒂②、甚至还有谢赫拉扎德与国王山鲁亚尔③的婚姻啦。那些奇妙无比、却永远鲜活的人物，诸如拉斯科尔尼科夫④、约瑟夫·K⑤、妓女羊脂球、阿里巴巴，他们都是作者用墨水创造出来的，却全都陷入了人生中最为深奥的窘境。如果要回答查德的问题，他该从何处谈起呢？

他开口道："一直以来我都喜欢看故事。"

查德打断他的话，说："你几岁了——八岁吗？难道不是有很多严肃的事情需要去做吗？"查德指了指窗户，"在外面——有种族灭绝、强奸、谋杀、镇压。这个世界的历史就是——杀戮。而你却像老奶奶似的，读故事。"

"你说的就好像我在给自己注射海洛因似的。"

"比喻得好。非常妙。"

"但作家们不是也在解释种族灭绝和诸如此类的事情吗？小说就像是图像化的人生。最近我正在读陀思妥耶夫斯基的小说，《魔鬼》——"

"你是没法说动我的。想过那些生活没有着落的人吗？嗯？

---

① 斯万与奥黛特，普鲁斯特长篇小说《追忆似水年华》中的人物。
② 列文与吉蒂，托尔斯泰长篇小说《安娜·卡列尼娜》中的两个重要人物。
③ 谢赫拉扎德与国王山鲁亚尔，阿拉伯文学经典《一千零一夜》中的人物。
④ 拉斯科尔尼科夫，陀思妥耶夫斯基名作《罪与罚》中的主人公。
⑤ 约瑟夫·K，卡夫卡的名作《审判》中的主人公。

去到外面的大街上问问那些行人，他们最近都读了些什么？说不定是《太阳报》，或者《每日快讯》。"

"是啊。有时候，我看见一些人，就想抓住他们，跟他们说：快读读莫泊桑或福克纳写的这个短篇小说吧，绝对不能错过的作品啊，杰出人物的手笔，胜过看电视哪！'"

"的确，西方人自以为他们很文明、有教养、比其他人种优越，而他们百分之九十的人所读的书，让你拿来擦屁股你都嫌脏。但是沙希德，不久前我刚学到一些东西。"

"什么？"

"对生命来说，有比自娱自乐更要紧的事情。"

"文学也不只是娱乐而已啊！"察觉自己过于激动，沙希德竭力想控制一下情绪。他拿起一本书，哗啦哗啦翻了一遍，然后若无其事地说："书看上去很难读，其实不然。"

听到这种屈尊俯就的语气，查德一下子变得面红耳赤。"是啊——知识分子就是这样，把自己弄得高高在上，比普通人优越！"

"可是查德，知识分子确实比普通人想得多，不是吗？这肯定是好事儿啊！"

沙希德竭力想表现得态度温和，却似乎把气氛弄得更僵。

"好事儿？知识分子知道什么是好事儿吗？"沙希德的天真想法让查德大为光火，但他马上装出一副平静的样子，"兄弟，你有很多东西需要学习啊。现在咱们别再浪费时间讨论这些无聊的问题啦。咱们还有好多正经事儿需要处理。今晚你算是犯了一个严重错误。"

"我真的很抱歉，查德。"

"甭再道歉了，免得让我头疼。"查德搓了搓额头，"说不定咱们有补救办法呢。"

"怎么补救？"

查德走到小柜橱那边，猛然拉开一只抽屉，拎起沙希德的内裤和牛仔裤，俨然是在思考要不要买这些东西似的。他把这些东西放到床上，然后用力打开衣橱，因为用力太猛烈，衣橱门上的铰链都被扯断了。他把衣橱门丢在地上，仿佛那是一个火柴盒似的。他朝衣橱里面快速而又挑剔地看了看，然后随手从衣橱底下扯出一个袋子，开始往袋子里塞沙希德的衣服，包括沙希德纯棉的大红色袜子，一件绿色的弗莱德·派瑞①衬衫和几件意大利白色 T 恤，那些 T 恤曾经是齐力的。

"你在干什么？"

"把这些衣服给里亚兹大哥。"

"可是查德——"

"又怎么了？"

"你能确定这些衣物适合他穿吗？"

"你觉得不合适吗？"

"我觉得他不太适合穿弗莱德·派瑞牌子的衣服。"

"是吗？"

"让我把它放回去吧。再说这个紫色的，说不定会让他看上去有些女里女气。"

"啥？"

---

① 弗莱德·派瑞，始创于 1909 年的经典英国服装品牌。

"像同性恋。瞧。"

"对,对,"查德把衬衫抽了出来,"我们还有别的办法吗？难道你想让大哥因为你的愚蠢行为,赤身裸体走到大街上,感染上肺炎?"

"不是的,"沙希德哀叫道,他想在查德尚未把他的衣橱洗劫一空之前,尽可能留下一件齐力穿过的 T 恤衫,"我可不希望这样。"

"嘿,你是从哪里弄到这种红色保罗·史密斯衬衫的?"

"保罗·史密斯。他们在布莱顿有一家分店。"

"里亚兹一定会热血沸腾的,"查德说,同时把那件衬衫贴在胸前比了比,"他穿单色衣服最显得帅气。"

"哦,挺好的。"

"那就助我们一臂之力吧。你跟我们是站在一起的,是不是?"

"是的,"沙希德回答道,"是的。"

第三章

第二天早上,沙希德准备去上迪迪·奥斯古的课——他最渴望听的就是她的课——走过里亚兹的门前时,他把耳朵贴在房门上。像平常一样,他什么动静都没听到。头天晚上发生的那些非同寻常的事情——向陌生人倾吐自己的灵魂,衣服被偷走和赤身裸体导致肺炎的危险,肉店老板带着大砍刀来访,关于文学的争论和大红色的袜子——也许都只是幻想。也说不定里亚兹已经去了清真寺。

沙希德就读的学院是一幢窄小的维多利亚风格的建筑,从前曾经是一所中学,走路二十分钟就能到。这个学院百分之六十的学生是黑人和亚裔,图书室不起什么作用,校园里没有任何运动设施。在学术领域,这个学院几乎没有任何声望可言;它很有名的倒是帮派斗争、吸毒、偷窃和政治暴力。据说,这个学院的校友联谊会是在旺兹沃斯监狱①里举行的。

在清晨的人流中,沙希德觉得自从入学以来,自己从未这么精神振奋过。他推开旋转式栅门,走过两个偶尔会搜查学生是否携带武器的保安,进了昏暗的地下室小卖部,要了咖啡。他和两个同班女同学共进了早餐,其中一个是穿着宽松沙瓦裤②和绿色牛仔夹克的亚裔女生;她的朋友是一个黑人姑娘,穿着布袋式的白色吊带牛仔裤、软底运动鞋,戴着圆圆的金丝边眼镜。

他迫不及待地要见到迪迪·奥斯古。

沙希德之所以认识迪迪·奥斯古,是因为布莱顿海滨区一家名叫"轰炸"的俱乐部。那是一个酷毙了的地方,伦敦的年轻人经常乘坐星期六的末班夜车直奔而去。他们通宵跳舞,凌晨时分在海滩上性交、作乐,然后在午餐时间拖着困乏的身体回到家里。那是沙希德第一次去那儿。跟女朋友断交之后,他想出去走走,重新开始;正好有天晚上一个朋友说可以开车载他到这个据说是最有活力的地方。

沙希德从来没听过节奏那么急促的音乐。电子合成乐音简直像电钻发出的声响。在场的每一个人都穿着自行车运动员穿的莱卡弹性纤维短裤,上身是印着黄色笑脸的白色 T 恤。大家怀着及时行乐的天真,相互拥抱、亲吻、抚摸。凌晨时分,沙希德跟一个伦敦来的黑小子聊了起来,那小子认为有个教过他的女老师非常了

---

① 旺兹沃斯监狱在伦敦西南部,据说是英国最大的监狱。
② 沙瓦裤,一种宽松式棉织长裤,为印度、巴基斯坦的传统服装。

不起。

沙希德意识到该是主动出击的时候了,于是便到伦敦去登门造访她。敲过门后,刚一看到她,沙希德还以为她是学生呢,直到她做了自我介绍。她的办公室只有一间电话亭的三倍大小。在书桌的上方,钉着王子、麦当娜和王尔德的照片,下面有一句语录:"任何限制都是牢笼。"

迪迪询问了他在塞文欧克斯城的生活和他的阅读情况。尽管她提了一些有关作家赖特①、埃里森②、爱丽丝·沃克③和托尼·莫里森④的难以回答的问题,她还是希望他学得不错,沙希德能够感觉出这一点。

她注意到沙希德在看王子的照片,就问:"你喜欢王子?"

他点点头。

"为什么?"

他懒懒地说:"呃,音质。"

"还有呢?"

领悟到这不只是闲聊,而是面试的一部分,他便绞尽脑汁想说出有意义的话,但是数月以来,他几乎没有跟任何人动脑筋讲过话。迪迪便开始诱导他:"他半黑半白,半男半女,半阴半阳,既阴柔又阳刚。他的作品既涵盖又延伸了美国黑人音乐的历史,从小

---

① 理查·赖特(1908—1960),美国著名黑人作家,代表作有《土生子》。
② 拉夫尔·埃里森(1914—1994),美国著名黑人作家,代表作有《看不见的人》。
③ 爱丽丝·沃克(1944—),美国著名黑人女作家,代表作有《紫色》。
④ 托尼·莫里森(1931—),美国著名黑人女作家,1993 年度诺贝尔文学奖获得者,代表作有《所罗门之歌》《宠儿》《天堂》等。

理查德①、詹姆斯·布朗②、斯莱·斯通③、韩醉克斯④……"

"他才华横溢。他可以演奏黑人灵歌、疯克⑤、摇滚和说唱——"

他侃侃而谈,表现得一本正经,却没想到迪迪竟交叉起双腿,还用手捋了捋裙摆。在此之前,他一直很好地让自己的视线避开迪迪的胸部和双腿。可是对方这种意味深长的举止——在斗室之内变成了窸窸窣窣的情欲流动——如此撩人心弦,简直跟王子的现场演唱会一样煽情,致使沙希德禁不住走神,幻想出这样的情景:他或许可以录下迪迪双腿的摩擦声,再复制出来,加入节奏快速的背景音乐,然后用自己的耳机去聆听。

"你何不写一篇关于王子的文章?"

"当成课堂作业吗?"

沙希德想象不出还有什么事情更能让他喜欢做的了。

那天,他特别不想说再见,也不想搭乘地铁到维多利亚车站。从市区转到郊区,从郊区进入英格兰乡间,火车把他送回父亲已经

---

① 小理查德(1935—),摇滚世界的缔造者和大师之一;他不仅是二十世纪五十年代摇滚乐坛的主角,而且对六十年代的美国摇滚艺人起了最重要的刺激作用。

② 詹姆斯·布朗(1932—2006),美国灵魂乐的教父,R&B歌星、歌曲作者,同时是"疯克"音乐的缔造者,在饶舌、嘻哈、迪斯科等领域也独树一帜。

③ 斯莱·斯通(1944—),美国著名音乐人、歌曲作者;他的歌词辛辣老到,以种族公正和人权为主要内容;他组织的包括黑白两个人种、有男有女的"斯莱和斯通一家"是一支对二十世纪七十年代早期的"疯克音乐"做出巨大贡献的乐队。

④ 吉米·韩醉克斯(1942—1970),美国著名的吉他演奏家、歌手、作曲人,被公认为流行音乐史上最重要的电吉他演奏家。

⑤ 疯克,骤停打击乐,起源于二十世纪六十年代中期至晚期,是一种将灵魂乐、爵士乐和节奏蓝调融合成有节奏的、适合跳舞的音乐新形式,不再强调旋律与和声,而强调贝斯与鼓的强烈节奏律动。

不在的家中。家里的问题倒不在于父亲的过世让家里少了一个人,而是因为失去了他这个核心人物,这个家一下子陷入了极度混乱;特别是在齐力的太太苏尔玛搬回来住以后,沙希德成了她揶揄的对象,家里的情况变得更糟。不过,沙希德至少有一件事要做;好多年来,他一直只听王子的音乐。

然而,迪迪那种自由开放的教导方式还是让他感到困惑。迪迪和其他一些后现代的老师全都鼓励他们的学生:任何课题,只要你自己感兴趣,都可以研究;从麦当娜的发型到皮夹克的历史,都可以。这真的算是学习吗?抑或只是用最时兴的语言包装出来的娱乐行为?好学校的学生是不是为了在生活中取得优势而用功学习呢?难道这个学校就跟那些青年俱乐部似的,只是为了不让坏孩子们跑到社会上去招惹麻烦?

他搞不明白。但是,他终究会离开家,去读书、写作、寻找聪明智慧的人士讨论问题。说不定,连迪迪·奥斯古本人都会有时间跟他交流探讨呢。他读过那么多书,这让迪迪挺高兴。在老家,他曾经还有几个学生朋友;但是在刚过去的三年中,他对他们中的大多数都已失去了交往的兴趣;其中有几个灰心丧志的家伙,也让他变得瞧不起了。这些家伙几乎全都没有工作。他们的父母——一般都是一些爱国热情很高、对英国国旗引以为傲的人——对自己民族的文化一无所知。他们当中甚至很少有几个家里拥有图书——即便有几本,也不是买来读的书,而只是一些园艺指南、地图册、读者文摘之类的东西。

那个夏天缓慢地过去了。八月,他就开始收拾行李,准备去上大学了;他天天期盼着自己已经待在了学校。

"大家注意听。"

今天早上，迪迪看上去特别泼辣和有点恶搞。沙希德匆匆忙忙坐到他常坐的位子上——就在前排的当中；他把这个座位称为"贵宾席"。坐在这里，迪迪的任何一个动作都不会逃过他的眼睛。

其他学生在"中层包厢"、"顶层包厢"坐定后，迪迪开始播放录音带。沙希德认得出那是哪一张录音带。很早以前，齐力就把韩醉克斯的《星条旗之歌》送给了沙希德，因为他自己更喜欢乔治·克林顿①。有两个学生用手指堵住了耳朵；而萨迪克——一个很酷的亚裔男孩，沙希德曾经跟他聊过——则把眼珠子转来转去。一时之间，连他们的老师也露出了困惑不解的神色。沙希德本来就早已超过了他们。还有哪个老师会在一大早通过播放韩醉克斯的音乐来开始上课呢？

"这代表什么呢？"她提问道。

沙希德快速举起手。他真是按捺不住啊。

"好，沙希德？"

"美国。"

"的确，是美国。咱们今天的话题。"

沙希德松了口气，她没有对他的回答露出失望的表情。没有任何讲课笔记，同时像是对班上的同学进行一对一的讲解，她描述了猫王生活的时代。那时，黑人甚至不准在自己国家的首都华盛顿特区看一场电影；那个国家有一半的地方规定异族通婚是非法的；1955年，15岁的艾默特·提尔因为朝一个白人女子吹口哨，被

---

① 乔治·克林顿(1941—　)，美国著名歌星、歌曲作者、乐队指挥。

人用私刑处死。在提到马丁·路德·金、马尔科姆①、克里弗②、戴维斯③等人权斗士时,她激动得连声调都变了。

沙希德听得心潮起伏,同时不停地匆匆做着笔记。这段栩栩如生的人权斗争史,他活到这么大,怎么竟然一无所知呢? 他们是怎么掩藏这段历史的? 还有哪些人被他们蒙蔽了?

这堂课结束的时候,迪迪播放了马文·盖伊的《怎么啦?》④。

沙希德希望,在接下来的整个上午和下午,甚至还有整个周末,都能听到她说话;于是他提了一个问题,跟着提出一种假设,紧接着又是一个质疑,并问了一个实实在在的问题。他原本可以一直提问下去,可是班上粗俗无礼的同学们躁动不安起来,他们全都急不可耐地盼着下课去吃油炸薯片呢。

沙希德第一个站起来,准备到图书室去做笔记。他刚刚走出教室——那是一座位于学校后方、有点荒废的附属建筑物——就听见有人在轻声叫他的名字;于是,他转过身。迪迪就在他的后面,跟平常一样,书本、报纸和学生们的报告都快从她的臂弯里掉下去了。

"我喜欢你提的问题。"

"谢谢你,老师。"

---

① 马尔科姆(1925—1965),声望仅次于马丁·路德·金的黑人运动领袖。
② 埃尔德里奇·克里弗(1935—1998),美国黑人运动领袖,数度入狱;他鼓吹黑人权力,认为黑人一定要政治结盟,才能处在有利的地位与白人主导的社会斡旋。
③ 安杰拉·戴维斯(1944—),美国黑人运动领袖,致力反战和黑人运动。
④ 马文·盖伊(1939—1984),美国著名歌手、曲作者,对许多灵歌歌手都有巨大影响,是黑人流行音乐史上一位最受人敬重及喜爱的超级巨星。《怎么啦?》是他1971年发表的一张专辑,融合了他深藏的信念,探究了贫穷、社会歧视、毒品泛滥、政治腐败等问题。

她做出向后退缩的样子,"天啊,你可千万别这么叫我。"

他们走过校园的时候,沙希德得加快脚步才能跟上。他的两个同班女同学超过他们,其中一位对他嘘声叫道:"黑板监视器!"但乐观精神使他变得无所顾忌;对于诽谤,他丝毫也不害怕;他必须勇往直前,这就是他的生命! 他尽量用不带感情的口气问道:"你现在要做什么?"

"怎么,你是不是有什么主意啊?"

"去喝杯咖啡。"

迪迪看着他,"有何不可呢?"

他没想到要先问问她,是不是可以到学校外面去找个地方。所以,他们就在那家小卖部前面排队买了咖啡,非常不自然地在中间的位子坐下来。其他学生一直朝着他们这边张望。迪迪很受学生欢迎,但是一个学生和老师坐在一起,毕竟非同寻常。有些学生发出咯咯的笑声,有些则开始窃窃私语。

或许正是由于这个原因,迪迪和沙希德刚一开始并没有怎么交谈。她看上去有点矜持和不自在,仿佛她这会儿不明白他们两个坐在这里做什么似的。说不定她是在等着沙希德发牢骚,抱怨自己迄今为止还不适应这所学校呢。

他开口说道:"你喜欢你的学生吗?"

她一本正经地回答说:"我的信念是全心全意对待自己的学生——但前提必须是他们值得我这样去做。"

沙希德暗想,迪迪指的是不是他呢。肯定不是;因为迪迪继续说道,在很多时候,她总是想如同母亲一样地照顾他们,特别是照顾那些亚裔姑娘。有两个亚裔姑娘甚至已经搬到她那儿去住了。

"担子很重啊。"

"怎么说?"

她正待要解释,但却克制住了,还扮了个鬼脸。"咱们先不谈这件事儿吧。我想你早晚会注意到的。"

责任。重负。她统统担当起来,绝不畏缩。

她问沙希德在学校过得如何。沙希德说,他一直都很孤单,有时候都不知道该如何自处,特别是到了晚上。幸运的是,前几天他遇到几个人,让他颇感振奋。迪迪用拳头撑着脸颊,向他倾过身来。"呃,什么人让你感到振奋啊?什么样的人?女生还是男生?"

"只是几个新朋友。"

"哦。对不起。"

她的脸颊泛起红晕。

"没关系,"沙希德说,心里也感到有些不安,"最近你读到什么有趣的东西吗?"

"哦,有啊。"

她总是很专注,也非常喜欢谈论书,特别是女性作者写的书。另外,她的言谈举止中包含着某种桀骜不驯的锐气,仿佛她从来不觉得有必要在乎良好的礼仪;对她来说,总是有比礼仪更为重要的事情。沙希德怀疑,她也许一直都是嬉皮士——那些人全都非常罗曼蒂克,不是吗?从来都不在乎社会规范——因为她不光抽烟,还自我解嘲;而且她还会在忽然之间举起双臂,伸懒腰,打哈欠;她会显出超乎想象的疲惫之态;沙希德也会让她觉得厌烦。她身上的欲望强烈而混乱,有些东西很可能会让她失去控制;这所学校实在是太小了。沙希德揣测,迪迪渴望让他明白这一点,只是很难做到。因为她是老师,跟学生在一起,她必须时刻记住自己的身份,否则会很容易被人们误解;即便是跟学生谈论什么事情,很多时候也只能是暗示一下。

沙希德真想说,这是一个女人;而且所有的事情,他都想知道。别人——尽管全都不怎么样——就不会有这种压力。他觉得自己需要在这幢建筑附近走上一会儿,呼吸一点新鲜空气,记住自己的身份,等自己心神不太缭乱了,再来跟迪迪见面。然而,此刻他实在不想离开,不想做那个向对方说"再见"的人。

他说,听完她的课,他想到图书室里去待上一天。

迪迪收好她那一大堆东西,说:"我和你一起走。"

图书室也在地下室里,是一个长形房间,逼仄而且闷热,如同一艘潜水艇。那里的书桌被划得刀痕累累,大部分的书也被人偷走了。不过,很少有学生会到这里来,他可以一个人待在这儿,安心读书。

"你是个好学生,"迪迪笑着说,"不像这里的很多人。"

"那些学生为什么不好?"

"因为他们知道外面没有工作。他们也没有受到良好的教育,待在这里只是为了暂时避免让社会救济他们。我从未见过这么缺乏自信心的人。"

她看着沙希德,好像还要说些什么,但却转身走开了。

沙希德针对殖民主义和文学展开研读。他决心要写一篇大文章,行文中要布满引文,还要附上大量注解来增加文章的分量,论证也要机智成理;有了这样的文章,他就可以拿到迪迪的办公室去详加讨论了。

下午的时间过去了大半,沙希德觉得必须离开位子休息一下,刚刚萌生的启示和愤怒在他的脑海里交织成一团迷雾。因为一直非常专注,他惊讶地发现这所学校照常在运转,学生们照旧在这幢建筑物当中狭窄的盘旋楼梯上嬉闹说笑。

走过小卖部时,沙希德看见查德、里亚兹,还有萨迪克正跟一个学生坐在一起;他见过那个学生,但不知道他是谁。四个人的注意力都在一个中年白人男子身上,那个白人戴着金丝边眼镜,穿着一件人字呢休闲西装,还打着领带。

沙希德走过去,站在他们的桌子旁边。"有谁要咖啡吗?"

那个白人男子很想说话,但他的喉咙仿佛被什么东西哽住了。他不断发出一种很突兀的笑声,喉结像饮水机里的浮球一样忽上忽下。他的脸颊上沾着唾沫星子。沙希德怀疑他是不是患有轻微的痉挛症。

趁着大家不注意,沙希德快速弯下身,看了看桌子下面里亚兹的下半身。里亚兹穿着跟前几天一模一样的衣服和袜子。沙希德坐下来,竭力做出笑脸。但里亚兹却对他视而不见。要是里亚兹对衣服被窃这件事非常恼火,非但拒绝穿沙希德捐献出来的衣服,而且还要跟他一刀两断、不再来往,那该怎么办?沙希德颇感惶恐。他可不想因为那件愚蠢的事情,闹得失去这几个新朋友。难道事情已成定局?

他实在是说不清楚,因为这些朋友仍然被那个白人男子吸引着。那人受到大家的鼓舞,正在努力要张开口说话,同时还用力捶打自己的脑袋,仿佛是要修理脑部某根断掉的线路。随后,那人往桌子上猛然砸了一拳,跟每个人握了握手,迈着大步走开了;他一边阔步向小卖部外面走,一边还冲着其他那些嘻嘻傻笑的学生挥手。

"我真是替他难过。"里亚兹说道。

"认识安德鲁·布朗罗博士吗,沙希德?"那个不晓得叫什么名字的学生问道,"顺便说一句,我叫哈特。"

"疯小子哈特儿。"查德说。

"咱们一起去的那家餐馆就是他爸爸开的。"里亚兹解释道。

"嗨,哈特,"沙希德招呼道,"饭菜很可口。"

"随时都愿效劳。很抱歉那天晚上没在餐厅碰见你。我听说你有很多可以讲的事儿。"

"是啊。"沙希德说。

"讲出来就好了。"

"没错,"查德用呵护的语气说,"这孩子没有问题。"

哈特有一副柔和的嗓音,脸庞长得像年轻女子一样光润。沙希德记得有一次在课堂上看见哈特双肘搁在书桌上,一手支着头,急促地写着东西。当时,他还注意到哈特显得非常热情和友好,而且常常在不恰当的时候发出咯咯的笑声。

"我想我曾在附近看见过安德鲁博士,"沙希德说,"不过,我不知道他是谁。"

"他在这所学校教历史,二三十年前他可是在剑桥大学——"

"他当年是最拔尖的学生。"查德插话道。

"没错,我就是要跟你讲这个,"哈特说道,"他出身于中上层阶级家庭。本来他可以有很好的工作。哈佛打算聘请他。也可能是耶鲁吧,查德?"

"他把这些地方全给拒绝了。"

"没错，他叫这些家伙都滚开。他讨厌他们，讨厌他所出身的阶级，还有他的父母——他讨厌所有这一切。他到这所学校来帮助咱们，帮助咱们这些没有任何特权的黑人、外国人和边缘人。这位老兄还不赖——作为一个马克思和共产主义的信徒。"

"也是列宁的信徒。"萨迪克说。

"没错，马克思—共产主义—列宁的信徒，"哈特说。"他一直都坚决支持反种族主义。他憎恨帝国主义者的法西斯思想和白人主导地位，是这样吧，里亚兹？"

他们都看着里亚兹，等着他发言。里亚兹停顿了一下，然后轻声说："安德鲁·布朗罗拥有某种正直的人格素质。"

查德点了点头，"问题是——"

"没错，问题是——"哈特做出一副悲惨的表情，同时竭力抑制着没有叫喊，"他得了口、口、口、口吃这种毛病。"

"他这个毛病是刚得上的吧？"沙希德问道。

"没错，东欧那些共产主义国家纷纷垮台的时候，他的这个症状就出现了。你知道，每当有一个国家垮台，他的口吃症就会加重一层。讲课的时候，他得花二十分钟才能吐出第一个词儿。他会'大、大、大'地结巴很长时间。我们根本不知道他要说的是'大陆''大战''大难'，还是别的什么。"

"那他到底想说什么？"沙希德问。

"大家好。"

"大家好？"

"没错，你这白痴，就是打招呼啊。等到古巴垮台的时候，我想他甚至连这句话都说不出来了。"

"也许他应该试试说'再见'。"沙希德建议道。

哈特跟他击了一下手掌，"太对了!"

"不过呢,这种毛病让他变成了最好的听众,"查德说道,"我曾经把我关于社会进化的全部理论讲给他听,他从头听到了尾。"

"那他就是第一个听完你那套理论的人了。"哈特说。

萨迪克放声大笑。查德上去给了他一拳。"注意点儿。"

"共产主义。真是个好主意,你们不觉得吗?"里亚兹说道。其他人全都看着里亚兹,既没有表示同意,也没有表示不同意。沙希德并不觉得,里亚兹最近在申请加入共产党。里亚兹接着又说:"但是,到头来无神论其实并不适合人类。"

"是的,"哈特说,"无神论说到底只是极少数人的想法。"

"无神论是不会持久的,"里亚兹解释道,"没有宗教的社会是不可能存在的。而且如果没有神,人们就会以为自己可以犯罪而不必遭受惩罚。道德感也会沦丧。"

"整个社会只会充斥着极端行为、忘恩负义和铁石心肠,就像现在由撒切尔夫人政策主导的情况。"查德说。

他正要继续往下说,里亚兹却开口道:"这确实给咱们很好地上了一课。简要地说,资本主义就是贪婪、虚无、享乐。与此同时,我们也见证了共产主义的衰落。那些革命分子甚至连在一个房间里实现社会主义都做不到。总而言之,我们正在亲眼目睹无神论的没落。"

"无神论已经到头了,"查德斩钉截铁地说,"他们曾经宣称上帝死了。然而,事实却恰恰相反。如果没有造物主,就没有人知道自己是在哪里,是在做什么。"

"安德鲁博士当然不知道自己是在做什么,"哈特说,"沙希德,他老婆,迪迪·奥斯古,你肯定是见过吧?"

"奥斯古女士吗?她是安德鲁博士的夫人?"

"是他的夫人啊。"

"绝对不可能是!"

"为什么不可能?"

"迪迪·奥丝古跟他不像啊。"

"你是知道她什么事儿吧?"萨迪克追问道,"我感觉你的话并没有说完。"

"你知道,"查德语气坚定地说,"要是心里没有神,人就会为所欲为而不遭受惩罚。真的到了这一步,你也就迷失了。此刻我知道神在注视着我。因为有神监视着每一件微不足道的烂事儿,那我无论做什么都必须得特别谨慎小心。"

"就像是待在一间透明的玻璃房子里?"沙希德说,"比如说一间温室。"

"对极了,"里亚兹说,脸上绽开笑容,"这种想法绝对正确。你的任何行为、任何念头,神都看得见。"

沙希德返回图书室。他本来打算继续先前的研读,顺着早上的灵感往下思考,但是不仅时机已经过去,而且一种很糟糕的感觉开始像防水油布似的笼罩了他的全身。

他坐立不安,甚至不知道自己到底是应该坐下来收拾笔记,还是站着收拾,或是丢下这一切,跟那帮精神错乱的家伙一起走到外面冷飕飕的雨中,去吃一只巨无霸汉堡、喝一杯奶昔,然后再回到自己的宿舍去自慰。他可以读书学习,但是为了什么目的呢?他知道自己想成为报社或电视台跑文艺圈的记者。业余时间,他还可以写写短篇小说,到最后写一部长篇作品。可是这些想法距离现实都太遥远了,无法让他满足。

收拾笔记的时候,他发现一张纸条,一张不是他本人放在那里的纸条。

图书管理员打开办公室的门,冲着他的空荡荡的领地宣布道:"我们要下班了。"

沙希德打开订在一起的纸条,头也未抬地读了三遍。"我不会耽搁你们的,"他对图书管理员说,"因为我自己也有急事儿。"他开始把自己的东西收进背包里。有个女人给他写了纸条,留了地址,还邀请他当晚就过去。

现在,他终于有理由回自己的宿舍去了。他需要去做些准备。

他走出图书室,穿过校园,加入傍晚交通高峰时段拥塞的人流。迄今为止第一次,他没去留意大街上的任何东西。

第四章

公用淋浴室的下水管道堵塞了,污水在房间的周围流溢得到处都是。沙希德只好就着自己房间里那台泛黄的破盥洗盆凑合着洗洗。他先洗一只脚,再洗另外一只;然后,用很不雅观的姿势,泼洗腋窝、蛋蛋和鸡鸡。为了不去多想从颤动的水龙头里缓慢流出的水的冰冷,也不去多想自己为了方便泼洗身体而勉力摆出来的别扭姿势,他戴上随身听——现在,他也非常注意住在隔壁的里亚兹。他咔嗒一声揿下按钮,听起了最酷的白人女歌手的歌曲。克里希·海恩德①唱的《别再哭泣》,让他为即将到来的夜晚既沮丧又心醉。可是刚刚要听《我要睡了》这支歌,外面的嘈杂声却使他不得不关掉歌带。

---

① 克里希·海恩德(1951—),出生于美国俄亥俄州的著名朋克摇滚音乐歌手、作者和吉他手。

他听到外面有争吵、窃窃私语、交谈的声音，讲的语言有旁遮普语①、乌尔都语、印地语②、英语，另外还混杂着各种各样扰攘不清的刺耳杂音。这幢宿舍楼原本就是一个由各种急切的语言组成的宇宙，但是就算砰地关上房门，也不会使外面这些嘈杂声安静下来。他赶紧穿好衣服，拉开房门。

哈特端着两杯茶，正在指导一长列亚裔人排队，整个队伍从里亚兹的门口排起，沿着走廊一直排到了楼梯上面。住在这里的房客一边嘟囔抱怨一边走进他们的房间，他们经过时会看到哭哭啼啼的婴儿、不耐烦的小孩以及成人男女，这些男女穿着不合身的大衣，盼望着被接见，仿佛整个走廊已经变成了医生的候诊室。有一个头上裹着纱巾、长着香瓜色皮肤的年轻女子正在给哈特做帮手。

"拜托，到这儿来，那边的那位，坐下，坐下。"她正对着一个老人说话。

哈特看见沙希德，"你不用这么大惊小怪，"他说，"排队的在减少。"

"怎么回事儿啊？"

"我们需要一把椅子。"那个年轻女子说。

"这位非常棒的姑娘是塔希拉。"哈特说，同时整了整自己头上反戴着的红色棒球帽。

"你是在帮忙还是在挡路？"塔希拉操着北方口音说。沙希德

---

① 遮普语，印度西北部旁遮普邦及该邦与巴基斯坦交界地区的人们讲的一种语言。
② 印地语，印度官方语言，也是印度使用人数最多的语言。

推测她不是来自利兹，就是来自布拉德福①。说不定她是跟着里亚兹来到伦敦的。

哈特冲着一个驼背、蓄须、身穿宽松沙瓦裤的男子指了指，"先去拿把椅子吧。"

沙希德把自己房间里仅有的一把椅子给这个男子搬了过来。这是一个已过中年的男子，面带病容，呼吸困难；他十分感激地坐了下来。

哈特靠近沙希德，"查德到楼下找房东去了。公共会堂遭到了蓄意破坏，你听说没有？"

"警察干的。"那个男子冷冷地说。

"什么？"沙希德问；从一个老人嘴里听到这样的话，让他颇为吃惊。

哈特说："所以，里亚兹不得不把他每周的咨询会地点挪到了这里。"接着，哈特拉起那个老人的手，"他儿子刚要上学的时候，他就被警察抓了起来，因为人身侵犯罪，判了十五个月监禁。那帮家伙算是把他搞糊涂了。"

"啊，真的吗？"

"真的！我们要组织大规模的发泄活动，总部就设在你的房间。这些人都非常爱戴咱们的大哥里亚兹。他们都是从很远的地方来的。他们知道里亚兹大哥总是说到做到，不来虚的；他要写信给国会议员，或是准备推荐一位律师。"

"这会儿他跟谁在里面？"沙希德问道。

---

① 布拉德福，英格兰北部西约克郡的一座城市。

"你很想知道,是吧?"哈特把那两杯茶交给他,"把它们送进去。完了你就会明白你的小英格兰有多么好了。"

沙希德蹑手蹑脚地走进里亚兹的房间。坐在里亚兹对面的那个男人正在泪流满面地倾诉;因为十分专注,他没有注意到沙希德走进来。

"先生,怎么办啊,那帮小子没日没夜地到我住的公寓来,威胁我的全家。我跟你说过,他们拳打我的肚子。我在那里已经住了五年了,可是情况变得越来越糟糕。我妹妹、弟弟和弟媳也都给我写信抱怨,说你是不是把俺们给忘啦,你在那边过得舒适享受,为啥不给俺们寄看病吃药的钱、举办婚礼的钱,给咱们亲爱的父母的钱……"

里亚兹注视着对方的眼睛,低沉地嗯哼了一声,以示谦卑的安慰。

"先生,我已经在干两份工作啊,白天在办公室上班,晚上在餐厅里兼职做到半夜两点钟。我整个人都被累垮了,可全世界都在给我施加压力——"

里亚兹抬头看了一眼,神情像平时一样漠然;但是,怜悯之情让他面颊泛红。沙希德把茶水放下。

"我明白了。"到了外面,沙希德对哈特说。

此刻,查德也站在那里。

"嘿,沙希德,哥们儿,你穿戴这么整齐啊。是准备去哪儿吧?"

"哪有啊,只是一个聚会而已,你知道的,学生搞的那种。"

"呀嗬,聚会,是不是啊,哈特?"查德摆动着右手,仿佛那只手着了火。"恐怕我们得需要你帮忙。"

"没错，"哈特说，"里亚兹工作得太辛苦了。他有一些信需要打字，我看见你房间里有一台阿姆斯图尔德①计算机。"

沙希德看看他们两个人。"现在吗?"他脱下夹克，掏出房门钥匙。

"他是个做事认真的小子。他这种态度我喜欢，"哈特说，"你不喜欢吗，查德?"

"我无所谓啦。"

哈特语气更加温和了。"等一会儿吧。"

"那就等一会儿，"沙希德同意道，"我两三个小时内就会回来。"接着，他指了指那些排队的人，说:"真是难以相信啊。"

哈特微微一笑，但查德却语含讥讽地说:"你可真忙，楼下就有人在找你呢。"

"找我?"

"我是这么说的。"

"谁?"

查德耸耸肩。"咱可不认识那类人——也不想结识。他穿着一身光鲜的灰色西装。还穿着鳄鱼皮鞋。"

"可能是亲戚吧。"哈特边说，边对查德笑了笑。

"有可能。"沙希德毫无把握地说。

"嗯，他去买香烟了。"

沙希德突然跳开。"哈特，就说我已经出去了，说我过得很好，

---

① 阿姆斯图尔德公司在 1986 年发布便宜且功能强大的计算机 Amstrad PC 1512，比苹果公司的第一代 Macintosh 晚一年。

非常好,非常非常感谢,再见了。"

"哈特从不说谎。"查德说。

"抱歉?"

"不说谎,"哈特肯定地说,"我正在努力,将来要当会计师。"

查德抬头看了看。"反正啊,太晚了。瞧,简直就像《周末夜狂》①正在这儿上演。"

沙希德抬起头,看见被里亚兹称作"浪子"的那个家伙正从排队的人群中挤过来,表情像习惯了在队列里往前挤的人一样信心十足,也跟讨厌群众的人一样趾高气扬。他确实穿着光鲜发亮的灰色西装,脚上今天配的是 Bass 懒汉鞋。齐力从来不会穿鳄鱼皮的鞋子。

"过得怎么样啊,小弟?"

齐力手里拿着车钥匙、雷朋太阳眼镜和万宝路香烟;要是没有这些东西,他就不会走出浴室。他只喝黑咖啡和杰克·丹尼威士忌;他的西装都是 Boss 的,内裤是卡尔文·克莱恩牌的。他喜欢的演员是帕西诺②。理发师和他握手,会计师请他吃饭;毒贩随传随到,还接受他用支票付款。不过,他从来不抽大麻烟卷。

"齐力。"

"怎么了?"齐力张开双臂,"来拥抱我啊,小帅哥。"

---

① 《周末夜狂》(Saturday Night Fever),美国导演约翰·巴德姆 1977 年拍摄的一部影片,讲述纽约布鲁克林区的一名舞技出众的青年店员,只有在当地的夜总会大跳迪斯科舞时才能找寻到自我的意义。

② 艾尔·帕西诺(1940—),美国著名电影演员,在《教父》《教父 2》中扮演迈克·柯里昂;1993 年,在电影《闻香识女人》扮演主角,获得奥斯卡最佳男演员奖。

沙希德被齐力抱了个满怀,还被拍了拍后背,尽管他心里很讨厌自己这种不情愿的僵硬感觉。齐力最近表现出来的这种友好姿态让他摸不着头脑。

沙希德挣脱出来。"要看看我的住处吗?"

"不然你以为我来这儿干什么,帅哥?我要好好看看,立刻就看。"

不过,在把齐力带走以前,沙希德得先把他介绍给查德和哈特;这两位除了帮助那些排在队列里咳嗽抱怨的人,不想找别的轻松事情做。就在沙希德为齐力开门的时候,哈特招呼道:"嗨!"还把齐力上下打量一番。查德则满脸讥嘲地点了点头。

沙希德对哥哥说:"随便点儿,就像在家里。最好不往墙上看。"

"那我还不如戴上墨镜。"

齐力用手帕擦擦墨镜镜片。恰在这时,沙希德看见,查德在跟永远浑身香水气的齐力握完手后,闻了闻自己的手,还对哈特做了个鬼脸。沙希德真希望老天保佑,别让齐力看见这一幕。

沙希德顺手关上房门。

"这地方跟家里不一样。"

"正是因此你才住在这儿啊。"齐力说。

他们家的房子是一幢六十年代建造的完美公寓大楼,就在市区边上;那是一座住满人的大宅院,热闹得像大旅馆似的。老爸动不动就把房子重新装潢,每隔五年更换一次家具,而且有需要就扩建新房间。厨房似乎永远都是建在房子前面的车道上,等着被废弃;可是在沙希德看来,新的厨房并不见得比旧的怎么"有创意"。

老爸讨厌任何"过时"的东西,除非那些东西能吸引观光客。他要拆除旧东西,他喜欢"进步"。他总说:"我只要最好的。"意思就是他只要最新潮、最流行的东西,某种程度上也就是最阔气的东西。

"这得坐哪儿啊?"

"随便哪儿。"

为了做个示范,沙希德把自己的书和衣服推到地板上,整个人掼倒在床上。

然而,齐力不是那种会坐在乱七八糟床上的人。他轻蔑地哼了一声,在房间里踱来踱去,还漫不经心地随手捡起笔记本、录音带、信件瞄上一眼,就好像这些都是家人理所应当要了解的东西。尽管这样,沙希德还是看得出来,齐力在尽力克制自己那种过分的高傲姿态。因为这一次,齐力似乎不会再提起他那套所谓的"现实世界"理论了。当他用车钥匙叩击一叠书时,甚至还表露出一丝敬重的神情。

"你搞得这么着急干什么,小弟?"

"没有啊,我急了吗?"

"你对别人怎么抖脚,我根本不在乎。但是千万别把这种催人的鬼把戏用在我齐力身上。"

"对不起。"

齐力板起了面孔。

齐力向来认为沙希德是个无可救药的小浑球,直到最近他的看法才有所改变。他们俩十来岁的时候,齐力经常奚落他,揍他。有一次,当着一帮喝得醉醺醺的朋友,齐力强迫沙希德离开房间——从三层楼的窗户跳下去,致使沙希德摔断了胳膊。从那以后,只要齐力不出家门,他就尽量跟沙希德保持一定距离,以示轻蔑。

齐力二十岁时,和表妹苏尔玛结了婚,并依照西方习俗搬出家,住进布莱顿的一所公寓。在那边,他们两人试图继续享受苏尔玛在卡拉奇时过的那种上流社会的时尚生活。但是,有财力援助才有可能维持这种风光气派。苏尔玛不习惯做家务。据说她有很多专长,其中一项就是口交;但是洗碗绝对不在她的专长之列。齐力的专长中也没有洗碗这一项。

去年,老爸过世之后,齐力带着苏尔玛和他们的小女儿萨菲尔,搬回了家里。沙希德怀疑,从那时起,齐力就不怎么跟苏尔玛见面了。齐力宣称自己正在忙一个拓展业务的计划。他当然早已厌倦了做一名旅行社职员,之所以没离开,只是为了让老爸开心和领取一笔丰厚的薪水。如今,他宣称家里的业务必须拓展,拓展到伦敦。这就是他经常不在家的所谓正当理由。

"你真够浑的,今天晚上居然还要去学习。"

"我有个约会,齐力。不过,晚一点儿去就行。"

"跟妞儿约会?"

"什么?"

"你听到了。"

"不是啦。是学校里的一个辅导老师。"

"嗯哼。是班上的妞儿啊。她多大了?"

沙希德想了一下。"超过法定年龄了。"

"她邀请你去她家里?"

沙希德点点头。

齐力吹了声口哨。"哇噢。不用担心。无论她家在哪里,我都会开车把你送到目的地。想想看,就在咱们说这些话的时候,她正在穿上她最喜欢的蕾丝内衣。"

"别傻了,她是老师。"

"兴奋吧,啊?千万别把她介绍给我。"

"我才不会呢。"

"你开始跟女人混了。哪个宝贝今晚会为了我粉饰她的骚逼呢,除了……我甚至都记不起那个贱人的名字了。嗯,家里人会很高兴的。还有啊,裤子很正点。格子花纹挺适合你。这身衣服不会是我的吧?"

"不是。"

齐力摸摸没了门的衣橱里剩下的衣服,"我的红衬衫呢?"

"什么?我很快就还给你。"

齐力永不间断的热情全都用在了追求衣服、姑娘、汽车上面,还有购买这一切所需要的钱上面。兄弟俩都还小的时候,他就说得很清楚,他发现沙希德的书呆子劲儿实在缺乏男人气。在这点上,他是受了他们那个既讲究实际又积极进取的老爸的影响。正是老爸最早认为沙希德好读书不仅产生不了任何效益,而且对家里也是一种折磨;特别是在沙希德写短篇小说那桩事之后,老爸的这种看法愈发根深蒂固。不过,自从沙希德进大学读书以来,齐力的态度已经变得温和多了。

是老爸的死让齐力有了这种改变。老爸在临终之前,拽掉氧气罩,亲吻了齐力,并且上气不接下气地嘱咐说:"不要让这个孩子继续这样了。不要让我在临死说拜拜的时候还惦念着沙希德将会孤苦伶仃。"

　　父亲过世后，齐力开始打电话给沙希德。他还带沙希德到南肯辛顿①阴暗的地下室俱乐部；在那种地方，他的熟人坐在桌子旁冲着他们打招呼，以示敬意。那些人五花八门：有德国毒贩，他们在室内也戴着黑色皮手套，夹克里面藏着手枪，而且有十几岁的意大利小妞陪在身边；有贪赃枉法的英国小律师，领着刁滑的警察在城里玩乐；有保加利亚的击剑冠军；有长着一副男娼嘴脸的法籍赌场小总管，他们拿着像接力棒一样粗的钱卷，发放面额二十磅的钞票；还有腰缠万贯、来自百慕大的大律师。齐力一边急切地跟那些人低声谈着事情，一边给沙希德点了玛格丽特鸡尾酒，还把他介绍给一些亮丽的妞；但是那些妞一等齐力让他们单独相处，就转身不理人了。齐力还会问沙希德想做点什么，但沙希德太敏感了，在这类问题上根本说不出口。沙希德的感觉是，哥哥想主动担任他的现实生活导师，向他指出现实生活中的各种陷阱，以免他会因为轻信、敏感和缺心眼而犯下大错。

　　倘若不是沙希德觉得齐力也想敞开心扉，却不知道如何去做，他对齐力早就气恼不堪了。齐力其实没有朋友；他有的只是同谋、伙伴和一些他称作"私下"朋友的人，这些所谓朋友通常都是些罪犯。他对自己的女朋友给予了太多的伤心和太多的敬重，因此也无法跟她们去交心诉说。

　　沙希德站到凹凸不平的镜子前面，齐力说道："你的气色越来越好，健康多了。应该扔掉那副眼镜，换成隐形眼镜，然后嗯……

----

① 南肯辛顿，伦敦南部的一个城区。

头发剪短……你就会不再那么女人气了。你看上去还是挺坚强的。以前你可是个爱哭鼻子的家伙。我看啊,你现在差不多算是个男子汉了。老爸肯定会很高兴的。"

"他会吗?"

"你用不着这样吃惊。他一直很欣赏你的头脑。"

"老爸?"

"当然啦,他一直都希望你能好好利用你的头脑。你没有再胡乱写那些没用的东西,是吧?"

"你指什么?"

"如果你还这么浪费你的时间,我真会给你一巴掌。"他用手掌摸摸沙希德的脸颊;沙希德立刻缩了一下,这让他很开心。"走吧。你越来越紧张不安了。"

沙希德原以为要见里亚兹的队伍肯定已经缩短了,没想到那些垂头丧气的祈请帮助的队列甚至排到了大街。

通常情况下,齐力对这种情形会自以为是地评论几句,然而这一次,他只是饶有兴味地看着,还偷偷地瞥了一眼塔希拉。再有就是,向车子那边走去时,他一边好奇地看着沙希德,一边说:"那个大块头是你的新朋友吗?"

"查德吗? 是的。"

"告诉他,如果他再冲着我闻他的手,那么连他的孙子都会有罪受。知道吗?"

"知道啦。"

沙希德在齐力宝马车的豪华座位上坐定。车子的仪表板上放着一本《百年孤独》,那是他的书。他翻了翻,说:"这本书可以还给我了吗？"

"留着。我刚开始看。"

"希望如此。我可是已经准备好问题了。"

齐力曾经吹嘘说，他从来不读什么书——"文学对我而言是一本合上的书"。但是就在几个月以前，有一次沙希德随身带着几本书，齐力说或许他可以拿一本读读，看看里面有什么刺激人的地方。沙希德认为他肯定做不到，而且一上来就读马尔克斯的作品根本不对。"况且，"他为了表现出风趣，多说了一句，"你根本就不识字。"

"吃屎吧，你这个小混蛋。"齐力当时咯咯笑着说。他要在六个月内把这本书的每一页都读完，而且要通过沙希德能够提出来的任何语词测试。如果测试通过不了，他就给沙希德一千块钱——现钞。

"我要挑战一下，"齐力这会儿说道，"不过这次挑战的难度很大。'百年'啊。十年还差不多。或者六个月也行。说说看，这个作家为什么给里面的所有人物都起了同样的名字？别的作家，比如那个诋毁宗教的作家①，也是这样吗？"

"不是。"

"书是好东西，可是除了雷·查尔斯②的声音，世界上再没有比美女更好的东西了。而且，小弟，咱们现在正朝着她们出发呢！"

迪迪住在卡姆登街。齐力一边咒骂，一边逆向驶过单行道，直

---

① 指写了《撒旦诗篇》《午夜的孩子》等作品的印裔英国作家萨尔曼·拉什迪。

② 雷·查尔斯(1930—2004)，美国灵魂歌王，二十世纪五十年代他将福音音乐的灵性与蓝调音乐结合起来，首开"灵歌"先河，被尊为"灵歌之父"。

到穿过一块空地驶上对面的车道,才加速前进。在这个过程中,沙希德则在看交通指南。等他们找到了卡姆登街,沙希德把头伸出车窗,想看清那些房子的门牌号码。他忽然用手指了指。

"停!肯定是那儿。"

齐力往后倒了倒车。他们打量着那所房子。

"你的甜心儿还是挺有钱的嘛,"齐力若有所思地说,"算得上是高级住宅区。天气好的时候,能看到外面的黑人和工人,免得他们走近门前的台阶,或是偷走她的微波炉。房子没怎么美化,但是喜欢种些花草。她是女权主义者吗?"

"现在的女人都是。"

"没错,要想碰到不是的还真难。照我说呢,只能将就着逆来顺受啦。"

"怎么会?"

"关于女权主义者,有个广为流传的误解。说是她们腿上全都长着毛,做爱时也不肯配合。可是我告诉你,在性这件事上,她们可淫荡下流了,只要她们愿意和你搞。因为她们根本不会觉得难为情。不过,还有一件事她们很喜欢,就是跟你讲你的老二长得太小。"

"不会吧?"

"别激动嘛!"齐力拍拍弟弟的脑袋,"今晚不会发生这种事,我可以肯定。问题的关键是她们都担心自己的屁眼长得太松。要是你碰上这种问题,你就指出这点,只不过话要说得有技巧。"

"技巧?什么意思?"

"呃?"

"给我讲个技巧方面的实例。"

"现在?"

"是啊,以防万一嘛。"

"没错。"齐力稍加思索,"你就这样说:'宝贝儿,操你的洞洞,就跟把一根香蕉扔进牛津的大街一样——我倒是喜欢时不时蹭到边儿的噢。'"

"就这招儿?"

"是啊。"

"你从未发生过这种事儿吧?"

"有一次,就在不久以前,我正在跟一个女人办事。她说:'塞满我吧,把你的大直升机塞进来啊!'"齐力一边哈哈大笑,一边讲,"当时我已经进去了。我就说:'全都进去了,宝贝,今晚只能帮这点忙啦。'这也让她觉得很爽。她们都是这样,只要你说清楚了,就没事。话说回来,这个女老师,你想要她吗?"

"齐力,你怎么能问这种事? 我几乎还不认识她呢。"

"一般人不用两分钟就知道想不想和对方上床,不用一小时就知道要不要跟对方生活在一起。如果你想要她,那就搞了她。"

"我不能这么做。"

"怎么不能了? 天啊,你的牙齿真的在打战。老爸会怎么说呢?"

齐力发动汽车引擎,抓着方向盘,俨如坐在一架俯冲轰炸机的驾驶舱里。车子在路上向前冲去。

"咱们要去哪儿?"沙希德叫道。

"你来得太早了。"

沙希德几乎要抓住方向盘。"咱们来得很准时！"

"你让她等，她就会更想要你。"

沙希德感觉齐力像是在兜风，没完没了地在卡姆登大街上来回飞驰，掠过路旁的地铁车站、电影院和酒吧，车上还大声播放着巴基斯坦卡瓦里①宗师努斯拉·法帖·阿里·汗②唱的赞歌。他禁不住怀疑自己的哥哥是不是有毛病。通常情况下，比起和沙希德待在一起，齐力总是有更好的地方可去，有更重要的事情去办。

"好啦——"在那座房子前面停住车，齐力从后面的裤袋里掏出皮夹子。那个皮夹像半条面包么大。"拿着这个，免得到时候你只能搭出租车回去。"这位现实生活的导师给了沙希德一些钱。"另外别忘了，女人一般都比男人更害怕一些。"

"齐力。"

"又他妈的怎么了？"

沙希德忽然想到，哥哥一直没提到他的太太。

"苏尔玛还好吧？"

"苏尔玛？别这么傻乎乎的。苏尔玛永远都是苏尔玛。你到底想说什么？"

"没什么。"

"你想吓唬我吗？"

"不是，齐力，我发誓。"

---

① 卡瓦里，伊斯兰苏菲派信徒独自吟唱的一种虔诚音乐形式，流行于南亚，特别是巴基斯坦和印度一些地区。

② 努斯拉·法帖·阿里·汗（1948—1997），巴基斯坦旁遮普著名歌唱家，是当代最伟大的卡瓦里宗师，被誉为伊斯兰教歌坛中的帕瓦罗蒂。

"真的?"

"只是作为家人的一个问候而已。"

齐力亲亲他。"别忘了还我那件红衬衫啊。"

"忘不了。"

"乖小子。"

沙希德踏上私家车道,停住脚步,迟疑不前。他现在又不想进去了。但是当他转过身,却看见齐力仍然坐在车子里,一边让发动机加速旋转,一边嘶嘶地念叨着:"骚妞儿,骚妞儿,骚妞儿。"

沙希德揿了门铃。迪迪打开房门的时候,齐力按响喇叭,还哈哈大笑。

第五章

沙希德手插在裤兜里，局促不安地站着。

"你想坐在哪儿?"迪迪问。沙希德一点主意都没有。"哦,你可以随便坐。"

这是一间很宽敞的家居式房子。每扇门上都镶着彩色玻璃,门厅的地面铺着华丽的地板瓷砖。可是房子里非常凌乱,甚至比沙希德的房间还要脏乱。地板上没有铺地毯,只有几块皱成一团的小方毯;墙上贴着破旧的比莉·哈乐黛①和马尔科姆·X 的海报,还有三辆旧自行车靠在墙边。椅子和地上堆着积满灰尘、泛黄的旧报纸;有些报纸被剪过,好像是为了收集材料。这所房子简直像是学生住的宿舍;迪迪告诉他,其他几个空闲的房间住着三个本

---

① 比莉·哈乐黛(1915—1959),爵士乐坛的天后级巨星,一生坎坷;她的演唱,带有强烈的布鲁斯的感觉,充满着悲情和凄凉,绽放出一种绝望的美丽。

校的学生。

房间里有一座壁炉，沙发就放在炉子面前；地上有块木板，上面放着一块瑞士格鲁耶尔干酪。迪迪进厨房去拿酒；沙希德在沙发上落座后才想到，等她回来跟他待在一起时，她只能坐在他旁边。某种程度上是受到齐力鼓动，沙希德在来这儿的路上已经产生了这些稀奇古怪、充满期待的念头；现在，他真的是感到又害怕又忐忑。

他跳起来，走到窗户跟前，察看外面的大街。

齐力的车子还没开走。车上的音乐已经关掉，齐力抬头凝望着夜空。沙希德想，自己以前有没有见过齐力这样静静地坐着。仿佛是感觉到沙希德正在察看，齐力忽然转过头来，咧开嘴笑了笑，还举起两个大拇指。沙希德浑身一颤。倘若齐力突然决定要见一见迪迪，该怎么办？他就喜欢耍这种鬼花招啊。到了那种时候，沙希德就得向迪迪解释为什么不能开门。

厨房里传来声响。沙希德赶紧横躺在沙发上，两只脚悬在沙发的一端，目不转睛地看着摆在房间对面架子上的小电视机，尽管电视机没开。

"看到别人无论在哪儿总能让自己无拘无束，真是太开心了。"迪迪拿着一瓶酒和两只酒杯走过来。她先放下这些东西，把一盘录像带放进录像机。那是一盘王子早期音乐的录像带。"你先看会儿录像，我得热点南瓜可可汤，加姜粉的；汤非常好喝，你想来点吗？"

"听上去很好吃，谢谢，只要不太麻烦就行。还有，"她向门口走去时，沙希德说，"谢谢你请我来看这个带子。不然的话，关于王子的报告我还真没法写得出来。"

"咱们过会儿再谈这个。"

"好的。"

过会儿再谈?

他坐定了,准备看录像;但他还没看出什么名堂,录像带就放完了。他没有找到遥控器,所以只好起身,用手把带子倒回去,从头再看一遍。接着,他又看了另外一盘录像,而且反复看了三遍;在看的时候,他还绞尽脑汁地想做出一个评价。"浑然天成"这个词萦绕在他的脑海,成为他思考的方向。只是,他怎么都想不出哪些字眼可以用来阐述这个词。如果他只会说,"真的是浑然天成"——而且说两遍,迪迪会怎么想?

迪迪用托盘端着汤、法国面包和一罐希腊色拉进来时,他正在换另外一盘录像带。迪迪准备在沙发上坐下。而他总不能立刻跑过去,把她推开,维持自己原来的坐姿。

迪迪指指录像,"你觉得这些片子吸引人吗?"

他坐在迪迪身边。汤很热;喝的时候,他差点烫坏了舌头。他忍不住要想,迪迪的丈夫在哪里。

"特别吸引人。不过,也有一点像哑剧。"他迟疑了一下,然后继续说,"你有没有发现这些录像浑然天成……浑然天成得连一丝破绽都没有?"

"我讨厌这座房子。"

"你说什么?"

迪迪环顾着房间,"我们想卖掉它。对不起,你刚才说什么来着?"

"这些录像。浑然天成。"

迪迪看着自己那碗汤。炉火让沙希德觉得温暖；他必须先脱掉夹克，以免搞得汗流浃背。

他脱掉外套，正要开始解衬衫的扣子，却感到门厅那边有一双眼睛正在看他。布朗罗匆匆地穿上外套，然后努力做出要微笑和挥手致意的样子。沙希德也一样做出微笑和致意的样子，同时还尽可能地从迪迪身边往外挪了挪。不过，他还是觉得自己恐怕逾越了常规，因为布朗罗走进这间屋子，在他旁边站住，低头看着他。

布朗罗想说点什么，可是刚要开口就想起自己没有说话的能力。于是，他便伸出黏湿的手，沙希德则尽量表现出亲热的样子跟他握了握，并且竭力不去想刚才差点让这个男人的老婆躺在自己的腿上。

等到布朗罗转身要走时，沙希德才如释重负，重新开始小口小口地喝自己那碗汤，而且看见布朗罗和迪迪互相用一种不带感情的好奇眼神瞧了瞧对方，仿佛在寻求解释，那种样子就好像两个陌生人竭力回想从前在哪里见过对方似的。

前门关上了。"很安静的男人，对吧？"

迪迪放下汤匙，笑了笑。"他就是我丈夫！你能想象得到吗？"

"实话说，难以想象。"

"比如说，有一阵子你狂热地陷入了爱情，但过了一段时间，就在热恋之后不久，你却无论如何也想不明白自己怎么会有那么强烈的感情。你有过这样的经历吗？几年以前，有一次，安德鲁参加完一场晚会回来，讲他怎么吻了一个女人。你知道，那个时候，夫妻们都想尽可能以诚相待，向对方坦白一切。"

"为什么要那样？"

"我记不太清了。我想，是出于政治原因吧。反正，一连两个晚上我都没睡着觉。我从来没有那么沮丧过。现在我甚至都弄不明白自己当时怎么会那样。"她叹了口气，"话说回来，人们总是希望那种亲密的感觉会留下非常多的印记，会有非常多的内容保存下去。然而事实却并非如此。到头来你只会想，你爱恋过的这个人是谁啊？"

汤喝完了。

迪迪问他，想不想重看一遍那些片子。他很清楚，等到自己着手撰写关于王子的报告时，对这些片子的记忆也就所剩无几了，恐怕还能清楚记得的只有王子嗜好穿女性内衣这件事；然而，他知道，他不可能再平静地坐下去了。问题是他并不清楚迪迪的问话是她的真实想法，还是这样做会让她觉得厌烦。她把碗收了起来。

返回客厅后，迪迪站在那里用手拨弄着头发说："对不起，我得出去走走。在家里待的时间一久，我就感到紧张。况且我也不希望寄宿在这儿的人议论。没事——"她指着他们两个人，"什么事儿都没有。呃——"她耸耸肩。沙希德摇摇头表示赞同。"呃，明天早上校园里也不会有什么传言。"

沙希德跳起来，打着哈欠做出表示，"反正我也累了。"

"不，不。你要和我一起走。"

"我？"

"除非你太累了，沙希德，我希望你一起走。"

"不，我不累。"迪迪的愿望完全左右了他，让他不能自持，并且加了一句："我……我跟着你去任何地方。呃——行啊。"

"太好了。我喜欢'行啊'这个词。这算是所有词当中最有趣的一个,你认为呢? 就像门上的铰链,把门向外开。行啊,行啊,行啊。"

沙希德朝着迪迪向前迈了一步。

迪迪高兴得眼角都露出了鱼尾纹。"我可以去换身衣服吗?"

这次,她在里面待的时间比较久。

沙希德抱着试试看的心理走到窗前。齐力正向后仰在车座上抽着香烟。他并没有看着房子这边,而是凝望着远处;车上的音乐还在缓缓地缭绕。

这个脚穿名牌懒汉鞋的人生导师现在会干什么? 当然,到目前为止,沙希德还没做出什么错误的举动。但是,因为齐力开着车、带着刀,更能主导形势。除非迪迪根本不去接近他。

呃,沙希德最不想学习的人就是齐力。在这位哥哥身上,有很多东西都是他深恶痛绝的。即便齐力认为沙希德有问题,但这些问题相对于沙希德认为齐力所具有的问题来说,也根本算不了什么。

齐力的基本看法是:人是又脆弱又懒惰的东西。但他并不认为人们都是笨蛋,他不会犯这种错误,尽管他发现人们一般都不愿意接受改变,即使变化能改善他们的生活也不行;人们总是担忧、安于现状、缺乏勇气。这种状况对那些具有进取心和意志力的人倒是非常有利的。

比如,齐力认为男人都害怕在女人面前出丑,于是在应该前进的时候往往会退缩。齐力自称是掠食者。只要有女人委身,那才是最让人心满意足的时刻。很多时候,你甚至用不着跟她们上床。

只要看一眼她眸子里的那种渴盼、欣悦、默许的神色，就足够了。

在家中，齐力喜欢一大早就坐到沙希德的床上，夸夸其谈他头天晚上的辉煌业绩：他在网球俱乐部的后面扒掉某个人的短裤啦；在学校的某个女生宿舍，他跳窗逃出来啦；他喜欢搞的一男两女三人行，他们所戏称的"国王大道三明治"啦；他在某个俱乐部被人抓了现场，当时他正在干一个有夫之妇，那个女人的老头丈夫则在一旁观赏啦。

老爸也以自己儿子的风流冒险为乐。倒不是说齐力会向老爸描述那些最淫秽的事情，毕竟他还是担心老爸会指责他那些风流韵事"实在是太见不得人"。但是，每当齐力要出门进行又一次"有负担"的探险时，老爸就会从家里大声喊道："要告诉我详情啊！"爸爸的兴趣其实是跟那些女人见见面。"我敢肯定她们喜欢跟你约会，"他会对齐力说，"不过，他们更愿意谈话的对象是我。把她们带到家里来吧！"

齐力会把那些女人带回家里，让她们亲眼看见老爸躺在房间中央的床上，身上穿着亮闪闪的褐红色大睡袍（在睡袍下面，他总是穿着蓝色的丝质宽松裤）。老爸一边听格伦·米勒①的音乐，一边啜饮长形玻璃酒杯里的酒——一半布什米尔斯威士忌②，一半苏打水。他不工作的时候，就会用这张床。他会像土耳其古代的

---

① 格伦·米勒(1904—1944)，美国著名爵士音乐家，他通过四萨克管、四黑管的编制奏出风格鲜明的爵士乐，将爵士乐的激情和大型乐队的豪华完美地结合起来。

② 布什米尔斯威士忌，爱尔兰北部城市安特里姆生产的一种著名威士忌。

帕夏①一样躺在上面,床头桌上摆着一叠漫画书。他把这里称作"操控中枢"。在这种时候,沙希德的妈妈一般会一直待在别的房间,跟她的私人朋友、姊妹,还有他们的孩子在一起;情况跟他们住在卡拉奇的时候一模一样。

沙希德跟老爸一样——虽然更为不怀好意,也喜欢听齐力的冒险经历,把它们当作关于欲望和愚昧的故事来听,尤其是那些让齐力看起来很蠢的事情。就像有一回,齐力在一家俱乐部勾搭上一个特别妖艳的女人,两人清清白白地过了一夜之后,他醒来却发现房子里堆满了民族阵线②的海报和杂志,而那个女人的两位理着平头的兄弟则在客厅里拨弄着他们裤子的吊带。齐力故作出西班牙人的口音,假装不怎么会说英语,赶紧从前门冲了出去。

问题是,老爸要求沙希德以齐力为榜样。

沙希德十五岁时,老爸曾说动他带一个本地女孩出去走走。他们俩在乡间四处游荡了一番,沙希德还坐在一个干草堆上给她念了雪莱的诗。回家以后,老爸坚持要提普——家里最小的弟弟,患有精神分裂症,老是在家里转悠——把沙希德带到"操控中枢"。

"你有没有碰她啊?"老爸戳着自己气喘吁吁的胸脯问,"还是更进了一步?"他继续说,同时拍打着自己的腿;他的腿瘦得就像中世纪画家笔下耶稣的腿。齐力则在门厅里得意洋洋地冷笑。

"没有。"

"那你都干了些什么?"

---

① 帕夏(pasha),土耳其古代对高级官员的尊称。
② 民族阵线,英国的一个极右派种族主义政党。

"念诗来着。"

"大声说,你这个骨头里没种的白痴!"

"给她念了济慈和雪莱的诗。"

"念给那个女孩听?"

"嗯。"

"她笑话你了吗?"

"我觉得没有。"

"她当然笑话了!"

老爸和齐力忍不住对他嘲笑起来。

老爸除了有嗜酒如命的缺点之外,身上倒是有不少正直且令人敬重的优点。他是一个矮小的男人,身高只有五英尺多点,留着牙刷型的胡髭;在办公室的时候,他上身不是穿西装就是运动夹克衫,打领带,着灰色长裤。第二次世界大战时,他在东安格利亚①驾驶皇家空军轰炸机,还因此获得一枚帝国勋章。老爸想做成的事情永远有很多很多。他具有无比强大的自尊心,也非常的勇敢。

为了确保自己和三个儿子都穿上最好的衣服,老爸会亲自带着他们进服装店。尽管三个儿子在波顿裁缝店的镜子前面互相做着鬼脸,他和服装店经理还是会非常认真地翻看大厚册的布料目录,带图案的和素色的,就像学究们钻研手抄本古书一样精神专注。在经过反反复复考虑并确定哪条领带、哪件马甲与订制的西装不太搭配之前,老爸会拿着衣服到店里来修改,总要改上好几次——通常都是因为裤子太长。

---

① 东安格利亚,英格兰最东部的一个地区。

在家里,老爸会把沙希德和齐力弄进浴室,向他们示范刮胡髭最为正确的方法:挤到刷子上的刮胡膏的分量,使用刮胡刀的角度,涂香皂,抹均匀,清除毛屑,压压脸颊。之后,老爸还会脱得精光,示范怎么洗澡;跟着还有示范怎么给卵蛋、腋下、脚趾缝扑爽身粉。老爸宁愿躺在大街上,也不愿在进出房门时不顾身后的女士。他会向儿子们传授一些社交礼仪,教导他们在问候"你好吗?"的同时,该怎样跟别人紧紧地握手。他希望人们会称赞他的儿子多么聪明。可是,这一切对他们有好处吗?

迪迪还在里面换衣服。这让沙希德感到惊讶。她到底在干什么?

沙希德的父母之所以移民到英国,是希望在这个不受独裁暴君统治的国家过上一种富裕而且安稳的生活。这个愿望一旦实现之后,他们接下来的目标就是培养自己孩子,特别是他们的长子。老爸特别疼爱齐力,可是他现在还会认可齐力的做法吗? 齐力最近追求的目标是到美国拓展业务,尽管召唤他的与其说是自由世界的呼声,还不如说是那里激烈的暴力犯罪。他一遍又一遍地重复看《美国往事》、《疤面煞星》和《教父》之类的黑帮影片,把它们当成是职业生涯纪录片。他甚至还咒骂老爸——当然不会让老爸听见——居然移民到老朽的英国来,而不是像那些犹太人、波兰人、爱尔兰人、亚美尼亚人①,去埃利斯岛②排队,移民到美国。英国是

---

① 亚美尼亚人,生活在欧亚大陆交界、高加索一带的一个古老民族;苏联解体后,成立亚美尼亚共和国。
② 埃利斯岛,位于美国纽约市曼哈顿岛一侧,曾经是美国移民局的所在地,也是美国移民历史的象征;著名的自由女神像就在这座岛上。

一个三流的、冷漠的国家,警察戴的头盔形状竟然像锯掉一半的葫芦瓢;在这样的国家,真正的荣耀是不可能存在的。齐力觉得,在美国他很可能会成为大人物;不过,他可不想穷了吧唧地跑到那里。他要在伦敦建立了相当的地位之后,再挟着响亮的"名声"——或者说"名望"闯入纽约。

问题是——诚如阿塞夫叔叔所说,在八十年代齐力赚钱赚得太容易了。他对钱的来源一点都不尊重。"人啊,特别是年轻人,"阿塞夫叔叔说,"很容易忘记我们只不过是搬迁到了英国。真正习惯一个地方,需要经过好几代人。我们自以为已经安定下来,其实我们就像刚刚过门的新娘子。我们必须自我警醒,否则,终有一天我们会醒来发现,我们结的这场婚姻是多么悲惨。"

当然,这番话包含着很多苦涩。他们的叔叔为了在一个不能容纳智识、想象力、开拓进取精神的国家生存下去,承受了难以想象的重负;而且在这个国家,他的很多努力也化成了泡影,变得徒劳无望。不过,沙希德听懂了他话里的深意。

他站起身。迪迪还是没有任何动静。或许是发生了什么事情吧?

他大胆地走到门厅那里,想去找她。他登上楼梯。在楼上的某个地方,迪迪正伴着音乐的节奏哼唱。他熟悉这支曲子;这是《乞丐盛宴》[①]的第一首歌,齐力在晚上换装打扮的时候经常听这首歌。沙希德正要转身下楼,却听见楼梯顶端有人说道:

———————

① 《乞丐盛宴》(Beggars' Banquet),滚石乐队发行于1968年的一张著名专辑。

"沙希德,是你在下面吗?"

"是啊。"

"你介意上来给我提点建议吗?"

"你想知道什么?"

"我拿不定主意穿哪件衣服好。你能看看我的样子行不行吗?"

他登上楼梯,心怀好奇地想:今天晚上迪迪会和自己发生什么事呢?

第六章

没过多久,沙希德和迪迪走出房子。齐力一看见他们,就发动汽车开走了;为此,沙希德在心里默默地对他深表感激。

他们沿着马路走去。一辆巴士停了下来。司机看着他们,见迪迪摇摇头,便又按按车铃开走了。

在卡姆登广场近旁,迪迪没怎么对着街上的车流招手,就有一辆出租车径直停在了他们跟前。迪迪坐进车里,倾身向前对司机讲了往哪儿开。沙希德磨蹭了一会儿,心想:迪迪穿着短裙和宽翻领夹克,里面穿着黑色胸衣,看上去好靓丽啊。

在出租车里,他们两个挨得很紧。"我们想把那座房子卖掉,安德鲁和我现在已经分居了,"迪迪说,"我必须得尽快给自己找个住处。"

她闻起来有鲜花的香气。她的耳环像两滴摇摇欲坠的水珠,颤巍巍地抖动不止。

沙希德说:"你们为什么要分居呢?"话刚一出口,他就暗责自己竟然问出这么不得体的问题。

迪迪没有回答，只是在自己的皮包里不停摸索，好像要取出某种奖品似的。

沙希德坐着，至少他是坐在伦敦的出租车里。

迪迪告诉他："那个男人只对一件事有兴趣，就是政治。有好几年我也被扯了进去。我自己都无法相信政治让我的生活多么地受限制。弄到最后，我都感到心虚有罪了。"

"你现在对什么有兴趣？"

"我正在努力寻找。不一样的东西。文化。如果可能，我真想什么都不做。只想随自己的兴致去尝试一些东西。没错！"她再次把手伸进皮包，"安德鲁已经有了新的女朋友；所以，他很多时候都待在他的女朋友那边。我们之间有过约定——谁也不许带自己情人回家。"

沙希德发现，"情人"这个词用在安德鲁身上显得很滑稽；他禁不住想象布朗罗博士赤裸着下身的样子，让自己稍微自娱一下。然而在想象中，他却看见安德鲁正在亲吻迪迪，同时暗自揣想她怎么找了这样一个家伙。

迪迪从包里掏出一个四角镶着铜片的小木盒；这让沙希德禁不住想，迪迪很可能比他所了解的更要复杂。迪迪从那个木盒里取出两颗压着沟槽的白色药丸。药丸像微型炸弹似的躺在她张开的手掌上。

"我不知道自己为什么对你如此毫不遮掩——说不定我对你产生了某种特别的感觉呢。"她说道。

"这就是你今晚请我过来的原因吗？"

"对。因为你很寂寞，而且我喜欢你看我的样子。"

"是不是有很多男人向你献殷勤啊？"

"什么？"

"我只是在猜想。抱歉，我不是故意要这么问。"

迪迪凝神看着车窗外面，"我要吃颗东西。你要不要也来一颗？"

"什么东西？"

沙希德能感觉得到她的身体紧贴着自己。

"会让你又笑又跳的东西。"

她告诉沙希德那是什么。"你会体验到……"她讲的一些药品名词，和她表现出来的学者气派的样子，让人感觉她就像一个不顾后果的医师。沙希德津津有味地听着，她居然懂得那么多。不过，沙希德还是感到有些不安，她怎么谈的都是被母亲称为"坏东西"的事情呢？又是流行音乐，又是毒品；而且她谈这些话题的样子跟成年人谈论酒和文学一样，显得若无其事。

"没错，"他说，"我们一般都是抽烟，但我只吃过一次这种药丸，是在布莱顿吃的。"

"感觉好吗？"

"我吞了一半，而且给我药丸的那个人对我说，应该来拜访你。这就是药效啊。"

"我很高兴你吃了。这种药丸的效果非常柔和。这是我的感觉。你觉着呢？"

出租车平稳地向前行驶，路上的车辆不算很多。沙希德一点都不知道他们要去哪里。在这个漫无边际、形状模糊的城市中，你可以开车跑上两三个小时，也走不出城市的另外一边；而且一旦你开车过了某个地点,过了某处观光客从来不会涉足的地方之后,就会见到人们的穿着显得更为破烂,车子更为老旧,住宅也更为缺乏照管。

迪迪把一颗炸弹药丸放在舌头上,头向后一仰,就着她随身带来的塑胶水瓶喝了下去。

"说实在的,我想感觉还不错。"沙希德说道。

"确定吗?"

他在座位上扭动了一下。"王子的录像已经让我无比兴奋了。"

迪迪没有说话,也没有看他。他弄不明白,迪迪是在生他的气,还是在生她自己的气。肯定是发生了什么误会。

他想请迪迪让出租车停下。乘坐巴士或地铁回宿舍用不了太长时间。里亚兹一般都会工作到很晚,有那么多的事情需要去做——他需要有人帮他打字;再也没有比里亚兹的工作更值得去做,更不可或缺的了。里亚兹、哈特和查德是沙希德认识的第一批跟他背景相似的朋友,他用不着每件事情都得去解释。查德信任他。哈特跟他称兄道弟。他与这些人的关系比与自己家人还要亲密。但是这个把他邀请出来的女人——他已经十分小心地不去喊她"老师"——却似乎绷得太紧。看来,她属于那种自以为有很多问题的人,动不动就会跟自己的朋友或医生讨论那些问题;但是,与绝大多数人相比,很明显她过的是一种十分惬意的生活,而且很可能过得极度无聊。她不是也承认,说自己想寻欢作乐吗?不管怎么说,她让沙希德感到紧张。她到底想和他做什么?

"咱们到哪儿了,迪迪?"

作为回答,她指了指外面。桥的斜坡使他们乘的车子滑进了伦敦南区。沙希德自己本来也能看到这一点。他实在不喜欢迪迪向车窗外面指指河水的做法。

出租车上开着暖气,热气透过衣服直抵他的皮肤,使他浑身汗津津的。他得脱掉衣服或是下车到外面去。他估摸着,下车应该是比较容易的;无论整件事情会怎么样,还是可以及时抽身,隐没在这座城市中。

红绿灯让他们停了下来。他倾身向前抓住车门把手。他心想,在毁掉自己之前,还是得好好考虑清楚啊。他想打开车窗。但是车窗纹丝不动;他试着往上下左右推拉,甚至还抓住车窗玻璃上的铁箍,然而还是没能让车窗有任何松动。他总不能像雨中的猫似的,就这样一直胡乱摸索啊。迪迪别开脸不去看他。她往手上倒了一些水,沾湿前额,又在脖子后面抹了抹。沙希德浑身灼烧,坐回位子上。

迪迪从他前面探过身来,碰了一下,就让车窗打开了。带着雾气的河风吹进车里,特别舒适宜人。司机伸伸懒腰,打开收音机。有一阵嗞啦嗞啦的声音,似乎是关于苏格兰东北方奥克尼群岛的天气报道;他们以为在车里只能听这种嗞啦嗞啦的电波声了,这时司机把频道转到流行音乐电台,并把声音调高。

突然,沙希德听见一种让他的双膝上下舞摆的乐声。难道是"大门乐队"①? 不对,蠢货,这是一种新音乐,是"石玫瑰"②或"飞

---

① 大门乐队(the Doors),1965 年在洛杉矶成立的一支美国摇滚乐队,乐风融合车库摇滚、蓝调与迷幻摇滚;主唱莫里森模糊、暧昧的歌词与无法预期的舞台风格,使该乐队成为音乐史上颇负争议的乐团。
② 石玫瑰(the Stone Roses),1984 年在英国曼彻斯特组建的乐队,1996 年解散;这个乐队的出现使英国的独立摇滚(Indie-Rock)进入新的时代。

毯乐队"①这类曼彻斯特吉他乐队的作品。但不管是哪个乐队的作品,这首曲子让他精神为之一振。音乐对他的作用就像给他注射了一剂肾上腺素,他真想跟这位邀请他出来的老师一起去狂欢。(要是他能问问他们准备去哪儿就好了。)一旦他不再想着克制自己,他便发现自己还是挺喜欢这种感觉的。现在,他可以确定自己是愿意留下来的。是的,这样做并没有什么不好;齐力就没做过这样的事儿。

"好啊。"他说。

"什么?"

"我要吃。"

"确定?"

"当然。"

他闭上眼睛,把药丸扔进嘴里,就着水瓶喝了一大口水。接着,他伸出手,一把搂住迪迪。迪迪立刻顺势把头靠在他的胸前。现在,他想亲吻她;他努力鼓起勇气,却又害怕铸成大错,因为齐力说过,真正要紧的是声音而不是肢体语言,很多人在这方面都搞错了。眼前这位可是自己的老师,天啊,弄不好自己会被学校除名的。

他们转进一条狭窄的死巷,一条专为谋杀案、过时的小工厂、上锁的汽车修理间、模样悲惨的树木而设的暗巷。接着他们又转个急弯,拐进一条小夹道。夹道尽头那幢微微颤动的建筑就是

---

① 飞毯乐队(Inspiral Carpets),1983年在英国曼彻斯特组建的乐队,1995年解散;被认为是二十世纪八十年代晚期至九十年代早期曼彻斯特音乐圈的第三大受欢迎的乐队。

"白宫"。

这是一座银白色的仓库。

仓库前面是一个院子,院子当中有一条两旁围着带刺铁丝的小路。整个地方都被一堵高高的围墙圈在里面,并且被刺目的黄光照射着,看上去俨然是一座监狱的院子。三个岗楼式的入口都有人把守,那些人对着无线电话咕咕噜噜地讲着话。一大群人在冷飕飕的夜色中围着他们。有些年轻人因为进不去,颤抖着身体挤在围墙边。有些人则像难民似的试图爬到墙上,对着里面的房子狂吼乱叫,却都被拽下去,赶开了。

迪迪说了她的名字,他们两人就获准进去了。监视器录下他们的身影,在众人艳羡的目光注视下,他们大摇大摆地走过亮着探照灯的通道。那种情景就像是大明星参加首映式。他们走进一个摆满桌椅的昏暗的酒吧;人们坐在随风鼓荡的伞状遮棚下面,喝着汽水或果汁。这里不售酒类饮料。

"走这边。"

沙希德跟在迪迪身后,穿过波动起伏、迷宫一样的帆布通道,最后走进一个形如洞穴、至少可以容纳五百人的房间。旋转变幻的五彩幻灯的光影投射在四周的墙上。一波波汹涌的声浪犹如星际间的回音;一束束万花筒似的光柱投射在空中。很多男人都是敞胸露怀,只穿着丁字裤;有些女人赤裸着上身,或是仅穿一条短裤和有网眼的上衣。有个女人全身赤裸,只穿一双高跟鞋,大腿根部绑着一根巨大的塑胶阳具,并与之大跳双人舞。其他人要么身上装扮着橡胶制品,要么戴着面具,要么打扮成婴儿模样。这些人舞跳得既狂放热情,又个性独具;有的人口哨连连,有的人则开怀尖叫。

迪迪的嘴唇触碰着沙希德的耳朵。她的发丝和皮肤散发着香气,有种无法阻挡的亲密感,以令人震惊之势扑面袭来。

面对眼前这地狱般的景象,她大声喊道:"咱们就先看看,然后再到别处。"

"我会感觉自己快要飞起来吗?"

"怎么? 你头晕吗?"

"我说不上来。"

她说:"你知道,我觉得是我把你逼成了这样。"

"是啊,可是我很感激你。可以说这也是一种教育,对吧?"

她开始快速地舞动手臂和双腿。随后,她扭动得更加具有挑逗性,身体就像一卷缓缓抖开的绳索。沙希德站在她的前面,因为害怕自己会漂浮起来,双脚用力踩着地面。

他半闭着双眼,观察眼前这片炽热灿亮的紫外线烟雾。透过这层金色发亮的薄雾,他发现,尽管大家会彼此凝视对方,但是没有谁表现出对别人产生了多大兴趣。于是,他也这样做了起来;看上去每一个人都是那么美好。不过,还没等他想明白怎么会有这样的感觉,自己怎么会如此陶醉,一股满足感像潮流一般漫过他的全身,就好像有只生物在他身体里舒了口气。他感觉自己快要脱离地面,飘飞起来了。

这种感受消失之后,他觉得被抛弃了。他想再次获得这种快感。这种快感一波一波地出现了。在强烈的恍惚状态中,他开始快乐地扭动起来,他觉得自己仿佛成了一片涌动不止的波浪。他完全可以这样永无休止地舞动下去,但没过一会儿,迪迪说:"咱们该走了。"

一波波电光在空中闪烁。成片成片树枝似的手指散射着光焰,向着那几个从纽约飞来的 DJ 乐师挥舞;DJ 乐师就坐在供他们专用的玻璃亭子里。

"啊,为什么?"

"一个非常可靠的学生告诉我说,还有一个更棒的地方。那里正在举办'告别十年'舞会。"

"这个十年还没有结束呢。"

"没错;但是到了那儿,你就会感觉已经结束了。"

"迪迪,不可能还有比这儿更好的地方了。"

迪迪相当自信地点点头。她是无所不知的。"咱们先抽根烟,然后就出发。"

沙希德只好听她的。

他目瞪口呆地望着被华灯照耀得璀璨明亮、犹如歌舞剧舞台一般的街道,但是寒冷的空气冻结了他们额头上的汗水,使他的头脑暂时变得清醒了。他和迪迪都没说什么话,却忍不住看着对方。

他们坐进另外一辆出租车,对此他是知道的;但他一点都不知道他们是怎么坐上了这辆车,而且也完全失去了时间概念。他们往南边更远的地方驶去,他感觉他们好像正在穿过一座公园;那是一片苍翠、开阔、没有任何商店的郊区。雾气弥漫的马路上一派阒寂,看不见任何车辆和行人。那些没有灯光、掩隐在成排大树围绕的高墙和大铁门后面的公寓大楼,就坐落在远离马路的地方。他想到,此刻齐力不知道正在哪里。他又想到此刻已经躺在床上睡觉的母亲,这一带正是他们一家人喜欢住的地方。

他们抵达一幢透着不祥气氛的白色宅邸的铁栏杆前面；他猜想，英国的大亨们肯定会喜欢住这种深宅大院。车道上停着几辆卡车。有几个大块头的男子站在一片昏暗中。他们对沙希德进行搜查，把手伸进他的长裤里；沙希德还必须脱掉袜子，单脚站在泥泞之中，把袜子抖搂几下。

他们两个走进铺着大理石的大厅，举目所见便是一座气势宏伟的大楼梯。接着，他们通过服务效率很高的衣帽间，穿过酒吧，经过一只后腿直立、嘴中含着一盏灯的北极熊标本，再跨过纯白色的地毯，穿越了几道门、几条宽阔的走廊和一座树木直达屋顶的暖房，最后来到一座"极可意"按摩浴池，池子里的人全都光着身子。不远处是一个有灯光照亮的室内游泳池。泳池光影浑蒙的水面上漂浮着许多柠檬黄和酸橙绿的气球。再往前是一座向远处延伸过去的花园，由气雾状的蓝色光焰照亮。

这里是举办家庭舞会的绝佳场所。他们两个打量着这个地方；这时，迪迪挽住沙希德的胳膊，在他耳旁说道："野蛮的地方啊！那么神圣，又那么让人迷醉/在苍白的月影下彷徨愁苦的/是那为坏心肠的恋人悲泣怨叹的女子！"

这座房子先是被"飞来横财乐队"的鼓手宣称是自己的财产；那家伙同时是个门窗清洁工，在巡回工作时偶然发现了这座房子。但是前天晚上，房子又被别人擅自占据了。

今晚，这里被一大群从伦敦南区来的年轻男女侵占了。这帮人留着小听差的发型，穿着滑板运动上衣，头戴棒球帽或头巾，披着锃光发亮的防雨斗篷，套着宽达二十英寸的粗斜纹棉布喇叭裤。迪迪说，这些人中的大部分以前可能从未进过这样的大宅子，除非是要送货进来。现在他们正乐得忘乎所以呢。但是随着周末一结束,这座房子也会变成一片废墟。"这帮年轻人也会玩完。"迪迪补充了一句。

两人开始沿着楼梯往上走,但是大群的人正在往下走。没下来的人,有些一边舞动身体,一边举着双臂喊叫:"大家自由自在地乐啊,大家自由自在地……"也有一些人只是闭着眼睛点头不已。转眼,沙希德就跟迪迪走散了。

在楼梯平台上,一个长得精瘦干练的矮个小伙子一直在兜售药丸;他来来回回踩着吉格舞舞步,嘴里喊着:"要货吗? 要货吗……来来来来……为大家效劳喽! 为劳工阶级服务喽!"

"多少钱?"沙希德问道。

要价贵得吓人。

"你要几颗?"小伙子问。

"三颗。"

小伙子将三颗小炸弹似的药丸放在沙希德的手心,沙希德捏起两颗塞进嘴里。

"这东西叫什么?"沙希德问。

"这些白色玩意儿吗? 分腿丸。我还有其他种类的。"

"不用了,这些就很好。"

"祝你玩得愉快,"小伙子说,"再见。"

"你在干什么?"迪迪问。她就站在沙希德身后,双手搂住他的胸膛。

"瞧这个。"

他把剩下的一颗压有沟槽的小炸弹放在迪迪伸出来的舌头

上。接着,迪迪又消失在人群中。他就一个人继续顺着楼梯往上走。

楼上冷飕飕的房间里,没有一个人是站着的;年轻人全都躺在地板上,除了互相亲吻或抚摸,动都不动一下,就像是遭遇了大屠杀。沙希德需要加入这些人的行列;他在身体横陈的地板上挤出一块地方,躺了下去。他刚一闭上眼睛,脑海里的思绪就变成了一片璀璨闪耀的长方形亮光,五颜六色的影子在其中舞动不止;但在以前,他脑海里出现的东西像地壳的横断面一样,古老而且层次分明。

有人在轻轻地推他;他张开眼睛,看见一个女孩正在瞧着他。

"你好。"

他吃了一惊,问道:"你在干吗?"

"觉得很舒服,跟你一样。"

"那其他时间呢?"

"什么其他时间?"

"任何时候。"

"我都来这里。"那个女孩说。

"不会是天天来吧?"

"每个周末。礼拜五、礼拜六和礼拜天。其他日子嘛……"

"怎么?"

"我需要躺在床上——你也需要啊。到明天,你就知道啦。"

沙希德非常兴奋,浑身像液化了似的沸腾,仿佛他的胃里有一台熔炉,正在慢慢地将他的骨头和肌肉熬成熔岩。但那个女孩说的话让人气恼。凄楚的感觉潜藏在他心里的某个地方:他一直深爱着的那些东西全都淡化消失了,他非但找不到它们的踪影,就连那些东西是什么也记不起来了。他必须找一支笔,把活下去的理由列出来。但是,列在清单上的哪条理由能比得上这种药丸所带来的快感呢？别人让他看到了一个危险的秘密;这个秘密一旦得到揭示,那么考虑到这种快感的强烈程度,生命中的很多事情都会显得微不足道。

他和躺在旁边的那个女孩接着吻,彼此吮吸着对方的舌头,直至感到两人的头像是要胶合为一时才停下来。

有个人在他身旁躺下,还使劲拖拽他的肩膀,但他毫不在意。整个房间已经变成一具无名的躯体、一张嘴巴和亲吻。这时,他被人扳着翻过身来;是迪迪,她先是表情凶狠地扑到沙希德身上,然后推开旁边那个女孩,把舌头伸进沙希德的嘴里。

她拉起沙希德的手,带着他离开那个房间;他们成了当晚最先进游泳池的人。

他们钻进安静的出租车,发觉自己的耳朵特别渴望听到音乐,就像一个人胃叫唤着想吃东西似的;但是车里没有播放音乐。迪迪把头靠在沙希德的肩上。"给我讲个故事听吧。"

"哪种故事？"

"呃,又浪漫又下流的那种。"她闭上眼睛,"你说的时候我会在脑海里想象。今天晚上,我闭着眼睛也能看得见。"

刚开始,因为既害怕又难为情,沙希德有意把故事讲得听起来很幼稚;但是在他结结巴巴地讲的过程中,迪迪又是扯他的衣领、又是舔他的耳朵,于是他只好依照这个听者的要求,想出一个相当淫秽的故事,一个让迪迪觉得非常刺激的故事。

等到沙希德再也编造不出更多故事时,迪迪问:"呃,今晚的事儿你不会告诉任何人吧?"

"当然不会。"沙希德看得出迪迪还在为此担心,"我保证,宝贝。"

"嗯,就叫我宝贝。"她吻着沙希德的脸,"宝贝,宝贝,宝贝。"然而她还是顾虑重重,"但愿在这种事情上我不会是最老的女人。"

"希望你不要为这种事儿担心。"

"这种事儿让我想到,我所有的朋友都已经结婚成家,或是跟他们的情人生活在一起。他们很多人如今至少也都有了一个孩子。他们做梦都不会想到做这样的事情。我也没法开口对他们讲这种事儿。"

沙希德认得那条街,但是所有的大门看上去都是一样的。迪迪边笑、边帮着他用他的钥匙试开了几座楼房的大门。终于打开了一个门,两人走进散发着腥臊猫尿味的门厅。那辆出租车在门外等候。他们两个靠在门厅的门上亲吻。

"还要吗?"

迪迪回答:"还要、还要。"

他爬上楼梯,朝自己的房间走去,嘴里还重复说着"还要、还要",最后对这几个字连感觉都没有了。

他本来应该呼呼大睡,但是他清楚一觉醒来后,生活还会是平庸乏味的。迪迪为什么非得走呢?迪迪为什么现在不跟他在一起?在那个如梦似幻的游泳池里经历了那段兴奋时光之后,他为什么不能要求他的老师跟他一起共度良宵呢?

他拖着身子走进自己的宿舍,把衣服丢在地板上,一头倒在床上;与此同时,他觉得迪迪肯定正在赶过来的路上。迪迪肯定已经下了那辆出租车,然后发现孤单一人的滋味是无法忍受的吧?因为知道沙希德在等她,她肯定是穿过那些陈列着正在燃烧的北极熊的街道,奔他而来了。毕竟,在那辆出租车上,她悄悄说了一些话——那些话可是沙希德从十几岁时起就想听到的话——"你想让我帮你吹喇叭吗?我肯定喜欢把你的棒棒含在嘴里。"她说过这些话,不是吗?

然而,此刻,在那种快乐终于就要成为现实的时候,他的牙齿却格格地打起颤来。他能让迪迪获得满足吗?他的蛋卵缩得都摸不到了。如果发现他这副德行,迪迪肯定会匆匆忙忙把凯瑟琳·哈姆奈特牌子的外套再穿到身上,经过那排等候里亚兹接见的目瞪口呆的队伍,一蹦一跳地冲下楼梯。她会坐上一辆出租车,奔到伦敦西区的某家俱乐部。他会眼睁睁地看着她跑进那家俱乐部的大门,投入一个高大男子的怀抱;那个男子身着晚礼服,正在等候她呢。

不过,如果迪迪真的按响门铃,最起码沙希德用不着穿着睡衣裤躲进被窝里。他可以起来——做点什么呢?准备一份煎蛋饼。他穿好长裤,戴上随身听,转开煤气炉上的三个阀门,在煤气炉旁边布满灰尘的地板上躺下来;他想保持警醒,好在恰当的时间敲开鸡蛋——要是他能找得到鸡蛋的话。说不定迪迪会带一些过来呢。没错,她肯定知道要带一些过来。

他一边琢磨迪迪还说过些什么话,一边掏出自己的鸡巴,拨弄它,想让它挺起来。(迪迪很快就会到啦;他要脱光她的衣服,躺在她身边;早上他们俩就一起去学校——作为情侣。)在门厅里道别的时候,迪迪曾向他道歉,因为带他去了那些只有白人的地方。"那座'白宫',呃,你知道,非常白。"

那是什么声音?她在敲门。她已经到了!他得让她进来。但是他动弹不了;房间旋转得非常厉害,他的手甚至连地板都按不住。迪迪当然会知道这种情况的。反正啊,他没有锁门。迪迪朝着他走过来,轻盈得好像一位天使。

她想弄醒他啊!他苏醒过来,迪迪把他抱进怀里;那怀抱如同母亲的一样温暖,他完全沉醉了。

第七章

"你绝对是那种好运亨通的家伙,"查德对沙希德说,语气中带着讥嘲。"嘿,沙希德,我真想知道你为什么会这么幸运!"

里亚兹站在自己的书桌旁边,正在整理一大叠文稿。他每整理好一部分,塔希拉就将它们交给查德,再由查德归入一个文件夹。

这会儿,沙希德兄弟坐在里亚兹的床上,一只手遮着眼睛,另一只手兜在嘴巴前面——好像他嘴里塞满了帕尔玛干酪——准备随时接住从嘴里喷出来的东西。

他费劲地说:"为什么说我是幸运的?"

"可以发挥了不起的作用啊。大哥特别指定需要你。"

半个小时之前,查德硬是把沙希德从床上拉了起来。当时他站在床边,拎着沙希德的衣服;沙希德则扶着他,趔趔趄趄地穿上内裤、长裤和衬衫。此刻,看见查德脖子后面一圈棕黄的肥肉,沙希德有点惊呆了；要在平时，他一定会嘲笑这种荒谬的情景，但是现在他有些烦躁。

"东西在这儿，沙希德。"里亚兹说道。

"沙希德！"查德提醒道。

沙希德看见里亚兹站在他面前，手里捧着一大叠稿纸。里亚兹一直等到沙希德睁开眼睛，才把那叠稿子交给沙希德，而且还显出不甚情愿交出来的样子，仿佛承受着无法抗拒的压力似的。

"这是什么，里亚兹？"沙希德语气温和地问。

"请拿好。"里亚兹要他接住稿子。

沙希德用黏乎乎的手指翻了翻稿纸，每翻一页都留下湿乎乎的指印。稿子差不多有五十页。手写的标题，《殉道者的想象》。

查德表情诧异地看看沙希德，又看看里亚兹；塔希拉则对沙希德露出满面笑容。

"呃，这是我……这是我写的一本小书。"里亚兹说道。

"哦！"塔希拉惊呼道，"完成啦？"

"目前还只是手写稿。拜托，"里亚兹对沙希德说，"你愿意帮我一个忙吗？"

"干什么都行，里亚兹。"

"你可以帮我把它用打字机打出来吗？"

"当然可以。没问题。"

"查德跟我说你具有一些文艺气质。"

"哦，我正在写一本小说。"

"什么内容？"查德插话问。

"写我的父母。写人的成长。一本典型的处女作小说。"

"希望不是侮辱人的作品，就像有些人写的那种①。"塔希拉说。

"他不是那种人。"里亚兹说。

"没错。"塔希拉表示同意。

里亚兹说："呃，有其他人曾经自告奋勇，但我想了几天，觉得这件事请你来做是最合适的。"

出于好奇，沙希德翻开第一页。稿纸没有写满。是诗。里亚兹写了一本诗。他也是位作家啊。

里亚兹羞赧地对沙希德笑笑。"你知道，我来自巴基斯坦的小村庄。这些东西基本上都是……关于回忆、青春、暮年的诗歌。不过，或许它们也能给这个世界带来一点小小的改变。"

"我不知道您——"沙希德边说边翻看稿子。他能看得出，里亚兹喜欢用形容词，但也很清楚在合适的地方使用动词。

"喔，是啊，"查德说，"里亚兹是诗人。"

里亚兹谦和地微微一笑。"这是神的作品。"

"首页上写着你的名字。"沙希德说。

"是啊，"里亚兹满面笑容，"我得负全责。"

塔希拉给了沙希德一杯水和两粒止痛药片。"也许这个可以帮助你完成工作。"然后她转向里亚兹，"这本书包含着什么寓意呢，大哥？"

"寓意——呃，所有艺术，只要是真诚地对我们说话，都必须蕴含某种寓意——那就是爱和怜悯。"

---

① 暗指《撒旦诗篇》。

"说得真好，"查德低声说。他指指沙希德。"现在咱们得走开，好让老大哥思考事情。"

沙希德眼里闪烁着泪光，倒退着移向门口。"里亚兹大哥，谢谢您……谢谢您……为了一切的一切！"

"不用，不用。"里亚兹说。

查德按捺不住，紧跟着进了沙希德的房间。

"哇噢，真是了不起，他居然把书稿交给你来打字。这是殊荣，真的是殊荣啊。"

"你自己并不想做这件事，对不对，查德？"

"说什么呢？我警告你——这件事你必须得严格保密。"

"你以为我是什么人啊？"沙希德说。他有点恼火。老爸和齐力曾经教过他如何善用脾气，这也是他一直以来想要培养的一种能力，可是做起来并没那么容易。"你的意思是说我不值得信赖？"

"不，不，兄弟。"查德竭力安慰他，"不过，里亚兹是危险人物，太激进了。对我们来说，他是朋友；但是联合会中的很多重要人物是绝不会喜欢他搞创作的。对他们来说，这种行为太轻浮无聊、太淫逸享乐了。这帮人中有一些去超级市场的时候，如果里面正在播放音乐，他们就会转身跑出去。"

"真的吗？"

"他们认为情感之类的问题没必要讨论。里亚兹应该好好利用他的时间，去做更多严肃的事情。"查德把手放到沙希德的肩上，"抱歉啦，兄弟。你身体感觉怎么样？"。

"有一点虚弱。"

查德从沙希德手中抽出里亚兹的书稿。"你干吗不先好好休息一下,然后再开始这么重要的工作?"

沙希德在床上躺下。与此同时,查德坐到沙希德的书桌前,翻阅起了那部书稿,尽管里亚兹似乎并没有允许他这样做。

那天早晨大约六点钟,沙希德躺在房间的地板上醒来,浑身发冷,太阳穴疼痛。有人用手指翻开他的一只眼睛;他的耳朵里有汩汩流淌的水声。更为糟糕的是,他感觉自己被密密实实地罩住了,仿佛有人用塑料袋套住了他的头。他透不过气来。他的嘴巴、喉咙、鼻子都觉得堵塞。他像溺水的人一样挣扎;可即使这样,他仍然无法搞清楚怎么会这样憋闷,也不明白自己身体的正面因为什么而湿成了一片。他担心自己的脑子已经化成了汤汁,正在从鼻孔和嘴巴里往外流溢。最为糟糕的是,迪迪正在拍打他的后背,而他的老二却裸露在外面。

听见他回家的并非迪迪,而是里亚兹。当时里亚兹正在琢磨要不要给工党领导人乔治·鲁格曼·拉德写几封信,因为警觉到煤气味,他便走进了沙希德的房间。

正是里亚兹把堵在沙希德喉咙里的呕吐物拍了出来,又把沙希德拖到盥洗盆前,给他清洗了嘴巴和鼻子。最后,沙希德倒在床上,在一排高低起伏的紫色锥状光影后面,看见他精神上的兄长拿着妈妈给他买的法兰绒毛巾,擦拭着墙壁、地板和几本企鹅版经典读物上的呕吐秽物。干完这些之后,里亚兹把那块毛巾冲洗干净,搭在盥洗盆的边上;接着,他又查看了他这位邻居的体力状况,见沙希德没有大碍,便蹑手蹑脚地离开了。

现在,沙希德很想睡上一会儿。他需要睡觉,同时也想梦见迪迪,梦见她穿着什么衣服,梦见她说过什么话,梦见他们两个在一起会干什么、会去什么地方。还有,他渴望再次见到迪迪,甚至重温昨晚的经历;只要迪迪需要,他会毫不迟疑地尽快赶过去。他怎么能回到没有迪迪的生活状态呢!多么成功的出击啊!肯定会让人们羡慕的——倘若他确实认识什么人的话。然而,没有人可以让他去当面吹嘘这个恋人,尤其不能对他的几个新朋友谈起。

沙希德的思绪渐渐飘远,同时发觉他可以在神游中重现昨晚的一幕幕幻景。就在这时,这些幻觉跟房间另一边查德的声音交汇了。"太精彩了,"查德愉快地叫道,"'纯粹之美在我的手中……刀剑的阴影多么芳醇。'"

沙希德坐起来,伸手去够放在床边的碗。

"'你的身体濡湿,你蛊惑人心的舌头讲述童话故事,你这下贱的坏女人。'"听见沙希德的呻吟声,查德向他转过身来。"对不起,我不是和你说话。你知道吗?沙希德兄弟,里亚兹还有一件事想让你帮忙。只是他不好意思问你,这点我知道。"

"什么事?"

"他需要你帮助他出版这本书。"

沙希德对着碗干呕了一顿,用羽绒衫擦了擦嘴,然后说:"你知道,昨晚我病得特别厉害。而里亚兹来到我的房间——"

"他的直觉力——"

"他救了我一命。"

查德满意地咕哝道:"你欠了他一个大人情啊。"

"是的,"沙希德同意道,"我已经承诺过,会尽全力来报答他。"

"你会帮他找一家出版社出版这本书吧?"

“当然。”

“我代他谢谢你。”

这一天接下来的时间，沙希德再也无法入睡，他心里一阵害怕一阵欢喜，就好像整个人一会儿被丢进冷水里，一会儿又被扔进热水里。

不过，他起码是躺在床上。在家的时候，他一般难得有懒散的机会。老爸——会在几小时前就去上班了——总是安排提珀叔叔来叫醒他——家里修整花园和清洁的工作全都由提珀叔叔承担。但是，提珀叔叔总是紧张兮兮的，没法当面叫醒沙希德；所以，他常常是先在卧室外面的过道里用吸尘器打扫，然后也不管沙希德是否还在睡觉，就用吸尘器打扫沙希德的床底下，接着是吸床单，完了就赶紧溜走。

沙希德在进旅行社和父母一起工作之前，很少见到父母的面。一个星期中有好几天，他们都在外面陪客户吃晚饭，参加宴会，或是加班到很晚，或者就是老爸和自己的老朋友待在房间里。沙希德知道他们在家，多半是由卫生间传出来的声音做出判断。沙希德躺在床上，听见父亲大人用了大量的水；至于他在干什么，沙希德却是一无所知，唯一清楚的就是水龙头一直在汩汩地流着水。母亲则动不动就丢三落四：不是将眼线笔忘在洗脸盆里，就是忘记耳环之类的东西；她的各式皮包咯啪啪啪地开合；她的高跟皮鞋咔嗒咔嗒地敲着地板。

不久之后，就能听到前门关上，车子发动。沙希德会从床上起来，同时提醒自己别忘了是哪个亲戚住在家里；如果是苏尔玛的话，他就一整天尽量待在自己的房间，或是想方设法避免跟她碰面。

那种整天觉得沉闷窒息、因为没用而迷迷糊糊的日子一去不复返了。他要正儿八经地做事情了。

傍晚时分,他终于能挣扎着从床上起来,坐到文字处理机前面。他翻开里亚兹的手稿,双手放在熟悉的键盘上。他开始一字一句地给里亚兹的作品打字;然而,虽然盯着屏幕,他还是禁不住陷入梦境般的思绪里。

沙希德十五岁的时候,父亲因为被齐力激怒,便强令沙希德进旅行社工作。工作并不算轻松,因为沙希德必须得装出很忙碌的样子。幸好,在后面的办公室里有两台弃用的打字机,还有一本《打字入门》之类的书,沙希德便照着书自己学起了打字。他喜欢那台矮墩墩的、装有黑红两色墨带的灰颜色机器;字键敲在纸上的声音,就像雨滴落在铁皮屋顶上的声音一样清脆;每行字一打到结尾处,就会出现叮的一声,提醒他该动一下换行控制扳手。为了提高打字速度,他照着自己最喜欢的作家们的作品段落进行练习:比如钱德勒①、陀思妥耶夫斯基、亨特·汤普森②。每当他在旅行社呆得厌烦时,他就更改那些作品语言,让书中人物按照他的想法行事。他甚至用有老爸名字抬头的私人信纸写起了短篇小说。

他的处女作题目是《巴基斯坦佬滚回老家去》;他把轻薄的复

---

① 雷蒙德·钱德勒(1888—1959),美国著名推理小说家,代表作有《长眠不醒》《漫长的告别》等。
② 亨特·S·汤普森(1937—2005),是美国著名"刚左"新闻(Gonzo Journalism)开创者,这种报道风格是"基于福克纳的思想,即最好的小说远比任何一种形式的新闻更为真实",旗帜鲜明地反对传统新闻报道观念中的客观、中立、真实原则,认为不可能存在真正"客观"的报道。

写纸夹在两张纸中间进行复制,结果弄出两份污迹斑斑的模糊复写稿。故事的主角由他学校班上六个坐在后排的男生组成;有一天,讲课老师刚刚大失所望地走出教室,这帮小子就冲着沙希德同声唱道:"巴基佬,巴基佬,巴基佬,滚出去,滚出去,滚出去!"他唤醒对这件事的记忆,把当时的情景用打字机敲了出来;他用尖锐的、极度煽情的散文语言描写了当时那种让他无法形容的恐惧和愤怒,就像灵歌歌手对着麦克风放声嘶喊。

有一天晚上,他回到自己的房间,发现母亲身上还穿着雨衣,正在读这篇东西。母亲把稿子冲着他扬了扬,就像发现他写了一封关于她的信,而信的内容让人极其无法忍受。

"我就知道你一直在玩花样。我希望你没有打算把这篇鬼东西拿去发表!"

"我还没想过这事呢,"他撒谎道,"这也不是我能决定得了的,对不对?"

"那谁能决定啊?"

"随便哪个对它感兴趣的人。"

"绝对不会有人感兴趣! 有谁愿意看这种玩意儿啊? 大家的生活中都不想有这种仇恨。"母亲开始撕刚刚读过的稿子,"再见吧坏东西,再见吧坏东西——你也甭想到处散播了!"

对母亲来说,要想撕毁那十五页稿子,在体力上并没有那么容易;而且,沙希德早就把一份复写稿寄给了一家名叫《立场》的文学杂志,还附了一个写好回信地址的信封——每天早上,他都会匆匆忙忙跑到楼下,去查看那个信封被寄回来没有。现在,母亲甚至抬头瞥了儿子几眼,希望儿子帮把手,但是沙希德绝对不会帮着她去撕；尤其是见她竟如此执意要将稿子撕毁，还把身体向前倾着，用更大的力气去撕，沙希德就更不愿意插手了。

接连好几天，母亲都没有给他好脸色。

母亲最痛恨的就是关于种族或种族主义的言论。也许正是因为她曾经遭受过被人轻视的伤害和耻辱吧。她的父亲曾经是一名医生，很多人——政治家、将军、记者、警察局首长——经常造访他们位于卡拉奇的家。所以，想到有人会对她不敬，她就无法忍受。即便是每当沙希德因为害怕上学而上吐下泻，或是每当他放学后，身上带着伤疤、青肿和被人用刀子割破的书包归来，妈妈也会表现得仿佛这种骇人的侮辱事件绝不可能发生；而且，她还会转过身去，眼不见心不烦。对母亲来说，知道得太多会让她难以承受。

然而，母亲对他的作品的态度还是让他十分震惊。就在两年前，他们母子两个曾一起在肯特大学的剧院看过悲剧《贝尔纳达·阿尔瓦之家》①。从戏一开始——一个正在擦洗石头地板的仆人；教堂里破旧斑驳的大钟；一身黑衣装束、酷似法官的老妇人，进场时让人不寒而栗地喊叫着"安静啦！"——直到最后舞台灯光熄灭，洛尔卡创造的炽热、幽闭的世界让他们深为震撼。沙希德从来不知道剧场竟然可以这样触动人心。而让他尤为高兴的是，他能感觉到坐在身旁的母亲跟他一样着迷、兴奋、激动。

整部戏快要结束的时候，他无法忍受因为讲话而破坏戏剧的魔力，也不想去听观众席上任何观众的评论。母亲似乎也感觉到

---

① 《贝尔纳达·阿尔瓦之家》(The House of Bernarda Alba)，是二十世纪西班牙著名诗人、剧作家洛尔卡的悲剧作品，写一位封建专制的老妇人为了替已故丈夫守孝，把自己的家变成一座与世隔绝的牢房。

了这一点；在驾车回家的路上，两人心有灵犀地保持着沉默，尽管沙希德还是问了她，这出戏有没有让她想起在巴基斯坦的家庭生活。母亲沉思了好一会儿，才微微地点了下头。

"这就对了，这就对了啊！"事后，沙希德一边在自己的房间里兴奋得跳来跳去，一边自言自语。学校里教的文学可不是这样的；那里的书像药片一样塞在学生们的喉咙里，到最后只得吐出来。他满脑子想的都是这部戏；他不断在心里重温那些演员所唤起的悲剧感和对幽闭的恐惧；他大声背诵那些激越有力的台词。他激动万分地感到内心里的某些念头得到了印证。他逐渐发现新的感觉和新的可能性。于是，写出一篇能够实现这种效果的作品成为他最大的心愿。

可是，他算老几啊，竟然相信自己能够写出如此敏锐和深刻的作品？每三个人当中就会有一人觉得自己有能力写作，而且应该把自己的故事讲述出来。尽管如此，洛尔卡在被谋杀两个月前创作的这部悲剧并没有把沙希德吓倒。这部悲剧所蕴含的某种高贵庄严的东西启发了他，让他深信他会以自己的方式获得写作经验、想象力和奉献目标。他为什么要妄自菲薄、贬低自己呢？很多条件其实早已成熟。不管怎么说，最近几年来，写作早已成为他难以抗拒的一种冲动。当然，这并不是说他就不必鞭策自己去写，也并不意味着在很多时候他不会去做其他事情。写作是工作，但绝不会是全然愉快的工作；一瞬间的满足常常会伴随着一星期的沮丧。写作的报酬绝不会像孩子们玩的东西那样立竿见影、转瞬即得，也从来不会是纯粹单一的。每当取得了一点成绩之后，总会有更为艰难的东西需要去尝试。幸运的是，写作本身永无终结。

因为那个"洛尔卡之夜"而激发的各种感触，使他对其他同样动人的经验也充满渴望。他从图书馆转录了歌剧、爵士乐和流行乐。他反复地聆听作曲家巴托克、瓦格纳、斯特拉文斯基等人的音乐作品，他知道这些作曲家并不像一般人所说的那么糟糕。他寻找优秀的电影，而且如愿以偿。他不断扩展洛尔卡的经验，每次都会产生富有新意的想法和感受。他从来没有丧失对于感人肺腑、振奋人心的作品的渴求。

他曾经想当然地以为，那个"洛尔卡之夜"对母亲来说已经成了一种持久的陶醉经验；但是，不久之后他乘坐老爸的汽车时，老爸质问他为什么要写"那种该死的残忍玩意儿"。老爸对他自己的失败总是记忆犹新，所以并不喜欢对儿子们进行说教，但他现在却清楚地感到有这个必要了。"你就不是干这种事儿的人。你就不能好好读书吗？我那些侄子干的都是律师、医生、银行家。阿赫麦德做着帽子生意，在家里连桑拿房都建起来了！那些艺术家类型的人永远都在受穷——你该怎么面对亲戚们的眼光呢？"

沙希德开始逐渐明白，有很多事实是不能说出来的，否则会引起人们思想上的不安，甚至还会导致生活的混乱；事实可能会导致极其严重的后果。很显然，没有人去说的事情其实都发生了。

老爸说道："像你这号人，永远也干不了那种书呆子干的活。"

"可为什么呢？"

老爸虽然伤心，但却毫不迟疑地说："因为那些作家——"

"谁？"

"比如说霍华德·斯宾①、厄斯金·考德威尔②,还有蒙萨拉特③,他们都对花啊、树啊、爱啊诸如此类的课题很专心。而你在这些方面都没戏。咱们必须得——"爸爸语气温和地说,"活在现实的世界里。"

他没戏。花、树、爱诸如此类的课题。现实的世界。

"要是你再敢写那种东西,我非把你的脏手指头敲烂不可。"这话是后来齐力悄悄说的,当时齐力用手臂搂着苏尔玛坐在一边。"我从未见过老妈这样伤心欲碎。而且老爸,他来找过我。他已经有了血栓的毛病——都是你让他的心脏负荷加重了。我真不敢想什么时候你会让他的另一条血管也阻塞了。"

沙希德对自己的父亲既敬重又崇拜;他和齐力都想成为跟父亲一样的人,尽管各自的方式不会相同。(沙希德记得自己曾经模仿过老爸威风凛凛的走路姿势。)但是写作这件事需要另当别论。沙希德坚决认为老爸错了,而且无论他自己的人生方向是什么,都需要自己去寻找。

此刻,他坐在书桌前面,开始将里亚兹的手稿敲进那台亮着灯光的文字处理器。当他眯着眼辨认那些龙飞凤舞的笔迹时,他发现自己变成了别人的秘书,而且是一个精神有些恍惚的秘书。

他很快把诗作《一个异教艺术家》的首页打完了一半。他打字

---

① 霍华德·斯宾(1889—1965),英国威尔士作家。
② 厄斯金·考德威尔(1903—1987),美国二十世纪著名作家,代表作有《烟草路》《上帝的小地方》。
③ 尼古拉斯·蒙萨拉特(1910—1979),英国作家,有《残酷的海》《失去首领的部落》等作品。

的手指以与诗作主题不相称的欣快,在键盘上飞舞,感觉就像在迪迪的身体上弹奏。他告诫自己,专心致志才是创造力的基石。他定了定神;可是下面的小弟弟又勃起了,久久不肯消退。

第八章

　　为了到时候行事方便,沙希德把一包新买的保险套上面的封条撕掉。下午,他一直待在图书馆里修改关于王子的文章,之后才回到宿舍打好第一份草稿。此刻,傍晚刚刚降临,天色已经擦黑。外面的大街上格外嘈杂。他拉上窗帘,打开烧瓦斯的暖气。他已经尽了力,而且问心无愧,因此这一天接下来的时间他可以尽情享受了。他把灯光调暗,一边听《在黑暗中起舞》①,一边考虑该穿黑色、蓝色还是红色的牛仔裤。爱的承诺,还有这个晚上——整个夜晚——正在向他招手呢。

　　他就要去见迪迪了。自从上次约会之后,他们两人互相通过几次电话,在迪迪的办公室里见过面、接过吻。这一次是他提出来的,"我可以约你出来吗?"但是做安排的仍然是迪迪。她对伦敦很

----

① 《在黑暗中起舞》(Dancing in the Dark),歌舞影片《蓬车队》中的一段舞曲。

熟悉,也很乐意带着沙希德到处看看。她可是一位老师啊!

她在自己时常光顾的一家印度餐馆订了位子,就是维斯特伯纳-格罗夫路上的"斯坦德",那里没有毛面壁纸,也不会播放锡塔琴①音乐。那家餐馆的菜单从不更换,服务生的动作既迅捷又专业,而且不是兼职打工的演员或学生。那里有热腾腾的、会咕嘟响的印度奶酪,味道非常浓烈;还有在全伦敦也找不到第二家的味道特美的鹰嘴豆;只是在那儿待上一会儿,你可能需要打开窗户透透气。

他们可以到俯瞰着运河与游船的"梅达谷酒吧"去畅饮。在那儿,老顾客都喝用暗色瓶子装的欧洲啤酒;他们的穿着也都是很奇怪的组合,名牌、旧货、美式运动服,全都混着穿;也只有伦敦的年轻人会这样打扮。有些人的一举一动就好像他们要拍照似的;马尾型的长发比皇家赛马会上的马尾都要多。你可以一直坐在那儿高谈阔论,直到酒吧打烊。迪迪还搞到一些有致幻功效的大麻。他们说不定可以到电影院里去吸上几口。有一部诡异的巫术题材影片正在大门影剧院上映,很多人都在议论这部电影。

"有一套公寓。在伊斯林顿。是一个叫海辛斯的朋友的,他出远门了。要是你愿意,咱们晚一点可以去那里。住上一晚。怎么样?"迪迪说这些话的时候,沙希德可以听出她的声音有些紧张。

"好啊。"他说。

"好极了。那咱们就回头见。"

有人在敲门。沙希德很不情愿地开了门,因为担心是齐力来

了。但出现在眼前的是查德那张圆滚滚的、总是显得焦躁不安的面孔。查德冲进房间,一言不发,就把音乐给关了。

"嘿,听着。"

沙希德把保险套藏在手心里,一边提着裤子,一边塞进后面的口袋。"听什么? 说啊!"

"有时候安静就是最美的音乐。"

查德忽然装作一副如痴如醉的样子。可他来得真不是时候。

"难道你没有发觉这些音乐……太吵闹了?"

"在这个时间段远远算不上吵闹。"

尽管害怕查德的大块头身体和他身上那种抑制住的粗暴,沙希德还是一把将他推开,打开音响,以及连在一起的低音喇叭,弄得家具都震颤了。查德连忙用手捂住耳朵,同时还连连跺着脚;对此,沙希德全都看在了眼里。

"里亚兹派我来的。我在为大哥办事。"

"查德,我一直都想问问,那天你为什么翻看我的录音带?"

"沙希德,我告诉你,小子,我的意思是兄弟,我曾经是个疯狂的乐迷。坐下,好好听我说!"

"现在可不行,查德。"

"以前我跟你一样,没日没夜地听这玩意儿! 我的灵魂都被它占据了!"

"你被音乐控制了?"

"给我几分钟!"

时间已经很紧张了,但沙希德没有别的选择。查德抓住他的肩膀,强迫他坐在床上;同时查德还将自己因为信念坚定而滚烫似火的脸凑近,离沙希德不过几英寸。在沙希德看来,他像是疯了,仿佛是因为唤醒了某些幻觉而做出的异常反应。

"跟那些疯狂的精神分裂症病人完全不同! 而是被音乐和时尚工业控制了。这些东西告诉我们应该穿什么服装、去什么地方、听什么音乐。难道我们不是它们的奴隶吗? 我也干各种各样别的事情。每天我做的第一件事就是抽完我身上剩下的可卡因。等到它搞得我紧张难忍时,我就吸上一支大麻,灌下一瓶苹果酒。为了乱扭乱舞,我会嗑上两粒安非他命或是迷幻药。到了夜间,每当我觉得茫然无措,以为警察正在通过电视监视着我,我就注射毒品。瞧瞧我这两个手臂吧。"

"天啊,查德。"

"没错。我马上让你看看我的腿。"

"免了吧。"

"我去那些最酷的俱乐部。若非在凌晨回家,我都不知道黎明是什么样的。有很多人让我排斥,就是因为他们的衣着和他们喜欢的音乐! 我的座右铭来自阿莱斯特·克劳利①:'为所欲为即全部律法。'疯狂的奴性,对不对?"

"我可没有毒瘾。"

"没有吗? 那你准备去哪儿?"

"今天晚上我要和一个朋友出去。"

"以前的老朋友?"

---

① 阿莱斯特·克劳利(1875—1947),十九世纪末英国最伟大的秘法师和神秘学者,著有《魔法理论与实践》、《律法之书》、《图特之书》(图特 Thoth,埃及神话中的月神)、《自传》等。

沙希德说:"我生活中不能没有音乐。跟我说实话——你也很怀念有音乐的生活吧。"

"没有那些毒品,我觉得更坚强了。"查德抓紧沙希德的手臂,用不正常的和善眼神看着他,仿佛要把事实摆到他眼前似的,说:"难道你不想在洁净的海水中游泳,在明亮的灯光下看清方向吗?"

"艺术不就是要帮助我们这样吗? 否则的话,生命肯定会变成一片沙漠。难道不是吗,查德?"

查德做出敏捷的蛙泳动作。"想象一下温暖的水让你浮升的感觉吧!"

沙希德想把查德甩开。对查德来说,现实很显然是已经迷失的国度。沙希德可不想让这个家伙牵着鼻子走,更何况自己正好得出门赴一个约会呢。

但是查德却抓着他不放手,仿佛非拯救他不可似的。

"好好地听我说! 咱们不是蹦来跳去的猴子。咱们有头脑,有理智。那咱们为什么要让自己降格到畜生的水平呢? 我可不是什么类人猿的后代,我的祖先高贵得很! 你会发现自己看问题看得更加深刻的。你跟我们不是一伙的吗?"

"是啊。"

"对,这可是你说的。但我不能确定你是我们真正的兄弟。一定要净化身心! 把那些王子的录音带都交给我!"

"不要碰那些录音带——有一些可是进口的!"

沙希德没想到自己居然跟查德抢夺起来。

"咱们是真主安拉的仆人!"查德大声叫道,"只有他才是咱们必须服从的主! 他让咱们的鼻子长在脸上——"

"难道还能长到别的地方吗？"

"咱们的肚子，比如说。你怎么能质疑他的技艺、力量和权威？"

"我没有质疑，查德，你很清楚我没有。而且你知道，我像尊敬兄长一样尊敬你，这就是为什么我请求你别再说了！"

"咱们以为自己很酷，但咱们背叛了自己对真主安拉的信赖。听里亚兹的话吧。你和我们一起去清真寺听过里亚兹的演讲，是不是印象很深刻啊？"

沙希德不能不承认他真的是印象深刻。他和这帮人已经造访过那幢既宽敞又凉爽的建筑物两回了，就是为了参加里亚兹的周末演讲。有越来越多的年轻听众跟着他们一起去，其中大多数是住在伦敦东区的亚裔佬。在那里，里亚兹不再是年长的蒙昧主义者，而是正在成为最受欢迎的演讲人。他本人肯定感受到了现场的气氛，但并没有过于陶醉，因为他给自己定的演讲题目是：《呼啸狂飙奔黄泉》、《亚当和夏娃，而非亚当和史蒂娃》、《伊斯兰教：往昔的冲击还是未来的力量？》以及《虚伪的民主》。

里亚兹穿着灰色宽松沙瓦裤，光着脚板，盘腿坐在低矮的讲坛上，面前还摆着一瓶鲜花。演讲过程中，他不用稿子，也从不迟疑停顿。源自信仰的动力让他口若悬河、幽默风趣、激情焕发。与面对一个人相比，面向一群人演说，他表现得更加自如自在。他从来不会碰上辞穷打愣的尴尬，也不会出现精神紧张的时刻。没有任何题目能难得住他。比如说，他会借着讨论伊斯兰教认同问题来开始演讲，但是很快就会转入对正题的阐述，诸如：宇宙的创始、世界各地对穆斯林的迫害、以色列的国土、同性恋和双性恋、西班牙伊斯兰教、整容、裸体、向第三世界倾倒核废料、香水、西方世界的瓦解、乌尔都语诗歌,等等。

即便他以自嘲的方式开场——"今天我不想抨击什么,"——他最终还是会变得愤怒,举起拳头,扔开笔,在听众当中激起一阵因为会心地赞同而出现的震颤。然后,他又会假装出一副懊悔的样子,要求在场的弟兄们向他们与之争论的对手致歉,并且爱那些信奉其他宗教的人。

演讲结束时,乘着他还没有被他应得的赞美之声淹没,哈特和查德这些兄弟会抓住空隙,给他披上外套,赶紧把他护送出去。

此刻,查德说道:"他难道没有讲过,咱们正在演变成西方的、欧洲的社会主义者?这些社会主义者都是夸夸其谈之辈。他们现在全都彻底麻木了!譬如,看看那个慢慢腾腾的布朗罗吧!还有他老婆,那个叫奥斯古的女人!"

"她怎么啦?"

"他们已沦落到了最无可救药的地步!而我们呢,却在渴望着融入这种社会!咱们绝不能被同化了,否则咱们就会丧失自己的灵魂。咱们是骄傲的,同时也是顺服的。这样有何不对吗?必须改变的不是咱们,而是这个世界!"查德盯着沙希德,"你知道的,这个世界是没有信仰者的炼狱。"

"也就是其他人的天堂了?"

"没错。你以为呢,小兄弟?你以为呢?"

恰在此时,里亚兹走了进来。他身上穿着肥大、厚实的大衣,戴着手套。

跟在里亚兹旁边的是哈特,他用力提着一只叮当作响的军用行李包,就是先前那个屠夫送来的那只。哈特身穿厚呢绒外套,头戴绿色羊绒帽子,帽子两边拉下来遮住耳朵,围巾也整齐利落地打着结。看上去,他俨然一副在冷天准备去上学时母亲帮他打扮好的样子。

塔希拉与另外两个学生——塔里克和妮娜——站在他们后面的走廊里,也都穿着保暖的衣服。塔希拉黑黑的眼睛——实际上这是她露在外面、沙希德唯一能看到的部分——带着鼓励的神色对他微笑。她注意到沙希德在打量哈特,便说:"他爸爸以为他到伯明翰看他的姑妈去了。"

查德放开沙希德,"还有一件事我没来得及告诉你。你有空吗?"

"干什么?"

"有紧急情况。需要起来反抗。今天晚上我们的同胞将会遭到攻击。"

"你到底在说什么?"

里亚兹看看查德,又看看沙希德。查德控制住自己的情绪。里亚兹的出现让大伙都平静下来。他开口说道:"今天晚上,沙希德,你应该和我们在一起。"

"沙希德一直都是跟咱们在一起的。"查德说,同时拍拍沙希德的肩膀。

"可是我——"

哈特说:"本校的很多学生也都答应要加入我们。"

"一起来吧,"里亚兹说,"把你的保暖衣服穿上。"

沙希德感到别无选择,只得穿上母亲送给他的黑色毛绒外套。不管怎么说,他也一直在等机会把这件外套穿出来呢。

"那么，咱们要干什么呢？"他问。

"保护行动，"哈特说，"诚实的人受到了辱骂伤害。"

"我们不是该死的基督徒，"里亚兹回答道，语气中带着强烈的挑衅情绪；但他一如既往地提着公文包，这就大大削弱了他的话的实际效果。"我们绝不会把另一边的脸也转过去让人打。我们会为那些在巴勒斯坦、阿富汗、克什米尔遭受折磨的同胞们战斗！有人已经向我们宣战了。可我们也有武器。"

"咱们的同胞绝对不能丢脸，"他们冲下楼时，查德说道，"不能战斗的人，无论是谁，必须对神和炼狱有所交代！"

"咱们应该号称自己是外国军团，"在楼梯上，对他们准备干的事情开始来了精神劲儿的沙希德对哈特说。他浑身热血沸腾；无论他们追求的目标是什么，他均为之实实在在地感到骄傲。他可是这一大帮兄弟姊妹中的一员啊。"你认为如何，查德？"

查德用手臂勾着沙希德的肩膀。"我就知道你跟我们是一伙的。很抱歉我刚刚又吼又叫的。我太激动了。"

正当里亚兹的军团挨挨挤挤地从停放在楼下大堂里的自行车旁边走过时，墙上的电话响了起来。哈特拿起话筒，喊道："外国军团！"随即，他叫道："嘿，沙希德，找你的。"

"是齐力吗？就说我——"

哈特摇了摇头，"是位女士。"

沙希德接过话筒。先前想到要让迪迪失望了，他就一直觉得惶恐不安；迪迪肯定正在等他。现在，他倒可以说自己有紧急的事情要办。他会在办完事之后再赶过去，把头靠在她的肩上，好好解释一番。

"沙希德吗?"

他听出是熟人的声音,但怎么也想不起来是谁。尽管这样,他还是打了个冷战。

"我是苏尔玛。"

在家的时候,沙希德经常会为了避开齐力的老婆而躲在卫生间里,胡思乱想一些可以伤害她的方法。苏尔玛总爱抱怨沙希德懒散,还经常唠叨有种"怪怪的体味"从沙希德房间的门下面飘散出来,把家里的空气都弄臭了。她会对齐力说,假如沙希德真的那么聪明,他为什么老是通不过考试呢;或是,他那些女朋友为什么打扮得那么难看,还总是鬼鬼祟祟的? 难道他找不到一个漂亮的巴基斯坦女孩吗? 咱们国家的女人可是世界上最可爱的女人啊!

"哦,苏尔玛,很高兴听到你的声音。有什么事吗?"

在沙希德的想象中,苏尔玛身穿丝质宽松沙瓦衣衫,躺在长沙发椅上,看上去像一个电影明星;她乌黑的长发垂到了地板上,像新奇的皮革制品一样光彩熠熠。

"你现在学习搞得怎么样?"

她今天居然这么和蔼! 她想干什么?

"很好,很好,苏尔玛。"

"很刻苦吗?"

"从来没有这么刻苦过啊。"

"交新朋友了吗?"

从敞开的大门,沙希德可以看见其他人正在街上等他。

"最好的朋友。"

"你见过齐力吗?"

她为什么要问他？她是齐力的老婆啊。就算有人见过齐力，那也应该是她呀。

　　"见过。"

　　"沙希德，告诉我是在什么时候。"

　　"什么时候？他只是过来打个招呼啊。"

　　"齐力从不向任何人打招呼。他目前在伦敦的电话号码是多少？我拿着笔呢。"

　　外面的街上，查德开始给沙希德打手势了。两辆小型出租车开了过来。

　　"我不知道，苏尔玛。"

　　"他住在哪儿？"

　　"你知道他是什么样的人，他可能跟一些朋友住在一起，整夜整夜玩扑克牌。"

　　她变得怒不可遏。"什么，沙希德，什么他妈的朋友？你最好跟我说实话，因为你知道他在哪儿。"

　　"我知道吗？"

　　"上次他说，你会看见我。我问他，哪里？他说在电视新闻上。他疯疯癫癫的，到底是什么意思，啊？"

　　她在给他施加压力。可是，他有什么理由要帮她的忙？

　　"听着，苏尔玛，我得赶到图书馆去。你了解齐力，也可以说你应该了解他；他从来不会告诉别人他要做什么。"

　　一阵沉默。她在考虑是不是要相信他的话。就算发生了什么事，她也没法把手伸到这儿来掐住他的喉管啊。大门外面，有一辆出租车开走了。

苏尔玛说："我要到伦敦来了。我需要见到你。我们大伙都很想念你，那么有学问。"

"再见吧，苏尔玛。"

"等一下！你没有加入什么坏人团伙，是吧？你知道，你非常容易受别人影响。"

"拜拜。"

"沙希德！"

他把听筒放回原位，打算给迪迪打个电话，但这时第二辆出租车按响喇叭，准备开动了。沙希德冲到外面，查德甩开车门，他立刻挤进车里，坐在里亚兹旁边。出租车司机是个穿着宽松沙瓦裤、外面罩着无袖套头毛衣的男子。一串串念珠敲打着前面的挡风玻璃。

大伙都静默无声。这让沙希德松了一口气，他可以趁机想想苏尔玛的事。她找不到齐力；可能是齐力有意躲着她；也可能是发生了更坏的事情。可能性很多——但她一定是非常担心。

苏尔玛出生在卡拉奇一个显赫的地主家庭；跟其他这类家庭出身的人一样，她一年当中有一段时间住在卡拉奇，其余时间住在英格兰。在卡拉奇的时候，她会头上缠着爱马仕牌的丝巾，驾着进口的红色菲亚特乌诺小汽车，在骆驼拉的板车和路面上的坑洞间呼啸穿梭。在伦敦的时候，她经常去朋友家里消闲，喜欢购物、八卦，到处打听她最爱议论的别人家里的是是非非。她是浅肤色的、美丽的苏尔玛，但她永远都嫌自己不够漂亮：为了参加一场派对，她会打扮上两天。她的头发茂盛得相当于三个人的头发，每次她都要梳上一百遍才满意，而且她只用雨水洗头。只要一出现下雨

120

的迹象,苏尔玛就会把提珀摇醒,让他拿着锅啊碗啊的跑到花园里去接雨水。

对这样的女人来说,聪明才智并非必不可少的东西;所以在她嫁给齐力之后,最有意义的事情就是她不能整天赖在床上,或者整天做增氧体操,她得陪着齐力去上班,在公司尽可能地学习了解各种与生意有关的事情。

另外,她还把让老爸喜欢她当成自己的分内事。无论老爸有什么要求,她都会照着去做。碧碧——沙希德的母亲——从来都不能自在自如地扮演这种角色,她知道这是个没有尽头的差事:从烹制唐杜里鸡肉到购买"墨水点乐队"①的唱片和听他讲述世界大战的事情。每天晚上,当老爸的老朋友——当地商家、餐馆、汽车修配厂的印裔或英裔的老板们,还有留宿的亲戚们——前来围在老爸的床边喝威士忌、看电影、吹牛侃大山时,苏尔玛也会跟他们坐到一起,而且是现场唯一的女性。

最初,她只是跟那些老朋友打打招呼,递递冰块,弄些油炸薯片,以及开车去去音像商店。但是大伙很快就发现,提供饮食并不是她最擅长的事情。那些男人开始鼓动她说出自己的想法。于是,在像烟雾缭绕的酒吧里一样浓郁的雪茄烟气中,她对那些不在现场的熟人或者大伙共同认识的朋友大加剖析,还给他们起绰号,讲述他们的倒霉事。她这样做的时候显得既对人相当轻蔑、又丝毫不留情面,结果使那伙吓人的老朋友脸色发白,笑得气都喘不上

---

① 墨水点乐队,1932年创建于美国印第安纳州州府的一支流行乐乐队,成员曾数度更迭,但乐团历久弥新,活力惊人,在2004年还在全美巡演歌唱。

来,同时又深恐某一天也会变成她的牺牲者——实际上他们也真的都成了她的牺牲品。老爸特别喜欢她这种恶毒的天分。他经常在那些老朋友面前展示她的本领,仿佛她是一匹毛色锃光油亮的老虎,将要挣脱镶满钻石的缰绳。

　　齐力也为苏尔玛觉得相当自豪。他喜欢带着她走进舞会,并且等着人们围拢上来。在家里,苏尔玛的电话从来没有停过。跟他们两口子共进晚餐的有政治家,银行家,生意人,伊斯梅尔·墨晨①那样的电影制片商,以及卡里姆·阿米尔②那样的时髦演员;《Hello!》③杂志还曾拍过苏尔玛和卡里姆·阿米尔的合影呢。苏尔玛的哥哥是国际飞行员,所以她本人也会开飞机。如同当地的主妇们经常去骑马,她经常会驾驶租赁来的飞机;而且那些老朋友在路上开车的时候,她还会让飞机呼啸着掠过他们上空。她给齐力挣足了脸面;她也是齐力交往过的最好的女人。但在内心里,齐力却变得不仅为其他男人注意苏尔玛而吃醋,更为重要的是,他还妒忌苏尔玛身上那些天生的特质。他觉得自己让苏尔玛比了下去。他本来应该比苏尔玛懂得更多,但他却没能做到。

　　结果,齐力重新回到了他过去的生活方式:在外面混到很晚也不归家啦,跑到伦敦就不见人影啦,带着女朋友进俱乐部啦。但

---

① 伊斯梅尔·墨晨(1936—2005),一位出生印度的电影制片商,由他制片的电影有《莎剧演员》《孟买交际花》《看得见风景的房间》《伯爵夫人》等。
② 卡里姆·阿米尔,本书作者哈尼夫·库雷西首部长篇小说《郊区佛陀》的主人公;作者在此可能是指1993年BBC电视台根据《郊区佛陀》改编的同名电视剧中扮演这个角色的演员纳温·安德鲁斯。
③ 《Hello!》,1988年在英国创办的一份以刊登社会名流消息和温情故事为主的时尚周刊。

是,他对苏尔玛却非常谨慎——绝少对她不尊重,而且从来不会动手打她。

齐力老是不在家,苏尔玛也没什么意见;她有她自己的消遣活动。老爸邀请巴基斯坦板球队员来家里作客时,她非常热心地跟那些运动员交际。沙希德撞见她在厨房里亲吻一个球速很快的投球手——真的是球速极快。她娘家在骑士桥有一套公寓;每逢斋月,她就会住到那里;沙希德听说她在那儿跟一帮老处女有交往。

沙希德的错误出在他居然想跟苏尔玛谈论政治,因为她和齐力一样,也是一个坚定的撒切尔夫人支持者。她会摆出高高在上的态度,激怒沙希德;对待每一件事,她都会夹带私怨,教训说:"你就是这类人的典型,赖着家里的生意过活,这里可不是人民公社,不对吗? 你老爸是个生意人,而你却是个伪君子,不是吗?"如果沙希德谈到平等、公正、机会,或是谈到降低失业率之类的话题,苏尔玛会让他因为受挫而几欲痛哭流涕。苏尔玛会哈哈大笑:这个世界绝不可能是那样的。这个世界所需要的恰恰相反——是积极进取的人(可以说,就像她和齐力这样的人)——这些人为了达到自己的目的,敢于踩到别人的头上。

沙希德争辩说她是一个容易被人愚弄的人,还向她解释撒切尔夫人的支持者为什么是种族主义者。他告诉苏尔玛,她可能自以为是有才智的上层阶级女性,但是对那些人来说,她永远是个巴基斯坦佬,而且总会遭人轻蔑。苏尔玛很感谢他指出了这个事实,可那是殖民地的残渣余孽——因为新赚的钱可不管你是什么肤色。

后来,苏尔玛和齐力搬回家来住了。爸爸也过世了。沙希德明白自己必须得离开家,去做点有意义的事;当然苏尔玛也在坚持,为了家里好,他必须"出去旅行"。

他已经旅行到了——到了伦敦。现在,他倒真的是离苏尔玛和家人越来越远了。他一直都在逃避,可是该何去何从呢?

"咱们要去哪儿啊?"沙希德又问了一次里亚兹。

他和这群新朋友开着车穿过伦敦城,似乎正在朝着东伦敦驶去。他需要知道他们到底准备干什么;他担心待会儿错过了跟迪迪见面。

里亚兹说道:"我针对这件事写了一首诗。《天谴》。你打字打到它了吗?"

"哪一首诗?"

"《天谴》。"

"没有,还没有。"

查德插嘴说:"那么换成电脑,处理起来速度会相当快吧?"

"不可能再快了。里亚兹,大哥,你希望我什么时候弄完?我打出了一点,可是——"

"千万别着急。"

"谢谢,"沙希德呼了一口气,"另外——"

他想告诉里亚兹,手稿中的一些语句表达得不太到位,而且作品中的思绪有时比较混乱;应该再稍微组织一下。他正想把这些意思告诉里亚兹,他们的车子在一片风刮得呼呼叫的住宅区停了下来。

"咱们来吧。"查德说。他提起那个装着武器的提包,抽出一把大砍刀,藏进外套里面。"就是这儿,兄弟姊妹们。"

第九章

他们把车停好，下了车，跟在司机后面走去。司机走路时拖曳着脚，一条围巾从下巴底下绕上去，在头顶打了个结，仿佛他正在患着牙痛。

把街区连成一体的是昏暗的天空、干枯的草地和薄雾迷蒙的巷道。藤蔓缠绕的小树被人劈成了两半，好像这些树招惹了什么人似的。除了用稀奇古怪的字体写的四个一英尺见方的金银色大字——"吃猪去吧"，乱七八糟的涂鸦无法分辨内容，充其量只是一些记号。

街灯射出微弱的光线。他们这群人的影子相随在身边，仿佛人影骑着马。寂静被汽车警报器的声音打破了。传来一个人奔跑的声音，紧跟着是另一个人奔跑并且喊叫的声音。他们这群人站定，就像准备先发制人似的等待着。他们全都准备好了；实际上，他们渴望、也必须跟敌人对抗。但是时间一分一秒过去。骇人的寂静又笼罩了四周。

他们——男的蒙着脸、女的包着头巾——被带进一部吱嘎作响的电梯。接着,他们穿过几条让凸出的水泥峭壁的阴影搞得鬼气森森的通道。正当他们沉重缓慢地走过一条沟渠时,沙希德发现从一扇敞开的窗户飘出如泣如诉的乐声,那是用铜管演奏的经典老情歌《尝试一点温柔》。查德也听见了,并呆站在那里。塔里克撞到查德身上,塔希拉踩到了哈特,弄脏了他的白色运动鞋。那个司机继续往前走,绕过转角处不见了。

为了听完这首乐曲,查德蹲下去绑鞋带,而且搞了两次。他站起来时,发现沙希德正在看着他。查德的眼睛润湿了。沙希德想拥抱他一下,然而他却继续往前走去。

他们来到一栋公寓的外面,这栋公寓属于一个参加过里亚兹"咨询会"的孟加拉人家庭。沙希德那次进里亚兹的房间时,正在和里亚兹说话的那个男子就是这一家人的父亲。

数月以来,这家人一直在遭受折磨——被监视、吐口水、辱骂"人渣巴基佬",以致最后受到暴力攻击。丈夫被人用酒瓶打破脑袋,送进了医院;太太也挨了拳头。他们家的邮箱里被人投进点燃的火柴;门铃随时随刻都会被人乱按一通。那帮坏蛋声称,他们还会回来把这家的小孩全给干掉。查德觉得,这些肆意挑衅的家伙不是新法西斯主义光头党①。因为要卷入这种低劣的骚扰行为,那帮趾高气扬的流氓就得降低身份。干出这些坏事的歹徒也就是

----

① 光头党,二十世纪六十年代末出现于英国,主要是一些来自工人阶层的、参加反移民运动(特别是针对东南亚移民)的年轻人;在八十年代中后期,这种势力在欧美羽翼丰满,更加有组织和国际化,成为白人至上种族主义的急先锋。

十二三岁的年纪。

通过在地方议会的熟人——乔治·鲁格曼·拉德，里亚兹已经安排这家人搬到一个孟加拉人比较集中的住宅区，但是真正搬迁也不是立刻就能办到的。里亚兹只好先采取行动。在这家人搬走之前，他，还有哈特、查德、沙希德以及同校的其他一些男生女生，会保护这栋公寓，找出那帮坏蛋。

那个司机透过大门上的小信箱低声向里面喊了话；在很多门锁咔嗒咔嗒地响过之后，一位女子开了门。公寓里面只有电视机和一台罩着纱布的电灯照明，家具已经破损，窗户全都封上了木板，山坡下方的市景呈现为一片朦胧的紫色。这个女人想让那帮歹徒以为这家人已经逃走了。

四个小孩不仅没有被吓坏，反而觉得很好玩，而且他们对查德颇有好感。刚进来时，查德把口袋里的糖果全掏了出来，还把零钱也都塞到他们手里，尽管他们的小手根本无法握住这些东西。

"怎么啦，查德？"沙希德问道。

"自己的同胞受苦，让我很难过，"他勉强回答说，"我心里有点乱。"

"如果你一直哭，这个女人就不会对咱们有什么信心了。"

"你说得对，"他擤擤鼻子，"你虽然很固执，但有时候还是明白事理的。"

哈特把那只绿色提包倒过来，哗啦哗啦地倒出板球棒、棒球棍、手指铜套、雕刻刀、刮肉刀，这些全都是那个屠夫提供的。

"以前用过武器吗？"查德问。

"没有，"沙希德回答说，"确实不能说用过。你呢？"

"当然。我会教你的。"

在查德很热心地示范握刮肉刀的最佳方式时,哈特去察看了公寓的地形状况,出入口、容易遭到攻击的死角等,就像电视上的警察似的。之后,让查德感到惊讶、让塔希拉不由得咯咯直笑的是,哈特打开母亲为他准备的盥洗袋,把他的牙刷和剔牙线放进浴室,然后还把他的红色棒球帽挂在走廊里。

在这个过程中,塔希拉在房间的角落处为哈特整理了一个看书学习的地方。

"哈特一直很用功,"查德看着他,说道,"他很聪明,他父亲给他施加了很多压力,要他当一名会计师。"

"他老爸不就是开着那家里亚兹很爱去的饭馆的那位吗?"

"正是,"查德阴沉地说,"但他不喜欢我们。他总是认为我们在阻止哈特成为会计师。可我们才没有呢。我们只是觉得当会计师就和更多女人打交道。得跟她们握手。另外,会计师都盼望着每天能喝点酒、参与利息支付那样的事情。我们也不确定哈特是不是有被冷落的感觉,你明白吗?"

沙希德正准备拿起门厅里的电话,拨给迪迪,这时里亚兹却宣布祷告时间到了。

在卡拉奇的时候,因为堂兄弟们敦促,沙希德去过几次清真寺。在星期五晚上祈祷之前,他们的父母会喝走私进来的威士忌、看从英国寄来的录像带,而沙希德的那些年轻亲戚和他们的朋友却要在房子里聚会。年轻一代的宗教激情,以及与宗教密切相连的强烈的政治热情,让沙希德颇为惊讶。有一次,沙希德正在向一个堂妹示范瑜伽动作,她哥哥却粗暴地横加干涉,硬是把他妹妹的脚踝从耳朵边拉开。因为瑜伽让这个堂兄想起"那些残忍的印度人"。这个堂兄还拒绝讲英语，尽管在这个家族中，英语是最通用的第一语言。这个堂兄坚信，父亲那一辈儿因为满嘴英国腔、拥有外国的学位以及沾染了英国人的势利习气，必定觉得自己的同胞低人一等。所以，应该把父亲这一代人都赶到农村去，让他们像甘地曾经干过的那样，跟农民生活在一起。

在家里，每当有人问起老爸的信仰问题，老爸总爱说："是啊，我有信仰。那就是拼命工作，直到干不动！"他很少教沙希德和齐力宗教方面的事情。有时候，碰上提珀在房子里祷告，老爸会嘀嘀咕咕地抱怨，说：他模仿他迷恋的电视剧《大战中的世界》①中的解说词，干吗非得弄出那么大的声音啊？

然而现在，沙希德十分担心自己的无知会让他处在孤立的境地。这年头，每个人都在强调自己的身份认同，男人、女人、同志、黑人、犹太人统统站出来，不管身上有什么特质，都要大肆宣扬，仿佛如果没有一个标签，他们就不再属于人类似的。沙希德当然也想成为自己同胞中的一员。但是他首先需要了解他们，了解他们的过去和他们有些什么希求。幸运的是哈特一直以来都很帮忙。哈特曾经有好几次中断自己的功课，拿着书本来到沙希德的宿舍，花好几个小时坐在沙希德旁边，解释一些伊斯兰教的历史以及基本的教义。完了之后，他还会在地板上清理出一块地方，示范怎么做祷告。

---

① 《大战中的世界》(The World at War)，是英国1973年至1974年播放的叙述"二战"事件的电视纪录片。

在做祷告的过程中，沙希德基本上不知道应该冥想什么，也不知道伴随着祈祷的动作大脑里应该处于怎样的状态。因此，他跪在那里，喃喃自语地赞美着：这个世界的实体，存在的真相，生命、艺术、幽默和爱本身所具有的无法解释的现象，以及祷告这件事本身所构成的另一种神圣奇迹。他还用适当的音乐来衬托这其中所包含的敬畏与好奇，比如贝多芬第九交响曲中的《欢乐颂》，他会默默地哼出这首乐曲的旋律。

夜深之后，他们这伙人像游击队一样坐在地板上吃了点东西。他们把学校里的功课也都带来了；但是大老远跑到这里，每个人心里都非常激动，都有很多仇要报，所以也就没有谁会翻开书本。

十一点钟左右，响起梆梆的砸门声。

所有人，包括塔希拉和妮娜，都抓着武器站了起来。脚长成内八字的里亚兹举起一把短弯刀似的武器，但是看上去他好像根本无法举得起来，更不用说用它去劈开某个光头党的脑壳了。查德已经走到门厅里靠前门的地方。他长得像头熊，动作却很敏捷。为了显得郑重其事，他卷起袖管，露出粗壮的胳膊。在拨开门闩之前，他向前探着身，听了听门外面的动静。

出乎大伙意料，布朗罗急匆匆地走进客厅；他不光穿着白袜和凉鞋，而且还开口说起话来。他那瘦削的前额闪着亮光。让沙希德颇为诧异的是，他的肤色出奇苍白，就像有人忘了调整电视机上的颜色按钮。

"同志们！"

除了里亚兹，大伙又坐下来，既松了一口气，又颇为失望。

"晚上好啊，同志们！"布朗罗大声说道，"那帮疯子有动静了吗?"

"你来之前还没有,"沙希德低声说;其他人都咯咯地笑了笑。

里亚兹走到布朗罗跟前。"还没有任何动静,"他说,"但是我们知道那帮无耻的家伙就在附近。布朗罗博士,我们很高兴你收到消息,并且能来助一臂之力。"

布朗罗大张开双臂,仿佛要拥抱每一个人。他们现在是在同一个战壕里战斗了。

"太恐怖了,这个住宅区!那帮家伙对这里的居民都干了些什么啊!完全是反人道的罪行。时常到荒凉的地方走走非常重要啊。免得遗忘。看见这种地方,真是可以了解很多。事情全都明摆着,没有什么可吃惊的——"

布朗罗终于打开了话匣子,他的声音非常圆润,这种声音可以在骑士桥对面喊出租车,可以让服务生像被踢的狗一样动作加快,还可以在转瞬之间毫不费劲就让骚动的外国侨民冷静下来。无论是怒吼、咕哝、聒聒叫或者下命令,在军队、城市、大学、乡下或英格兰,到处都是这种恭敬有礼、温润宜人的讲话腔调。可怜的安德鲁讲的正是他自己所痛恨的语言。如果革命的那一天真的到来了,他要干的第一件事肯定是拔掉自己的舌头。

"抱歉,您说什么?"里亚兹打趣地说,同时用专注的神情看着对方。

对安德鲁·布朗罗,里亚兹一直表现谦恭有礼,尊称他为布朗罗博士,还拉着他的手,略显亲密地轻轻拍着,那样子简直就像印度餐馆经理欢迎伦敦市长似的。也就是在这个时候,沙希德发现里亚兹喜欢占得先机。也因此,里亚兹提出的问题颇具挑战性。

大伙全都精神贯注地听着他们对话。

里亚兹继续说道:"布朗罗博士,朋友,不让你吃惊的是什么事情呢?"

然而,布朗罗正带着显而易见的猥亵表情盯着塔希拉看。他几乎一直都在喘气。他肯定是在有特种经营许可证的场所待了好几个小时。查德也看出了这点,同时往后退了退,如同在避开一台喷气灯。塔希拉捏了捏鼻子尖,扮了个鬼脸。

沙希德心里头七上八下,十分不安。布朗罗今天晚上显得特别兴奋,而且恢复了开口说话的能力,大有可能把在迪迪家看见他的事情说出来。

"不吃惊的是他们的暴力行为,"布朗罗说,"还有这个地区。生活在这种丑陋的地方。我走得非常吃力,你知道,就像在地狱里走了一两个小时,在恶臭的湿气中迷失了方向。我遇见几条庞大的狗,看见一些陡峭凄惨的围墙,和一些惨不忍睹的贮藏室。还有猪圈。散发恶臭、饲养牲畜的场所,这样的住宅区,竟然给孩子们住。哈!而且种族间的敌意影响着每一个人,像艾滋病一样传染蔓延。"

里亚兹始终注视着布朗罗;而且正如查德所说,只要里亚兹盯着一个人,那个人必定知道自己正被盯着。里亚兹走了几步;他准备发言了。他是这样开始的:"但是,我可以喜欢上这片住宅区。"

"就是。他们刚刚把这里粉刷过。"查德带着火气说道。

布朗罗察觉出了陷阱,同时也感到疑惑。"继续讲。"他说。

"我想告诉你,明天我就跟这些幸运的家伙交换住处!明天!"里亚兹的声调越来越高,"瞧瞧他们吃得该有多好吧——他们臃肿得几乎没法从电视前面挪开他们肥大的屁股！"除了布朗罗，大伙都笑了。"他们拥有房子、电力、暖气、电视、冰箱，还有近在咫尺的医院！他们享有投票选举权，可以参加、也可以不参加政治性的活动；他们的确是享有各种权利，不是吗？"

"这里的人无法对抗市政当局，"布朗罗说，"他们根本无能为力。吃得很糟。没受过教育，失业没有工作。也无法找到理想的工作。"

里亚兹接着往下说："你以为我们在第三世界的弟兄们，你们就是这么称呼除了你们之外的大多数人的，你以为他们拥有一点点这类东西吗？我们那些村庄里有电吗？进一步说，你见过真正的村庄吗？"

"他说的可不是格洛斯特郡①。"查德低声说。

布朗罗说："南非的索韦托②，我在那里和当地人一起生活过三个月。"

"那你应该知道，"里亚兹说，"对那里的人来说，我刚才提到的那些东西都是詹姆斯·邦德享用的奢侈品。那些人梦想着要拥有冰箱、电视、炊具！那些人是搞种族主义的光头党、偷车贼，还是强奸犯？他们可曾想过要控制世界上的其他地方？从来没有；他们是谦恭、善良、勤劳的人民，是热爱真主安拉的人民！"

沙希德和他的弟兄们低声表示赞同。布朗罗从他再次开始说话的那一刻起，肯定就已后悔了。他是个敏感的人，又对自由解放

---

① 格洛斯特郡，位于英格兰西南部。
② 索韦托，南非约翰内斯堡市南一片由下层人群居住的地区。

抱有信仰；所以尽管支持里亚兹的事业，但是要让他接受里亚兹的这些看法，却非常困难。

他做了个怪相。

沙希德暗忖，别人是不是也跟自己一样感到迷惑不解呢。眼前这个人在大家看来有教养、有特权、受过良好教育；他的祖先曾经环绕地球，统治过世界。造就出这个人的所有东西，有很多都是沙希德所期望得到的。而与此同时，沙希德和其他人又全都禁不住感到高兴。因为这些曾经统治他们的人，这些仍然表现得高人一等、瞧不起别人的人，并不是神。这些人从小被教导要去统治、去领导，可如今却不过是另外一群少数派而已。迪迪曾经向他解释这一点。"他们在七岁的时候就被送到了学校，而学校对他们做的事非常可怕。结果是他们永远也无法复原。"

里亚兹很有礼貌地指出，他和布朗罗应该坐在一起，坐在同一边。萨迪克会铺开一条干净的波斯地毯，然后再拿一罐水和几个平底杯子过来。他们可以舒舒服服地进行讨论。

每个人都很轻松。

沙希德觉得可以乘这个机会拿一本小说出来。这一天他不曾读过任何东西，特别怀念那种可以全神贯注的独处状态。但是，即便他从自己的包里掏出一本书，他还是觉得别人可能不会喜欢他在大伙守夜的时候却捧着书看。

当布朗罗和里亚兹重新开始谈论起来时，沙希德反而往前凑了凑。里亚兹在大学或清真寺演讲的时候，现场一般都不会有争论，只有一些温和的提问。而演讲结束时，里亚兹的伙伴们会拍拍他的后背，一边向他祝贺，一边推开那些热情的听众。

等到沙希德想要请教里亚兹有关基本教义的问题时，反倒觉得自己已经错过了时机。他经常为自己缺乏信仰而焦虑担心。他在清真寺里观察过；在那里，他举目所见都是实实在在的、物质的东西；他打量着一排排同胞兄弟们的面容，只见他们脸上全都焕发着灵性，让他顿生失败之感。可是他害怕如果提出问题，会让自己遭到某种怀疑。好在他至少可以跟哈特讨论自己心中的疑惑；哈特会说，别担心，顺其自然好了。等到沙希德真的放松下来，他才领悟到信仰就像爱情或创造力，是不能凭主观意志去强求的。这是一种令人难忘的求真体验。他必须得遵从指示和有耐心。彻悟终究会随之而来；他也会受到神的福佑。

但是现在，盘着腿坐在里亚兹对面的布朗罗又要揭开信仰不坚定这个疮口了。

"自从我长大成人之后，"布朗罗对沙希德和里亚兹说，"我时常希望自己有时候会变得绝望，那样我就可以有宗教信仰了。可十四岁的时候我读了伯特兰·罗素。你们一定知道他，对吧？"

"一点点。"沙希德说。

布朗罗蠕动了一下凉鞋里潮润的脚趾。"是迪迪谈过他吗？还是她只给你看了王子的录像带？"

"她是个好老师。"

布朗罗嘀咕了几声，又继续说道："罗素曾设身处地讨论过神性，是不是？他说，如果神是存在的，那么神一定是个傻瓜。哈，哈，哈！他还说，引用一下原话：'整个关于神的观念乃是源自古代东方的君主专制统治。'说得很好，呃？从那时起，我就常常有种被放逐在宇宙中的感觉。无神论可能会导致一个可怕的麻烦，你们应该知道。就是人必须赋予这个世界以意义。如果能相信人因为癌症死掉以后，很快就能在天国里'哈'——我的意思是'喝'葡萄汁、瓜果汁以及淡酒精鸡尾酒，那当然是绝妙无比的事情。天国就像威尼斯。没有难闻的气味或者提早打烊之类的问题。天国，正像有人说过的，毫无疑问是人类最容易产生的想象。"

沙希德想笑。他想喝上一杯含酒精的饮料。他不知道是什么原因导致了这种突如其来的渴望——或者是恐惧，或者是这个伙伴。也很可能是这场关于天国的讨论。

布朗罗变得情绪高昂起来。

"跪伏在地上，实在是太奇妙了。还有，活在一个想象出来的被想象中的存在所支配的世界中。生活的准则全都出自上苍定出的规定，实在奇妙啊。什么可以吃啊。怎么擦屁股啊。"他那挥来挥去的手指距离里亚兹的鼻子只有几英寸，仿佛要把里亚兹的鼻子扯下来去擦他的屁股似的。"但又是多么的可恶啊！做盲目迷信的奴隶。"

沙希德畏缩了一下。布朗罗居然说里亚兹是盲目迷信的奴隶！从来没有人这样跟他说过话啊！他会作何反应呢？

布朗罗继续往下说道："真是久远时代以前神奇的写实故事啊！奴役——你想必知道奴役是怎么回事吧？咱们一些懦弱的人不是宁愿被奴役，也不要自由意志吗？这是滥用幼年时期的依赖性——你不是这样吗？你明白吗？"

肯定是布朗罗呼出的酒气让沙希德渴望酒吧里那种昏暗的气氛。一品脱火鸟啤酒、金馥力娇酒、喜力、替牌、健力士、贝克、皮尔森、百威——多么可爱的名字啊，宛如那些诗人们的宏名！他直觉得口干舌燥。

但是他在内心里挣扎着。他不想受到欲望的控制。像齐力那样放纵无度、自私自利,让他感到厌恶。不过,布朗罗老婆的影子却始终在诱惑他。本来在这个时候,他应该正在握着迪迪健美的小腿、抱紧她的膝盖,让自己的手肆意抚摩她的大腿,并且滑进更深处。

"当然,"布朗罗说,"当然出于信仰的举动——"

"和信仰相对的是什么?"

里亚兹并没有因为布朗罗的反击而慌张,反倒像一名胸有成竹的象棋棋士一样显得信心十足。

"相对的是思考。是没有执念和偏见的思考。是的,对于像您这样一位理解力很高的人来说,不顾一切地相信那些永远无法证实的东西,或是永远无法验明是符合逻辑的东西,必定显得——显得——显得——"布朗罗竭力想找到那个最不带倾向性的词儿,"不诚实! 对,不诚实!"

布朗罗在今晚没有克制自己。

沙希德注意到里亚兹脸上那种经常绽放出来的笑容。里亚兹的头快秃了;他的下巴和一边的脸颊各有一个瘊子;他身上散发着汗味。沙希德理所当然地认为他的笑容蕴含着幽默、耐心、人心之爱。但是,如果仔细观察,就会发现那是一种带有轻蔑意味的笑。里亚兹不仅认为布朗罗是蠢货,而且觉得他是一个卑劣之徒。

"人们必须自己去鉴别善与恶。"布朗罗说。

里亚兹大笑道:"面对这样的任务,我最后相信的才是人类!"

沙希德站了起来。

他很想问问查德，是否可以出去散散步。那样，他就可以在街上给迪迪打个电话。现在他只想听到迪迪的声音。可是万一查德拒绝了呢？这是很有可能的。那样的话，他就脱不了身。迪迪肯定会认为他失约了。

沙希德为什么就得害怕查德呢？查德经历过吸食毒品所带来的刻骨铭心的快感，现在他却强迫自己没有止境地去克制。难怪他经常会狂躁和焦灼；每一天的生活现实总是让他沮丧失望。即便如此，查德也只是一个兄弟，一个需要别人宽宥的兄弟。沙希德必须为了自己站起来。

"请恕我直言，"里亚兹对布朗罗说，"你真的有点傲慢。"布朗罗轻轻笑了笑。这场辩论让他很是受用。"你的自由主义思想属于北欧少数人的那一套。但是你认为你们的道德优越凌驾于其他民族之上却是一个事实。你们想用你们特有的道德体系来支配别人，这个体系——你非常清楚——早就跟法西斯帝国主义携手并肩沆瀣一气了。"说到这儿，里亚兹向布朗罗倾过身去。"正是因此，我们必须警惕那些伪善而又自鸣得意的知识分子关于西方文明的论调。"

布朗罗轻轻擦了擦额头上的汗，笑了笑。他的目光有些游移。他不知道该从何谈起了，便吸了一口气。

"你贬低那种论调。借助理性。但是西方文明也给了我们这——"

"布朗罗博士，请告诉我们这种文明给我们带来的是什么？"沙希德说。

"很好，塔里克。你是个求知欲很强的学生。咱们来看看吧。"

他扳着手指计算起来。"有文学、绘画、建筑、精神分析、科学、新闻、音乐、稳定的政治文化、有组织的体育赛事——在一个很高的水准上。所有这一切全都伴随着一样特别重要的东西。那就是:探索真理之本质的批评精神。它讲求的是证据与实证。"

里亚兹狡黠地说:"你的意思很像马克思那套有名的辩证法。"

布朗罗停顿了片刻。然后他继续说道:"还有严谨的追问。勇往直前的追问。追问和理性思考。理性思考是宗教的大敌。"

"理性的坏处太多了。"里亚兹嗤之以鼻地说。

他们两人都看着沙希德。沙希德觉得,这场讨论他几乎没法插得上话。他暗自责骂自己既没有口才又不学无术,就跟上次查德问他为什么喜欢文学时的情形一样。不过,这也是一种刺激:他必须得用功学习,多读书和多思考,按照与他所观察到的世界相匹配的方式将事实和论点加以整合融会。

沙希德向查德那边瞅了瞅,然后就起身朝门口走去。

"只是出去一下。"他对里亚兹轻声说,同时尽快走出了房间。

在门厅里,他抓起电话,快速拨了号。

"我有点怕,"塔希拉说,"你不怕吗?"

他点了点头。塔希拉没有显出要走开的样子。他一听到迪迪的声音,便把话筒放了回去。

"我很快就回来。"他一边对塔希拉说,一边拉开门闩,转动钥匙,取下链锁。

"你要去哪儿?"

"咱们总得有人负责附近的区域。查看地形之类的。"

"行啊。但是不要一个人去。我也来吧。"

"不用,不用。"

"我真的不怕。"

"可是我会担心你啊。"

沙希德溜出了大门。

他走了好一会儿才离开那片住宅区。不过他并不确定自己会找得到电话。天空飘着润润细雨,感觉就像在云雾中穿行。他嗅嗅雨水的气息;在这座城市,他已经很久没有闻到这么清新宜人的空气了。天气也很湿润,人行道上弥漫着蒙蒙水气,犹如一场音乐影片中的场景。现在,他不可能找得到返回去的路了。他也不可能找得到回宿舍去的路。

这一带因为种族主义者经常出没而臭名远扬。他先是慢跑,接着就快奔起来。在一座昏暗的铁路桥下面,他瞥见把他们送到这里来的那个司机正在放一个乘客下车。沙希德走上前去。他还记得沙希德,就把沙希德带进了出租车办公室。从里面的套间里传来骇人的吵闹声。那个司机伸出手臂,阻止沙希德往里面走。沙希德从门口瞥了几眼,看见一群司机正在一边玩扑克牌一边看黄色录像。

他们允许沙希德用外间办公室的电话打给迪迪。最后,他总算拨通了。

"你到哪里去了?我已经在这儿干等了两个小时!你就不能先打个电话来吗?你以为女人对待男人会做得出这样的事情吗?"

趁着迪迪声音里的屈辱和恼怒还没有影响他的情绪,他赶紧解释说自己被人叫到了外面,处理兄弟间的紧急事件。就在一年之前,萨迪克十五岁的弟弟曾被一伙年轻人打破了头颅。这个非同寻常的任务必须认真对待。

她不肯接受这种解释。似乎她把其他男人辜负她的事情全都怪罪到了沙希德的头上；当然，显而易见的是责怪沙希德激发起了她心里的希望。

"抱歉，抱歉，抱歉啦，"沙希德连声道歉，"我能做什么来补偿吗？"

就在他们通话的时候，沙希德透过窗户看见一个男孩站在外面，男孩烟头上的红点在如织的细雨中一闪一闪。很可能是在等出租车。紧接着，这个男孩转过身来，直直地盯着沙希德看了看，并且点了点头。

"甚至就在此刻，"沙希德说，"外面就有种族主义者，在等着我。"

她让沙希德叫一辆出租车——车钱她会付——现在就过去，至少得喝上一杯。沙希德听得出来，她痛恨自己提出这种要求。

"可是我没办法啊，"他说，"今天晚上不行啊。"

"那什么时候？"

"很快，很快。我会打电话给你。"

"你保证？"

"我保证。"

沙希德尽快挂断了电话，然后请那个司机把他载回到那套公寓。他们从出租车办公室出来时，那个小子已经不见踪影。

他们一群人轮换着在地板上睡觉，整整熬了一夜。第二天早上，有课要上和在学校有工作要干的人先离开了，接替他们的是另外一拨人。沙希德因为整天没事，一直到下午才离开。而就在那时，一颗炸弹在维多利亚车站的中央大厅爆炸了。

第十章

很显然，救援人员正在向外搬运尸体；没有人知道死了多少人。受伤的人被陆续送往附近一带的医院。据说整个车站都起了火，只是天色太暗看不清楚，因为爆炸造成的烟雾把整个城区都笼罩了。

警察冒着雨设置了路障，还通过麦克风指挥行人在同一条街上怎样上行或下行。直升机盘旋在街道的上空。

有一件事非常清楚，就是没人了解这起爆炸事件的内情。当然，街谈巷议的小道消息倒是很多。在大街上，有个人告诉沙希德说，这不是一起毫无目的的攻击事件，而是由几个组织共同策划的行动，他们准备炸毁商家、汽车，甚至还有机场，目的是占领伦敦。倒不是说这种说法真的会得到证实，尽管电视上播出的只有沾满血迹的面孔和走过爆炸现场的路人的看法。

沙希德已经准备好要跟迪迪见面，地点不是她的家，而是她朋友海辛斯那套坐落在伊斯林顿市阿佩尔大街的公寓。此刻,他正在穿越市区去见迪迪。整个路程需要花费好几个小时。他已经步行走了好长一段路,穿过伦敦内城,向西走过福里特街,然后沿着斯特兰德路往前走。

不可能再见到比当时更加混乱的场面了。所有的火车站都被关闭了,机场和长途汽车站也一样。很多马路都处在滞塞状态。玛丽勒邦路、塔尔加斯路,甚至内城一带,全都只见警车、消防车、救护车在停滞的交通中穿梭奔驰。路上的民众纷纷伸着脖子张望那些坐在方向盘后面的英雄的面孔,仿佛他们身上带着某种显示勇气和理解力的特殊标记,表明他们不同于其他疑虑重重的一般民众;尽管发生了种种突如其来的情况,这场暴行倒并没有让一般大众感到特别的惊讶。

成千上万乘坐公共交通上下班的人在雨中茫然地乱转;云层压得很低,他们站在桥上,一边望着下方污浊的河水,一边琢磨当天晚上什么时间才能回到自己家里,倘若真能回得去的话。有些开车的人干脆躺到车里的后排座位上;有一些则干脆丢下车子不管,麇集到彼此的收音机前面去收听消息。很多人不用动员就到了离得最近的医院,安静地排着队准备献血;电视台的摄制人员像客观公正的科学家似的,在他们身边穿梭走动。教堂全都开放了,茫然无措的人们聚在里面等待着;这些地方,他们已经多年未曾进去过了。咖啡馆和酒吧间也都聚满了人;很显然,那里的饮品快要供不上了。秘密的情侣、通奸的男女以及形形色色的投机分子纷纷乘乱作案。各处旅馆的房间全都被预订满了。

既然已经出发了,沙希德当然不会轻易放弃这趟要穿越诡异丛林的行程。他希望能置身在这场混乱的中心,而不是坐在电视机前观看关于整个事件的报道;因为电视已经形成一套报道模式和诠释视角,剥夺了观众参与事件本身的权利。

步行两个小时之后,沙希德发现有几条线路的火车已经开始恢复运行。今天晚上,整个市区也只能靠这几条线路运转了。他走进地铁车站,等了一个小时,登上一列往北边去的非常安静的火车。让乘客们感到既惊奇又松口气的是,这趟列车顺利通过好几座车站。人们相互之间出现的亲近感觉让沙希德深感欣慰:大家全都警觉、惶恐、汗淋淋地坐着。这样一场惨剧是最能让类似伦敦这样的大都市滋生人与人之间的情感共鸣的。

人们都有些什么样的感觉呢?既困惑又愤怒,因为不知道外面什么地方正潜伏着一些心存怨恨的军队。可他们属于哪个派系?是什么样的地下组织?打算要挑起什么样的战争?为了说明什么原因或冤情?这个世界到处都有激烈的理由需要进行报复——人们至少明白这一点。然而,在这座大都市,那些志得意满的家伙总是只顾狼吞虎咽地享受,从不抬头看看外面的世界。而今天,这帮"幸运的家伙",这帮有贷款、有工作的家伙,却为了找到一台能拨得通的电话急得满街乱转;他们终于知道有人可以偷偷地跟踪靠近,取走他们的性命或是围攻他们。因为他们有罪。他们必须得没完没了地付出代价。

列车司机通过广播宣布事情,但是除了"紧急"这个词,大伙听不清楚他究竟说了些什么。乘客们非常惊慌,只好用交谈来互相安慰。沿途许多车站仍然有安全部队在检查巡视。只要情况允许,火车就靠站停车。坐在沙希德对面的一个女子紧张得直喘气;

· 144 ·

她旁边的乘客则粗鲁地要她噤声安静。等到她真的停止喘气,火车肯定也就抵达终点站了。抵达终点站啊!

火车从一个个昏暗的车站滑过。牵着狗、拿着手电筒的男子在月台上来回巡查。明亮的探照灯光束交叉照射着那些平时繁忙的区域。沙希德注视着车厢里的同伴,因为每座车站都变得可能不安全了。

在距离沙希德的目的地还有几站的地方,列车车厢门终于开了;能够赶快逃离,真是让人如释重负。

他向房子跑去,但到了房子外面却停了下来。他知道自己不该来。但是因为不想回头,他便走下地下室的台阶,同时心里想着迪迪肯定正在竖耳倾听他踏在石阶上的脚步声。现在,她肯定知道他曾在外面停顿过,也肯定会明白他内心中的不情愿了。

只有坏人才会住在地下室——可是这些人并不算太坏,不像那些在东伦敦那个住宅区出没的坏小子。这儿平和又安逸,完全跟现实脱离了关系。他离开了那些身处危险的伙伴们,对此他早已有了负罪之感。为了当天夜里晚些时候可能回到那帮伙伴那边,他得跟迪迪谈上好几个小时。另外,他非常害怕,不知道这个女人会要他做什么或是对他有什么期待,会向他提出什么要求,会产生怎样的情绪波动,以及会引诱他产生怎样的感觉。然而,不知为什么,他就是需要迪迪,尽管他自己还不太愿意承认这一点。

迪迪一直给他留着大铁门和前门,没有上锁。沙希德走了进去,喉头发紧,同时闻到大麻的味道。天花板低矮的小房间里点着两根蜡烛。他刚好能约略辨认得出,房间里摆着一张沙发、一台电视机、一套正在播放《欲望》①唱片的音响。在一片朦胧的暗影里，他差点没能看到迪迪。

"抱歉，我迟到了。发生了一起——"

"快别提了。"

迪迪背对着墙，坐在地板上，身穿黑色羊毛衫、宽松红裙子和黑色丝袜。一本平装书反扣在地毯上。她在抽一根细细的大麻烟卷，还从一只平底无脚玻璃杯里呷着酒。她没有起身；很明显，她觉得没有这个必要。

沙希德浑身都在哆嗦，既无法走到迪迪跟前，也说不出话来；就算开口，他也只会说错话，而迪迪就会把他看成是一个大白痴。他脱掉外套，露出穿在里面的短皮夹克和T恤衫。他吸着迪迪为他准备的大麻烟卷，一边踱来踱去，一边扫视迪迪。迪迪则任由他这么来回晃悠，任由他朝自己这边看个够。

随后，沙希德嘿嘿笑了起来。迪迪很可能发觉他有些反常，但她只是面带开心的询问表情把头歪了歪。

沙希德想起前一天晚上的事情，这种事情绝不会是最后一次。当时，哈特和查德一直谋划，如果那帮张狂的坏小子发动攻击的话，他们应该做出怎的反击。查德张开双腿，坐在地板上。他的武器——一把榔头和一把刀子竖着放在两条大腿之间。塔希拉已经用锐利的眼神盯了查德好几回。当查德呱呱叫着说他要给那些种族主义分子以怎样的痛击时，塔希拉再也无法控制自己了，便说："查德，你能把自己的腿并拢吗，啊？"

---

① 《欲望》，美国著名摇滚、民谣歌手兼诗人鲍勃·迪伦 1976 年发行的一张唱片。

查德皱皱眉头，并拢双腿，同时冲着哈特耸耸肩。

塔希拉接着说："查德，我早就注意到你喜欢穿紧身长裤。"

"是啊，没错。"

"可是我们女人却要费好大劲来遮掩我们身上的魅力。你想必知道包头巾有多么麻烦吧？我们经常成为人家嘲笑的对象，受到人家的辱骂，就好像我们是肮脏不堪的种族。昨天，在大街上碰到一个男子，他说：这儿是英格兰，不是迪拜。他当街就想扯掉我的头巾。"

"妹妹——"查德震惊地说。

"你们这些兄弟总是督促我们把自己的身体包裹起来，但是轮到你们自己怎么穿衣时，你们就变得很奇怪，总是寻找很多理由。你就不能穿宽松一点的衣服吗？"

查德看着哈特，用略显顽皮的语气说，他寻找裤口宽大的法兰绒长裤已经找了好久。

塔希拉说："这样就算有进步啊。但是难道你不想留胡子吗？看看哈特吧，他现在倒真的是要留胡子了。就连沙希德也在打算留胡子呢。"

哈特露出洋洋自得的微笑。

查德有些恼火地说："我的皮肤需要不被遮拦地呼吸，否则会长出痒人的疹子。"

"你最不该关心的就是虚荣。"塔希拉说。

这句话让查德一下子哑口无言了。他坐在那里，揉搓着下巴，嘶嘶地吸着牙齿，听上去就像火堆里燃烧的湿木头一样。他不想跟任何人说话，包括哈特。

后来,沙希德、哈特、查德三个人都在厨房里的时候,哈特扭头问沙希德:"你真的打算要留胡子啦?"

　　"的确如此,"沙希德回答道,"不过查德还没有打算留胡子啊!"

　　"我马上就给你脸上弄些毛茸茸的东西!"查德反击道。

　　沙希德并不想把这段插曲告诉迪迪。他曾经以为迪迪会对他们搞的反种族主义行动深有感触,但是,当他在电话里描述查德试戴手指环套、哈特教里亚兹怎么挥舞弯刀这些事情时,他感觉迪迪并不认同他们的行动。

　　"你是在想你那些伙伴吗?"

　　"是啊。"

　　她说:"你应该知道,那个你称作查德的男孩——"

　　"你为什么这样说?"

　　"他以前叫特雷弗·巴斯。"

　　"查德吗? 我才不信。"

　　迪迪耸了耸肩。

　　他又说了一次,"查德吗?"

　　"他是由一对白人夫妇领养长大的。他的养母是种族主义者,总是谈论巴基斯坦人和他们应该怎样适应外部社会的话题。"迪迪把酒瓶递给沙希德,"想喝一杯吗?"

　　"这些天我想让头脑保持清醒。算是尊重一些戒律吧。"

　　"查德经常会听到教堂的钟声。他经常能看到英国乡间的屋舍,以及普通英国人安然自在、轻松自如的生活。你知道,就是奥威尔眼中的那个英格兰。你读过他的文章吧?"

"没有好好读过。"

"总之,受排斥的感觉差不多把他给逼疯了。他曾经想炸死他的养父母。"

"可是为什么? 为什么呢?"

"等他长到十几岁的时候,他发现自己没有根,与巴基斯坦也没有任何关联,甚至不会讲祖国的语言。于是,他去上了乌尔都语学习班。但是在南厅①,只要他开口向侍者要盐,所有人都会听出他的口音。在英格兰,白人会把他看成是准备偷抢他们的汽车或皮包的贼,尤其是当他穿得像个衣衫褴褛的穷鬼的时候。然而,在巴基斯坦,人们会用更为奇怪的心态去看他。他为什么就应该可以适应一个政教合一的第三世界国家呢?"

沙希德真想说,就连老爸也曾有过同样的感受,而且老爸曾经把那个国家当成是自己的家。但是,任凭周围簇拥着他的兄弟们和小字辈们,老爸还是会坐在他在卡拉奇开的俱乐部里咒骂,尽管餐桌铺着浆过的白色桌布,餐具是银制的,侍者也都穿着白色制服、头上裹着头巾。俱乐部的墙上挂着科林·考德瑞②和皮特·梅③亲笔签名的照片,还有一张乔治五世向大英帝国人民广播的实况印刷品;《泰晤士报》摊开摆放在橡木架子上。再往远处一点,是一条游廊,和一个由一大堆园丁照料的"尽善尽美"的花坛。然

---

① 南厅,西伦敦的一片郊区,南厅镇是来自南亚印度次大陆的人最为集中的地方之一。

② 科林·考得瑞(1932—2000),英国著名板球运动员,担任过牛津大学和肯特郡板球俱乐部的队长。

③ 皮特·梅(1929—1994),英国著名业余板球运动员,曾为萨里郡、剑桥大学和英格兰打过球。

而,这个地方却让老爸感到愤怒:每个人都被强行灌输的宗教信仰;犯罪分子、腐败问题、审查制度、好吃懒做、新闻愚昧;路上遍布的坑洞、马路的缺乏、炽热如火的路面。在那里,没有任何事情让老爸觉得是顺眼的。每逢他感到极度沮丧的时候,他就会说,英国人真是不应该撤走啊。"1945年——一个新的国家,一个全新的开始!"他会大声叫喊,"多少人能有这样的机会啊!为什么我们就是不能好好地做事,既不互相折磨也不互相残杀,既没有腐败也没有剥削?我们到底是出了什么问题啊?"

老爸把英国大吹特吹,弄得阿塞夫叔叔说:"怎么,难道你和英国皇室有私人关系,是情人还是哥们儿?"尽管这样,老爸离开巴基斯坦时,眼里还是噙满了泪水,就像一个要返回预科学校的小男孩似的。

迪迪一直没有停下,她说:"特雷弗·巴斯的灵魂在寻求转变的过程中迷失了,情况似乎就是如此。据说他甚至想加入劳工党,想找到一个安身之地。但是这样做就太像种族主义者了,而且他的愤怒又是那么强烈。对他来说太沉重了,你知道。愤怒的情绪像酵母一样在他心里生发,而他又没法将它压制下去。"

沙希德叹了口气。"我一点都不知道他还有这些事情。我甚至连问都没有问过他。"

"有一次他对我说,'我无家可归。'我说,'你没有住的地方?''不是,'他回答说,'我没有祖国。'我就跟他说,'那你就不用有太多的牵挂啊。''可是我不知道做一个普通公民会有怎样的感觉。'特雷弗·巴斯的穿着比任何人都要好,他还给我转录过我从来没有听过的音乐。他是不是仍旧热爱音乐啊?"

"是,也不是。"

"他经常酗酒,还吸毒。有一天我逮到他在教室里吸可卡因,就制止了他。他会站在房子外面,头上顶着一只鞋,透过窗户向里面张望。他参与贩毒,整个人就像一把用保险卡住的枪,随时可能擦枪走火。"

"可是他没有擦枪走火,对吧?"

"对的。"

"为什么? 是因为他遇到了里亚兹?"

"有可能。"

"我就知道,"沙希德咯啪咯啪地扳了扳手指,"他可以拿掉头上的鞋了! 后来他又怎么了?"

"他把名字改成了穆罕默德·萨哈布丁·阿里-萨。"

"不会吧!"

"他坚持用全名。踢足球的时候,他的队友受够了一再喊'把球传过来,穆罕默德·萨哈布丁·阿里-萨',或是'照我头上传,穆罕默德·萨哈布丁·阿里-萨',结果就没有人愿意传球给他。于是他就改成了查德。"迪迪又呷了一口酒。她的身体在打战。"不过让我觉得害怕的不是他,不是特雷弗。"

"那么是谁?"

"里亚兹是最可怕的。"

"他可怕吗?"

"呃,是的。"

到这儿来的路上,沙希德一直都在想着里亚兹。他们不都是在一个崇尚形形色色反抗者、大怪胎和局外人的时代成长起来的吗？从大卫·鲍伊到比利·艾多尔、从乔治男孩到麦当娜，不都是他们崇拜的对象吗？在沙希德的童年伙伴中，有的人故意穿戴成莫希干人的样子，还给自己穿上鼻环——有个家伙甚至给自己穿了舌环；他们都是故意把自己的身体弄得惹人反感。不过，反抗的代价并不算很大。只有老一辈的人才会记得什么叫"受人尊敬"。沙希德的那些朋友每天晚上都趴在酒吧间的台球桌上；他们全都是幽魂，而不是行尸走肉——他们就是这么称呼那些老人的，他们更像是尚未出世的一代人。

尽管这样，在一个野心和事业都只为营私牟利的时代，里亚兹却一直为了一个理想而奋斗，并且始终坚持他个人那超凡脱俗的独立个性。结果到头来，他就成了一个最不服从既定规范的叛逆者——而且是一个不会矫饰造作的人，沙希德还不曾遇到过像他这样的人。这就像是：当众人纷纷往西走的时候，里亚兹却转身向东而去。

迪迪又一次抓起酒瓶。

沙希德摇摇头。"你说话都说不清了。可你为什么总是想让我喝这种玩意儿呢？"

"喝酒是人生最大的乐趣之一。"

"那么，活着就是为了享乐啦？"

"还能是为了别的吗？"

"我不确定啊。我知道你就是想把我激怒。但人生只有享乐是不够的，不对吗？"

"享乐是一种开始。"

"那你怎么看让世界变得更加美好呢？"

迪迪做了个鬼脸。"你觉得这是里亚兹正在做的事情吧?"

"此时此刻,他正在冒着危险守护一对受迫害夫妻的公寓呢。"

"里亚兹是因为申斥自己的亲生父亲饮酒,而被父母赶出家门的。他还谴责自己的父亲祷告的时候坐在扶手椅上,而不是双膝跪下。他跟自己的朋友们说,如果谁的父母做错了,那些父母就应该给扔到地狱愤怒的烈火中。"

"别想让我相信你说的这些,迪迪。"

"对不起?"

"里亚兹是一个最善良的人。"沙希德没让迪迪来得及反驳,就继续说道:"况且他是在以个人的力量反抗整个社会。你知道,要做到这点就必须拥有勇气。别拿他转移话题。我只想知道在他认识查德以后发生了什么?"

"他接管了特雷弗;与任何感化院相比,他身上那种混合着良善和自律的特质更能解决特雷弗的问题。"

"我想也是这样。如果没有他——"

"是啊,特雷弗,也就是查德,恐怕早就死了。"

"如今查德自己在大大小小、你根本不知道的事情上都会关心别人。"

迪迪盯着他。"难道他们没有让你觉得害怕?"

"谁们?"

"你那些朋友。"

"为什么呢?"

"他们排除了怀疑精神。"

他摇摇头。"有些人怀有愤怒和虔诚的信仰。如果没有这些,什么事情都别想实现。"

"你也怀有愤怒和虔诚的信仰吗?"

他涨红了脸。"问题在于,迪迪,像你这样的聪明白种人都过于玩世不恭了。你们看穿了所有的事情,把所有的事情都撕成了碎片,可是你们却从不采取任何行动。为什么在你们拥有了称心如意的一切之后,却总想着改变这一切呢?"

"我真的不太了解你,沙希德,但我只想说,我不希望你受到伤害。"

"被谁呢?"

"你那些新伙伴。"

"可我们在这里全都是受害者啊!一旦我们奋起反抗,你却说我们纯属白费力气!你整天坐着吸大麻,还污蔑那些真正采取行动的人!"

迪迪垂眼坐着,似乎不想把气氛弄得更糟。但是,她并不打算退缩。

沙希德说:"我真不知道自己干吗费劲地跑大老远到这儿来。"

"你不是想见我吗?"她说这话的口气是那么强悍,把沙希德吓了一跳。"我有缠着你吗?"她站起身,"我原以为事情本来就是这样的。"她抓起他的包包,开始往里面塞东西。"我把自己弄成了他妈的大傻瓜。你只是个学生。我肯定是昏了他妈的头了。我到底在想些什么啊?我在不顾一切,就是这样。我真希望自己没有这样。我想,你肯定也是这么看我的。"她一巴掌拍在自己的额头上,"我要忘掉整个这件事。"

"迪迪……"

"我们都把这件事忘掉,各自恢复各自的生活吧!"

她关掉音乐和暖气,用软木塞塞好酒瓶,然后背对沙希德,一边抽泣,一边带着火气清洗玻璃杯。沙希德心想,齐力最会处理这种事情,要是齐力,在这种时候会说些什么话来缓和气氛呢。这个坏蛋也许会用花言巧语来奉承迪迪;他曾经说过,阿谀奉承是一种你用在男人女人身上都很有效的技巧。不过,他也总是加上一句:你最好是能找出最需要小心应付的关键点,不然你就变成谄媚小人了。

趁着迪迪还没有穿上外套,他赶紧走过去,说:"你今天看上去很迷人,真的。"

迪迪把头侧向一边,露出微笑。"真的吗?谢谢。"

"让咱们分心的事情真是太多了。咱们刚才争论得很愚蠢。我都忘了你有多么迷人。别走。"

"好吧。"

"你想做点什么?"

"躺下来。"

"干吗不呢?"

她说:"卧室在这边。呃,请你——不要看我的身体,好吗?"

"抱歉?"

"看看窗帘或是别的东西吧。你太年轻了,还不会对自己的外貌感到羞耻。可是我已经开始进健身房了。哦,还有一件事。"

"什么呢?"

"你可以一直穿着这件皮夹克吗?"

后来，天色放晴了：显得既恬静又澄澈。沙希德和迪迪嘴对着嘴，躺在那里假寐，却始终没有入睡。他们既心满意足又觉得刺激，于是穿好衣服，走出地下室。现在，他们算是紧紧联系在一起了。每当他扭头去吻她——比如说，在两个人等着要过马路的时候——她会向他凑过来，双手环抱着他；他们会紧紧拥抱着彼此。他们做了爱，她成了他的情人。他喜欢穿着皮夹克，躺在那儿汗流浃背的感觉。迪迪真的把他给操了；她采用的是上位，不是坐在他身上，而是伏在他身上，双腿叉开骑着他，往下挤压他的老二。他则向两边摊开双臂，说："我要你好好操我。"

"别担心，"迪迪则气喘吁吁地说，"都交给我吧。"

路边的商店里正在展销 T 恤、廉价珠宝、皮带、手包、细致的印度印花布披肩。辍学的学生和脸膛红润的莫希干人带着醒龊的狗，站在路旁的小货摊前，兜售一把把包扎好的香，以及死男孩、查理·希洛、性手枪等乐队的盗版唱片。

冲洗过的大街繁忙起来。有些混乱的场面已经得到清理；成群的人们为了等朋友，再次聚集在地铁车站附近。很多人涌进酒吧间或是愈来愈受欢迎的法国风格的啤酒馆；也有很多人排起长队，等着看午夜场的电影——特吕弗导演的《华氏 451 度》。很少能看见年龄超过四十岁的人，简直就像有禁令不让上了年纪的人出门似的。

沙希德望着他的情人走向书店深处；书店有两层楼，空间相当宽敞，书全都摆放在大型的台子上；在以前，书店可都是又脏又乱的。看着一堆堆的新书，沙希德真想把它们统统搬走；如果没有书,真不知道他该怎么活下去。迪迪买了一本《口红痕迹》①,沙希德则用齐力给他的钱买了几本弗兰纳里·奥康纳的短篇小说集和几本文学作品选;他跟着迪迪来到柜台那边,等店员给他们书签和袋子。

他们走进一家酒馆。姑娘们都穿着短裙或白色李维斯牛仔裤,小伙子们都穿着黑色或蓝色牛仔裤,膝盖部位都留着破洞;有些人上身穿着黑色皮夹克,里面套着马球运动衫或是水手圆领衫。有几个人把自己打扮成野蛮人死后的面相,看上去与周围格格不入。还有几个显得十分精干的家伙,穿着十分正式的西装革履;他们已经结束工作,稍后会搭乘出租车前往索霍区,去那里的蜗牛餐馆、小阿拉斯泰尔餐馆或是尼尔街餐馆。

迪迪解释说,很多小伙子都是废人,却要故作一副写剧本的样子。不过,也有一些家伙是为通俗或小成本电影工作的,跑腿、剪辑助理、音乐片临时演员、年轻导演,全都有;夜深以后,他们会去时下最流行的俱乐部——"潮湿"、"远景"、或者"信仰"。

在一个角落里有一伙更为粗野的家伙,他们穿着连帽运动衫和宽大的牛仔裤,在散发脏兮兮的锐舞②晚会传单。他们正在等小型出租车;这种出租车让他们获益匪浅,因为他们通过兜售致幻药可以赚到很多钱。锐舞晚会一般都是在比郊区还远的田野或铁

---

① 《口红痕迹》(Lipstick Traces),美国作家、音乐记者、文化批评家马尔库斯1989年出版的一部文化批评著作,副标题是"二十世纪隐秘的历史"。
② 锐舞,当初是一种派对活动,最早出现在二十世纪八十年代末、九十年代初的英国,一般都是在很大的场地上举行,特别是废弃的仓库或户外的旷野;在锐舞晚会上播放的曲目通常都具有迷幻性质,即使在药物成为此种场景下的主要元素之前也是如此。

路拱桥下方的仓库举行。迪迪说,今晚他们俩原本是可以过去的,只是有一支亚洲朋克乐队——启蒙大师乐队,她很想见识见识。

沙希德催促迪迪谈谈她自己。她变得局促不安,在凳子上扭来扭去,跟那次两人在学校小卖部里第一次正式交谈时一样。她想讲讲自己的事情,却不知该从何谈起。她从来都没时间好好咀嚼和审视一下自己的过去,她的生活一直都是匆匆忙忙的,韶光飘逝,她却从未停顿下来歇息片刻。

她是一个引起争议的麻烦人物,十六岁时就被学校勒令退学了。一天清晨,她没有去上礼拜六的班,而是摆出"她要离家出走"的架势,往帆布背包里塞了几件衣服,就永远离开了家。

"我想,既然我真的离开了家,我就应该马上干点什么。"迪迪的母亲在《每日快讯》报社当秘书,她父亲则开着一家布满灰尘的店铺,应当是修理收音机、音响、电视之类的店铺。"他们特别讨厌我背着黑色塑料背包、戴着蕾丝手套、涂着猩红色口红出门。他们根本不知道我会成为什么样的人,他们就是不喜欢我这个人。"

迪迪喜欢音乐、衣服、男人和跑到外面活动。她冲劲很足——但是目标何在,她却没有一点想法。任何东西都阻挡不了她;她只管急匆匆地往前冲。她进出各种朋克俱乐部;去索霍区的路易丝俱乐部,在那儿,薇薇恩·威斯伍德①和马尔科姆·麦克拉

---

① 薇薇恩·威斯伍德(1941—),一位非常有名的英国时装设计师和女实业家,尤其是为朋克乐队和新浪潮音乐设计时装。

伦①会接待仰慕者。她还常去罗克西俱乐部,埃尔维斯·科斯特洛②和警察乐队③会在那里举行演出。她在酒吧里工作,她最后待的地方是伦敦西区一家雇用裸胸女郎做招待的时髦酒吧。

"我做过一些伴宴工作。"她的眼睛没有看着沙希德,"我只是想告诉你,因为你可能什么都会知道。而且我也不再在乎了。"

"挺好啊。"

"那时候,伦敦到处都有阿拉伯人,他们自以为很喜欢女生。他们待人还不坏,却都不爱讲话。我们谈的话题一般都不外乎是,'你老婆是个怎样的人?'他们并不觉得我们有多么好。我们整夜坐在他们的公寓里,一边吸食可卡因,一边等着被人点走。"

"为了钱吗?"

"大叠大叠的钱,成百上千的英镑,就在我的床头柜上。钱就像可卡因,从你的指缝间快速地流失,花在衣服、大餐、毒品上面。直到……直到有个伴宴女郎给我看了一本葛洛莉亚·斯泰恩④写的东西。那本东西是评论女人做《花花公子》杂志兔女郎现象的。

---

① 马尔科姆·麦克拉伦(1946—2010),是一位英国演员、经理人、私人出版家,担任过性手枪、纽约玩偶等摇滚乐队的经纪人;作为艺术家,他还把霹雳舞引入了英国。

② 埃尔维斯·科斯特洛(1954—),一位从朋克和新浪潮狂潮中涌现出来的英国第一流的摇滚乐天才;在二十世纪八十年代初期,他是发扬伦敦酒吧摇滚场景艺术为数不多的先锋人物之一。

③ 警察乐队,一支在上个世纪七十年代后期至八十年代中期在欧美流行乐坛上风靡一时的乐队,该乐队以其讲究旋律的慢摇滚风格受到全球乐迷们的拥戴;其灵魂人物是英国人斯汀。

④ 葛洛莉亚·斯泰恩(1934—),是一位出生于美国俄亥俄州的著名女性主义者、记者、社会活动家,被公认为二十世纪六十年代末至七十年代女性解放运动的领袖人物;著有《粗暴行为与日常反抗》《发自内心的革命》等。

你知道,我一直认为自己是一个反叛者。坏女孩都是很特立独行,很卓然不群的。那本书让我的脑子受到震动。我找出其他的书,把它们从头到尾读完,还画了很多重点标记。不让自己愚蠢——可以这么说——就是最平常的反抗。我加入一个女性团体,乘坐公交汽车到肯提什城①,期望能讨论为什么男人无药可救。可是那些女人早就不想谈论这类话题了。她们都是女同性恋,只对彼此感兴趣。其中有两位是在驴子保护场工作。这可是最后一根稻草啊。我在《肋骨》②杂志上刊登广告,开始组建我自己的团体。"她最快乐的事情是有一天她被大学录取了。"我母亲说,这是不是意味着我们得供你读书了? 我老爸则说,像我这么平凡的人根本不应该接受教育。"

大学真是折磨人。她本来希望自己学习起来在年龄上不会显得比别人大,但常常还是不能很好地完成功课。以前她几乎从未写过学习报告;现在图书馆却让她总是昏昏欲睡。她一个人独居,比任何人都下功夫,避免感染中产阶级自我怀疑、轻蔑学习、态度倦怠之类的恶习。毕业之后,她拿到了教师资格证书。"然后我就得到现在这份工作。我在这个学校已经干了很长时间了。"她拉起沙希德的手,"这家酒馆人越来越多了。"

他们走到大街上,去了"地下世界"。

"没关系吧,我说这些?"

"我觉得很好啊。我喜欢听。只是有点乱。接着说吧。"

---

① 肯提什城,位于伦敦西北部,属大伦敦的卡姆登行政区。
② 《肋骨》,一份女性杂志,伴随着二十世纪六十年代后期英国女性主义运动,于1972年创办。

"在大学的时候，我变得很严肃。简直跟现在的你一样，我有坚定的政治目标。从七十年代中期开始，一直都有党派。不读书的时候，我就参加各种集会，去卖报纸，或是参加罢工队伍的纠察队列。我遇上了布朗罗。"

"你发现他身上什么特点？"

"我们都喜欢披头士。我们有积极行事的精神，交谈也有共同的话题。我们想象自己是在塞纳河左岸，在咖啡馆里偶遇我们的恋人，生活中没有中产阶级惯有的争风吃醋陋习，而且致力于自我改造与政治改造。这主要都是受到萨特和波伏娃的影响。"

他们所做的一切都是党的工作。他们充当罢工队伍的纠察队员，参加示威活动，到格林翰的核电厂参加集会。即使现在，她也不清楚该如何看待自己对婚姻的承诺，她唯一害怕的是：她的政治狂热只不过是一种母性哺育天性的延伸，为的是照顾那些受压迫的人，而不是哪个丈夫。

沙希德到吧台那边买了酒。"地下世界"是一个天花板很低的黑色箱式酒吧，位于先前那家酒馆的后方，挤满了学生。淡啤酒仿佛正在沿着墙面流下来。主唱的歌手是一个戴眼镜的印度人；他显得太过紧张，试图把电吉他塞进扩音器里面，却掉在了地上。鼓手把鼓敲得像打谷机似的。这个乐队不怎么会演奏，总是跑调，听上去像是天鹅绒地下乐队①的重金属版。沙希德倒没有特别认真去听他们的表演。他正在努力消化迪迪经历过各种事情呢。

---

① 天鹅绒地下乐队，1964年在美国纽约成立的一只摇滚乐队，他们唱出充满自省和急呼社会不平的音乐，对当时及后世的摇滚极具影响。

听了几首歌之后,迪迪把一颗药丸塞进嘴里,也给了沙希德一颗。他们正准备离开的时候,那个鼓手想转个身,却发现自己的包头巾像只张开的风筝向观众席飞了过去;很明显,就像迪迪说的,从来没人告诉这个鼓手,鼓是永远不能当作独奏乐器来表演的。

他们挤过人群,来到了大街上,而且非常开心。室外凉爽的空气和寂静让人心旷神怡。他们慢悠悠地走回那套公寓。在微暗的灯光下,迪迪躺在地板上,敞开衣服,看着沙希德抚摸她的身体。她要沙希德给按摩肩膀、脖子和上臂。

"每次当我想到我已经走了这么远,我就为自己已经取得的这些成就感到骄傲。有谁帮过我吗?可能有几个朋友,但实际上一个都没有。我倒也很高兴这样。"

"那么,你为什么伤感呢?"

"我伤感啦?"

"有一点。"

"是啊。要承认这点倒是很痛苦。我想我要说的是代价可能太高了。"

她说到,八十年代的女性,甚至左派女性,都在争取强有力的社会地位,渴望独立,追求成就。但是她们全都付出了代价。她们非常投入地工作,把自己内在的资源挖掘得太深了,既要自力更生,又要支持朋友。有太多女性因此丧失了生育孩子的可能。为了什么?到头来,事业只不过是一份工作,而非人生的全部。

那样的生活多么乏味啊!在那些全心投入的日子里,世界依然没有任何改变——除非真的到了庆祝"自由日"的时候——快乐只能是暂时的,而且会让人产生罪孽感。迪迪也几乎从未离开过政治圈;大伙都隐隐觉得,只有那些为改变而努力奋斗的人才是好样的。其他人或者是麻木不仁的,故作愚昧的,或者便是容忍错误认识的人。

"有一个时期,在七十年代中期,我们都以为历史正在朝着我们所期望的方向推进。同性恋、黑人、妇女,全都在维护自己的权利,组建自己的团体。但是十年时间不到,在经历了福克兰群岛冲突①、核裁军运动和矿工大罢工事件之后,就连我都看得出来,历史正在朝着相反的方向推进。撒切尔夫人也曾经全力以赴地奋斗过。可是她让所有的人都不胜厌烦。那么我们该由此往何处去呢?"

"何处去呢?"

"谁知道啊?问问布朗罗吧。要承认失败和变幻无常,真是太难了。现在,我甚至都不想再确定什么了。"

她想等待拥有经验和知识,她意识到只有这些才是确定的:只有当下是存在的,今夜属于他们个人,而且她喜欢沙希德。

"很久了,你比任何人都让我快乐。"

沙希德害羞地只脱了一点衣服。她说过,她喜欢自己穿着衣服看沙希德一丝不挂的样子。可是当沙希德看她的时候,她却不经意地闪开了。沙希德把自己的衣服折叠好,站在那儿。忽然她坐起来,舔了舔嘴唇。沙希德不由得往后退缩了一下。

---

① 福克兰群岛冲突,指英国与阿根廷于 1982 年 4 月 2 日至同年 6 月 14 日在阿根廷东南大西洋上有争议的福克兰群岛(中国称为马尔维纳斯群岛)发生的军事冲突。

"你看着我的样子就好像我是一块蛋糕似的。你在想什么?"

"我配得上你。我真想把你给吃了。过来。我说,过来啊。"

沙希德跪着挪到她跟前。她把嘴唇凑近他的耳边问,有没有什么事想让她做。他们就手牵着手,再一次走进卧室,躺到铺在地板上的席梦思上面。沙希德心想,她可以做的事情太多了。积压了这么多东西,他都不知道该从何开始;禁忌之所以成为禁忌可不是毫无理由的。他说:"我感觉很好,真的。"

她知道什么时候该坚持。自从第一次见到沙希德,她就一直在等待机会想让他化妆;她敢肯定,化过妆的沙希德一定非常好看。

"现在?"沙希德问。

"也只有现在啊。"

当然,他想必看起来不会注定要像芭芭拉·卡特兰①吧? 接着,他想起他们第一次约会那个晚上,当时,"好"比"不"是更好的回答。干吗要怕呢? 只要可以,就应该活在当下,活在今晚。今晚就是永恒。难道他不知道该怎么信任她吗? 他必须信任她。对,必须。

她走到房间另一边,放了麦当娜的唱片《时髦》。麦当娜说:"你在看什么?"沙希德喜欢麦当娜的声音。迪迪把她的包拿过来,将里面的所有东西放在一块白色毛巾上。沙希德在她旁边坐下。迪迪在他耳边低声哼着、闹着,涂红他的嘴唇,染黑他的睫毛,在他

---

① 芭芭拉·卡特兰(1901—2000),是二十世纪英国最多产的一位女作家,作品主要以浪漫小说为主。

的脸蛋上扑了粉,还给他画了眼影。她把他的头发梳到后面。这让他颇感困扰;他觉得自己正在失去自我。自己在迪迪眼里变成什么样啦?

她清楚自己想要什么;沙希德把自己全部交给了她,自己落得轻松。现在,迪迪不肯让他照镜子,不过他倒是挺喜欢自己换上女性新面孔的感觉。他可以故作矜持,可以卖俏调情,可以风骚挑逗,就像一个大明星;心里的负担没有了,该负的责任消除了。他不需要去带头做榜样了。他甚至想,假如以女人的模样走出去,承受人们不同的眼光,又会怎么样。

为了检视化妆效果,迪迪在他身边走来绕去,不是要他把头这样转转那样转转,就是让他把手臂这样摆摆那样摆摆,或是给他这儿补一下妆、那儿补一下妆。最省力的办法是不去反抗;即使是在迪迪要他踮着脚尖、像模特儿一样走来走去时,也别没说什么。他毫无尴尬之情,跳舞似的走来走去,又是扭髋又是摆胳膊,向后扬着头,噘着嘴,腿踢得高高的,把屁股和老二秀给迪迪看。迪迪瞧着他走来走去,又是点头,又是微笑,还不时叹息一声。

他鞠了个躬,从床垫旁边的碗里拿了一个橙子,剥了起来。

迪迪说:"轮到我了吧?"

他点点头。

迪迪走到衣橱那边。她预先带来了一些沙希德可能会喜欢的东西。她像魔术师的助手似的站定,从衣橱里取出一顶有鲜红色宽丝带的草帽和一些丝袜。然后,她坐到床上,把这些东西穿戴好。接着,她撕开一只避孕套,套到一根手指上,涂好润滑油。

沙希德说:"以后我会经常想起你这个样子的,尤其是在你上课的时候。"

"随便你啦。有时候，下班回到家里，想放纵地轻松一下，我就会这么干，在吃饭以前。我还会看着图片，或是读着书。"

"什么样的图片和书？"

"《撞车》①，知道这本书吗？《O 的故事》②也是一本轻松好看的书。在这本书里，他们花了好几个小时给 O 做准备，比如涂红她的乳头。她穿着黑色反毛皮坡形高跟鞋，戴着手套，披着皮草和丝巾。他们把她当作奴隶，鞭打她；那时候，她就得说："你们想让我干什么都行。"她最大的羞耻是被迫在众人面前自慰。我正在计划给我的学生编选一份文学史上有关手淫的材料。"

"你怎么还有空闲的手去翻书呢？"

"你这个傻小子。"

她要他注意看。她抬起一条腿，把手指压进屁股，直至完全没入里面。

"看好啊。"她说。

她展开手指，让沙希德看她的私处。沙希德拿起蜡烛，凑近往里面细看。他感觉特别开心；毒品的效果让迪迪的笑脸闪着光泽，使她看上去犹如杂志上的柔焦照片。尽管没有迷失灵魂，迪迪却让自己变成了色情书刊中的女主角。

沙希德心醉神迷，屏息凝神，看着迪迪拿起一个除臭剂的瓶

---

① 《撞车》，是英国作家 J·G·巴拉德 1974 年出版的一部小说，讲述因灾祸而生狂喜的变态心理故事；1996 年被改编成电影。

② 《O 的故事》，法国作家安妮·德克洛 1954 年出版的一部描写性虐待的色情小说；该书出版之后的四十多年中，人们却不知道作者是谁。

子,把顶端插入她的私处。里亚兹可曾看过这种情景？他想偷看吗？也许迪迪可以给他做个示范,从而让他能够看到人性的这一面。

迪迪肚腹上的肉叠在一起,像一根根的手指。她俯身向前跪下来,起劲地自慰,同时还专注地把手塞到腿中间转来转去。她的呼吸变得急促,手指在她的私处和乳头之间来回游动,乳头上已经泛起玫瑰花瓣似的环晕。沙希德双膝跪着,往手心里吐了口唾沫;两人就面对面,一起自慰起来。最后两人同时达到高潮,哈哈大笑着倒下身子。

迪迪躺好,打起盹来,那样子简直就像她已昏厥过去了。

沙希德舒展身体,脑子里浮想联翩。他不由得想起几天前里亚兹说过的一番话。当时,哈特顺口提起对待同性恋应该砍头,尽管首先要让他们有选择婚姻的自由。里亚兹对这个话题来了兴致,说,神会让同性恋者在地狱里永远被烈火炙烤,在火炉里烧焦他们的皮肉,再给他们换上一身新皮囊,而且还会让这个过程没完没了地重复下去。他当时说:"如果你曾经被炉火烧伤过,你就会明白我的意思。仔仔细细地琢磨一下我的话吧。"

里亚兹的恨总是那么冷酷,那么确定。沙希德曾经想对迪迪说说这件事,但是又怕扰乱她的心神。可是,难道里亚兹不是他的朋友吗？但愿他能知道里亚兹的这些想法都是从何而来的。

过了一会儿,在半睡半醒、似醒似睡的状态中,沙希德和迪迪聊了一两句。他们喃喃地说道,在教室里他们多么喜欢观察对方。迪迪早就写好了那张邀请沙希德到家里去的纸条,但是下了很大决心才放到他在图书馆看书的桌子上。她曾经把纸条收了回去,最后又放回桌上，并且赶紧逃离了学校，心里想着可能所有人都感觉到了她兴奋而又混乱的心情。回到家后，她感觉自己就像十五岁的小姑娘，一边望着窗户外面，一边想：他会来吗？我都干了什么？他会不会觉得我是个傻瓜呢？她以前从来没这么积极主动过，对学生更是如此。等到他们两个从她家里出来时，也不知怎么搞的，她心里特别紧张，必须喝醉酒才能恢复正常。最后，在两人分手之后，她曾经让出租车掉头返回他下车的地方。但是出租车来来回回绕着，她怎么也想不起他到底住在哪里了。

迪迪又睡着了；她侧着身，双腿蜷在前面，还吸着大拇指。

现在，沙希德看了一会儿迪迪睡着的样子，然后也闭上眼睛。在这个特别亲密的时刻——钻在迪迪的羽绒被下面——他感到自己侵入了别人的生活。但与此同时，他知道，只要冷静下来，你就不可能不喜欢一个在你面前沉睡的人。

沙希德吻了吻迪迪，让她继续熟睡。到了早上，迪迪敲浴室门的时候，沙希德正躺在浴缸里；他脸上罩着一块绒布毛巾，水龙头中间架着一杯咖啡。他能听到从楼上的公寓传来巴赫小提琴曲的乐音。

迪迪挽起袖管。她给他身上抹了肥皂，又给他冲洗了身体，脸、耳朵后面、两腿中间，把他身上的每一处都洗了洗；然后又用水罐舀着水给他冲洗头发；只有在亲吻他的脖子、手腕内侧、腋窝的时候，才会停一下。

她把沙希德扶出浴缸，从暖气片上拿来毛巾，帮他擦干身体，裹好。她让他坐在浴缸边上，给他套上一件T恤。然后，她跪下来,擦干他的双腿,开始吸吮他的老二。沙希德从未有过这种体验:嘴巴居然可以让你觉得它能由阴茎末端吸走你的灵魂。

沙希德觉得接受这样的服侍有点不好。迪迪却说这样很好,她喜欢用这种方式来让他开心,而且她的经验也特别丰富。现在她心满意足,不会再有什么要求了。等到再有需要的时候,她会提出来的。

迪迪赤身裸体站在镜子前面,弄湿一块绒布毛巾,擦洗身子。沙希德把她摆放好的衣服递给她,并且帮着她穿上。

迪迪说:"我看过冰箱了。没有可以吃的东西了。咱们是不是该出去吃早餐?"

对沙希德来说,这可是一次奢侈的享受:从前在早上老是忙着工作读书。

这是一个大冷天,但光线澄澈明亮,让他们愈发神清气爽。迪迪戴着太阳眼镜,沙希德挽着她的手臂。她选的餐馆就在附近。餐馆的女招待们都认得她,因为她喜欢在去学校途中在这家店里看书,也喜欢听她们聊常去哪些俱乐部或酒吧。餐馆里面足够暖和,法式长棍面包和羊角酥是用店里的钢制烤箱烘烤出来的。浓浓的香味让他们觉得更为饥肠辘辘了。

他们把手套塞进口袋,然后把外套和围巾挂在柜台旁边的衣架上。在这家小餐馆,零零星星坐着几个学生、演员和情侣。迪迪选择一张靠窗临街的红色方格餐桌,可以欣赏街景。墙面上贴着剧院的海报,放的音乐是威尔第的作品;女招待全都是演员,做事不紧不慢;他们甚至还把报纸拿了过来。

迪迪点了咖啡。女招待过来时,他们正在看菜单。他们要女招待稍待片刻,马上就点菜。热乎乎的烤面包片用餐巾包着:面包很可口;切得薄薄的,刚刚好。果酱和柑橘酱盛在罐子里,美味极了。他们吃得很快,几乎没有停下来说话;不过,沙希德还是注意到迪迪深情地望着他,一副想要弄明白什么事情的样子。一会儿之后,迪迪提议他们再吃点别的东西,比如说炒鸡蛋和热巧克力配鲜奶油。两人讨论了一下,觉得自己是不是太胖了,又都拍拍肚子说对方不算胖。

他们两个都比以前害羞了。迪迪一边的脸上有一点斑痕,这让她颇为懊恼;所以她一直侧着头。

"为了你,我希望自己看起来很漂亮,"她说,"这真的非常烦人。我想我得避开所有的镜子。"

报纸上有很多消息可以讨论。他们下决心点了法式巧克力酥皮面包和卡布其诺咖啡,两人又都把自己的裤子松了松,然后就抽起烟来。餐馆里人来人往,但只有沙希德一个是深肤色的人。在他和迪迪去的大多数地方,这看来都是一个事实。

迪迪看着窗外的街道,说她还是挺喜欢伦敦的。如果让她选择的话——倒不是说她现在真有这种机会——她觉得自己真的没法在别的地方生活:伦敦的街道不像巴黎或罗马的街道那样狭窄或与世隔绝,也不会像纽约的那样充满危险;在伦敦总能看得到天空。

迪迪曾经背着帆布包、搭便车在欧洲到处漫游,现在还希望能去更多的地方。沙希德则说他想去西班牙的巴塞罗那,去看看让·热内笔下的唐人街;他可以从他妈妈那里给他们弄到便宜的飞机票。他们只需带上几件 T 恤、牛仔裤和一摞书;他们会克服一切酷热和懒惰，除了每天发生的事情，其他什么都无关紧要。就算是在伦敦，英格兰所发生的任何事情也会变得微不足道。你会想伸开双臂，把每一样东西都推开来看看；你必须摆脱所待的地方沉闷倦怠的氛围，躲避那些腐化的政治口角和政治倾向，逃离那种到处蔓延的悲观主义情绪。

逃离的想法让他们心情更加畅快了。他们坐在那里，喝着干邑白兰地，一直到女招待们开始布置午餐餐具时才离开。

到了大街上，沙希德挽住迪迪的手臂，但还嫌不够；他亲吻她，直到有人对着他们吹口哨才罢休，而且弄得两人差点跌倒。迪迪今天休假；她不想再工作了，学校让她感到窒息。吃过早餐，他们现在精神头儿正足，便漫无目的地闲逛起来，同时在心里想着还有什么事情可以吸引他们，好像伦敦之所以存在只是为了让他们获得满足似的。

他们试穿衣服，试戴珠宝首饰。迪迪想给沙希德买双靴子。沙希德虽然很喜欢，但不肯让她花钱，迪迪只好放弃了。她把自己喜欢的附近街区的房子指给沙希德看；他们仔细察看一家老字号肉品店的招牌。为了怀旧，迪迪从一个在地铁站口兜售一箱唱片的小伙子那里买了几张鲍伯·迪伦的盗版唱片。最后，她把沙希德带到一家酒吧去喝柠檬水兑伏特加。他们站在酒台前面，每人连灌三口酒，每灌一口就停下来吸口气，然后互相对着喘气。

他们现在唯一想做的事情就是回到公寓，拉上窗帘，脱光对方的衣服。沙希德想再干她一次，这一回欲望尤为强烈。恐惧感一旦退去，再搞一次，以后就会感觉越来越好。

趁着迪迪在打盹，沙希德坐在床上，一边喝昨晚剩下的发酸的酒,一边读马尔克斯写的一篇短篇小说。他想到了齐力,便在笔记本里写下齐力的一些故事。一会儿之后,也不知道外面是白天还是夜晚,他吻了吻迪迪,然后套上自己的 T 恤。他不想惊动迪迪,试图悄悄地把长裤穿上。

迪迪张开眼睛,问他为什么要走。

他不想离开迪迪。他是自由的,没有离开的必要,这一点他很清楚。但是当迪迪问他想不想去大门影剧院看正在上映的伍迪·艾伦的新片时,他却说自己应该回去读书学习了。迪迪说,他可以留下跟她一起读书。他则回答说,不要了,今天不行,因为他有事情要处理。

迪迪用探寻的眼光看了看他。但是他不喜欢一切都被纳入迪迪的计划中的感觉,就好像他被雇用干一项工作,而工作的规范细则都已经由迪迪制订好了。迪迪没有争吵。既然他们两人的关系进展得很好,她也乐得独处一下;这一天接下来的时光应该是美好的啊。

她穿好衣服,陪沙希德走到地铁车站。她站在月台上望着沙希德挥手道别,直到那列火车消失在隧道里。

　　这次往回走的途中,沙希德心里翻腾着五花八门的心事。昨晚是最美好的一夜。现在他真想再神游一回,尽情享受铭刻在脑海里的每一个细节。

　　坐在北线火车破旧的座位上,穿行于车站之间的隧道,他的脑海里浮现着迪迪的阴部和屁股,浮现着吮吸他的舌头和手指、轻磨他的嘴巴的红唇,心里洋溢着色情的氛围。她说得没错,无与伦比的性高潮就像一次美好的夜生活,可以让你一天都充满活力。

　　或许,这种心境也是由迪迪进行手淫的幻想激发出来的。在他的幻想中,迪迪涂着口红、穿着高跟鞋和长长的透明衣衫,行走在大街上;她的乳头和阴部清晰可见,但只能远观,不能触摸。当她如此走着的时候,她会瞅着那些盯着她看的男人;而在那些男人自慰的时候,她也会动手抚摸自己。

　　不过,这主要是因为他今天搞明白了:尽管情欲的奥秘尚未得到揭示,但性欲的张力却无处不在。他发现,性欲具有实实在在的传播流动特质,这一点是无可置疑的。在寻常生活乏味重复的表象下面,涌动着挑逗、冲动和发自内心最深处的好奇,就像滞留在城市下面的地铁隧道里的热气。人人都会着装打扮、摆态弄姿、四处走动,既展示自己,也吸引别人。人们彼此之间都会掂量对方,萌生各种幻想,渴望情欲的同时,也渴望受到垂青。

裙子、鞋子、发型、外貌、姿态:世界如常运行,诱惑和迷恋也随处可见。诸如此类的媚惑其实正是性本身,而非性的前奏。当然世界不会是单纯的。人人都对浪漫、情欲、情爱充满渴望;人人都想获得亲吻、爱抚、吮吸、拥抱和侵入,只是无法把这一切明说出来。贝克大街地铁站的月台简直就是世外桃源。他从未想过这些不同寻常的想法会在朱比利地铁线上活生生地、无拘无束地展开。今天,他真是可以弄懂并感受这种诱惑了。迪迪已经启动了打开他情感世界的钥匙。

沙希德往前走着,这时又想起哥哥齐力说过的一些话。齐力的一个女友曾经狠批齐力,说她从未见识过这么一个举止轻浮的家伙。这个家伙,特别是在他穿着 *Comme des Garçons* 牌子的潮流时装①时,总是会在街上撞见一些美女,并且几乎当时当地就和对方口交起来。这家伙甚至连对方的脸都懒得去瞧。齐力认同这种说法。他并不特别挑选做爱的对象,因为他觉得在任何女人身上他都可以找到一些独特而珍贵的东西。"只要钻到棉被下面,你

---

① Comme des Garçons,是日裔"另类服装设计师"川久保玲于 1969 年在法国创立的服装品牌,法语的意思是"像个男孩"。

就是在潜水打捞珍珠。"

另外,齐力自信女人都能在他身上找到某些充满活力的地方。那个女孩给予驳斥,说齐力只是在为自己的吸血鬼行为强词夺理;但齐力却说这根本不是事实。他坚守一个信念,就是有时候,不管怎么说,在不掺杂个人感情的关系中可以存在某种神圣的东西。他说:"难道基督徒信仰的不就是这个吗?"

"全能的神啊,齐力,"那个女孩回答道,"这回你可是错得太离谱了!"

"不,"他说,"在床上我完全可以像耶稣一样。"

现在,沙希德走出地铁站,站在离他的宿舍不远的街上。他肯定已在附近徘徊了十几分钟,时而坚定地朝着一个方向走,时而又停下脚步,转身朝另一个方向走去。他真希望自己是待在咖啡馆里,跟迪迪一块儿喝着咖啡、狼吞虎咽加了奶油的羊角面包。自己干吗非得离开她啊?什么才是自己非常想干的事情呢?

没错——是有件非常重要的事情。他不能离开自己那帮朋友;那些人正在为一些事情而奋斗;他们是他的同胞,他对他们发过誓。

他匆匆走回地铁车站,搭乘另外一条线路的火车,返回到东区。然后,他动作麻利地穿过那片住宅区,途中见到许多生锈的、被烧毁的汽车。

"你到哪里去了?"查德的眼睛因为疲劳而黯淡无神,"你来得太晚了。"

沙希德知道,在这幢阴沉的公寓里,自己的眼睛肯定像钻石一样明亮。他最不想出现的事情就是让查德看见从他眼中流泻出来光彩。于是,他故作出一种闷闷不乐的表情。

"你现在可以去睡上一会儿。我处理了一些私事。"

"哦,私事? 这是什么?"

"长棍面包,法式的。"

"你觉得印度菜不够好吃?"

查德穿着惯常的便服,戴着一顶白色软帽。不过,今天他的脖子上挂着一只银色哨子,串在一根有荧光粉的绿色丝带上。这根丝带引起沙希德的注意,使他想起迪迪讲过的那个特雷弗,那个现在查德拒绝承认的特雷弗。沙希德想了解的正是查德身上的这一面。他决定告诉查德,他知道特雷弗是谁。

"听着,查德——"

"呃?"

"兄弟,我想说的是——"

然而查德却转过身去,拿着武器比划了几下。沙希德坐下来,心里低吟着《性爱疗法》①,齐力最喜欢的歌曲。人们整天都能听到马文·盖伊的低声吟唱:"起来,醒来啊,今晚咱们就做爱。"这歌声从旅行社后面的房间传来,或是从齐力驾驶的车上飘出,流荡在乡间的道路上。

沙希德说:"怎么了? 没发生什么事,对吧?"

"没事。那帮家伙,一旦事到临头,就懦夫得很。你怎么样?"

---

① 《性爱疗法》,美国歌手马文·盖伊赢得 1983 年格莱美奖和美国音乐奖的一首歌曲。

"你愿意听我说吗?"

查德又一屁股坐回来,武器放在身边,而且尽量离妮娜和萨迪克远远的。这两位自愿承担了最多的工作。他们不准对方亲吻或触摸,所以总爱争争吵吵:萨迪克捏了妮娜一把,现在她正作势找机会回敬萨迪克,但同时用猜疑的眼光瞄着查德和沙希德,好像他们俩是老师似的。查德不喜欢这些女性姐妹参加到他们的队伍中来,尽管坚持始终的正是她们这些要为理想大义而献身的女孩子,受到里亚兹的鼓励而向父母找出种种理由的也正是她们。

"查德老兄,你还记得吗? 在哈特家的餐馆,咱们第一次见面,当时我跟你说,作为一个巴基斯坦佬,我经历过很多荒唐无聊的事情。"

"所以呢?"

"我想说的是,我揣测你也经历过一些同样不健康的事情。"

"没错,"查德慢吞吞地说。很显然,他正在为什么事情而苦恼,但不是沙希德所指的事情。

"我想跟你说说,特雷——"

查德打断他的话。"你是一直跟你哥哥在一起吗?"

"齐力?"

"对,是他。你去见他了吗?"

沙希德正想予以否认,但是查德尖锐的声调让他忍住了。为什么他就不能和齐力在一起? 他实在是弄不明白。可是无论发生了什么事,他都不想因为不同意查德的想法而搞糟自己的心情——情人的吻痕还留在他的脸上,她的体香还留在他的手上呢。

"怎么啦,大哥?"

查德拎起一件套头衫，丢向沙希德。"齐力送来了这个。说是别让你冷着了屁股。"

"他怎么知道我在哪儿？他是怎么得到消息的？"

"他怎么得到消息？你觉得呢？他一直待在你的宿舍里。里亚兹大哥倒有兴致在过道里接待了他。可你晓得发生了什么吗？出现了一个意外。"

沙希德的喉咙一下子干涩起来。妮娜和萨迪克也不再打闹了。

"什么意外？"

"齐力威胁里亚兹老大哥。"

"什么？"

"他一口咬定老大穿在身上的衬衫是他的。"

"哦，不会吧。"

"里亚兹不知道他在说什么。"

"后来呢？"

"里亚兹没有理会他。现在，回答我：是不是你让齐力进了你的房间？"

"没有！房门可挡不住我那个疯狂的哥哥。他来去就像一阵冷风啊。"

"那就好。现在让我觉得讨厌的不是他，是你。"

"我？"

查德探过身来，"你那天晚上待在了别的地方。你到底是在哪里过的夜？"

查德认定沙希德是他们的财产；他们想把他完完全全地占有，

任何与他相关的事情和东西都不能躲开他们的掌握。然而,查德错就错在把沙希德给激怒了。

"问这些问题干什么?难道你不信任我?你说的就是这个意思吗?"沙希德死死地盯着查德,"你能告诉我现在齐力在哪里吗?"

查德咕哝着说:"你隐瞒了一些事情,是不是,沙希德?"

"比如说什么事情?"

"谁知道呢?"

"拜托了,查德,作为兄弟,用不着这么发火。我一直在处理一些家务事。我不是告诉过你我们家在骑士桥有一套公寓吗?"这话让查德皱了皱眉。"但是现在我人在这里!难道你看不见?"

"我看你看得太清楚了。"

沙希德需要知道齐力为什么在他的房间里待过;照正常情况,齐力的懒人鞋是不会光临沙希德宿舍楼那种铺着破旧油地毡的地方的。然而,查德不是讨论这件事的最佳人选。

查德的目光仍然在沙希德身上打量。沙希德暗暗祈祷,但愿迪迪把画在他脸上的摩顿·布朗牌眼影和奥伯恩·穆恩牌唇膏都擦洗干净了。

查德的声音提高了:"刚才,你是不是跟我说到了巴基斯坦佬?"

"没错,我是想说——"

"再也不要说巴基斯坦佬。我,是一名穆斯林。我们也没必要为自己的行为感到内疚。我们是坚守一项重要原则的人:享乐和有所热衷并不是人生的全部!"

沙希德低声说:"里亚兹说那是无底洞。"

"这个措辞很可恶,是不是?"查德受到鼓舞。沙希德知道他的怒气暂时过去了。"一种享乐——除非受到强有力的限制——只能会导致另一种享乐。肉体的快乐越是强烈,对他人的尊重和对自己的尊重就会越少。到最后我们就会变成禽兽。这种人脸上都擦抹东西。"

"什么?"

"他们剃须后会擦润肤露。他们的内里既肮脏龌龊又赤贫枯竭。但是我们这样的人却让自己跟他们截然不同。"

"我们怎么会不同呢?"沙希德注意到,妮娜和萨迪克两人从对方身边挪开了。"生活在这种……颓败的环境里。"

这个问题让查德十分高兴。"问得很好。"

沙希德精神贯注地听着;一种剧烈的痛苦在他心里翻腾。

查德说:"我们已经超越感官的层次,上升到了一种精神化的、克制的生活观。我们对待他人是以尊重为本,而不是想着怎么利用他们。我们为他人工作,这也正是我们现在在这里所做的事情。"

"是啊。"

"只要我们坚持这些信念,"查德说,"那么不管他们如何想方设法腐化我们,我们都能予以抵制。"

"这我懂。"

"我很高兴,兄弟,我非常高兴,因为我看到你身上的弱点。"

"真的?"

"这个问题很严重,但是真主安拉就在我们身边。这样一种纯洁生活的想法怎么可能有错呢?"

"没有错啊。"

"对的。没有错。一个人,只要战胜自我而不是顺从各种欲望的支配,那么他肯定会得到相当大的提高。"

"我觉得你的说法可能是对的。"

"当然是对的!有朝一日全面的变化终将实现。我期待着这一天!"

查德像里亚兹惯常的举动一样,来来回回踱着步,一边为自己说过的话洋洋自得,一边装腔作势地自说自话,仿佛正在清真寺里面对群众发表演说似的。

令人烦恼的是里亚兹不在场。因为带头的人不在,整个气氛都显得混乱无序、散漫无主;这伙人会变得十分孩子气,忘记他们这次行动到底是为了什么。而查德倒显得非常乐于想象自己比别人更具权威性。沙希德怀疑查德是不是幻想过自己居于里亚兹的地位。尽管这样,沙希德还是明白查德想表达的意思。自己实在不应该嘲笑或是拒斥查德的观点。查德可能会显得盛气凌人,但他的话都是从痛苦的经验中有感而发的。

沙希德安静地坐着,然而这套公寓让人觉得像是密封的。住在这儿的那个女子在刚开始的时候非常高兴有他们作伴。然而,现在她却皱起眉头,带着孩子们躲到她的卧室里去了。这可能和查德坚持用乌尔都语与她交谈有关,因为查德又一次学起了乌尔都语。那个女子会盯着查德,仿佛他嘴里说的是威尔士语;而且查德在努力说话的时候还会伴随着发狂似的手势动作,这很明显让对方觉得很烦。

再者说,在这个脏兮兮的、灯光过于明亮的房间里,每个人看上去都很疲惫,生活再次陷入了日常状态——而且还要担心种族主义者的攻击。这一切致使沙希德的心思重新回到了迪迪身上。想念迪迪的感觉犹如聆听他最喜欢的音乐;迪迪就是他喜欢弹奏的乐曲。他想仔细琢磨一下迪迪把他的头轻轻推到一边、好亲吻他的耳朵的样子,仿佛当时他身上只有那个部位对迪迪具有吸引力。他还回想起了迪迪亲吻他的手的感觉,以及把热吻印在他的眼睛、脸颊、唇舌上,用爱在他身上打下印记的感觉。

不过,他没有沉浸在对他们之间的性爱的温暖回忆之中,也没有沉浸在对迪迪引领他所享受的欢愉的怀想之中——这种欢愉,他们可以愉悦地去反复重温并延续到未来;相反地,他开始体悟到一种苦涩的、幻灭的感觉。在过去的数个小时里,他是多么耽溺于自己感官的愉悦啊!那些虚幻的东西多么轻易就让他顺服了!他竟然让毒品激起的狂潮烂渣在他的脑子里流窜!他所相信的无聊奇境只不过是一些幻影!在贝克大街地铁车站时的那些胡思乱想也都是一样啊!

幸运的是,他的思绪被塔里克的到来打断了。趁着大伙注意力分散,他告诉查德说,他打算去一趟清真寺。完了之后,他会到人行道上去巡查,留心看看外面的情况。

查德没法拒绝,便提醒说:“务必要小心。那帮家伙很可能会对咱们实施个别攻击。”

沙希德身上的某种特质肯定触动了查德,因为他随后说有样东西要给沙希德。趁着沙希德收拾他的笔记本和他心爱的钢笔,查德拿来一个塑料袋,递给他。

“给你的。”

"是什么?"

"看看。"

沙希德从塑料袋里抽出一件白色纯棉的传统宽松沙瓦裤,抖开,往上提着。"真漂亮。"

"是啊!"

沙希德把沙瓦裤贴着脸颊。"是给我的吗?"

"当然。我有自己的。你想把它穿上吗?"

"现在?"

"立刻就穿上吧。"

他瞧着沙希德第一次换上"民族服装"。他先是把沙希德从头到脚打量了一番,接着从背后拿出一顶白色软帽,戴在沙希德的头上。他往边上站了站,又把沙希德拥抱了一下。

"兄弟,你看起来帅极了!"

"谢谢,查德。"

"我一直都在想,你穿着肯定合身。等会儿让里亚兹看看你。还有塔希拉。他们会为你骄傲的。你觉得怎么样?"

"有一点奇怪。"

"奇怪?"

"不过很舒服,很舒服。"

"好极了。"

沙希德套上毛衣,穿上夹克,出了门。查德站在门口看着他离开,在他转过街角时挥了挥手。他乘坐地铁走了三站路,一路上觉得:穿着这种打着大而舒适的褶子的宽松沙瓦裤,让他显得更加惹人注目了。

他尽可能全心投入地做着祷告，脑海里回响着哈特的规劝和教导；他祈求神恩赐他对世事的彻悟，让他了解自我和他人，并且赐予他宽容之心。当他感到心里不再有任何的激情，而且非常解脱、纯净了，他便拿着他的笔记本坐了下来。

　　清真寺的房间分布在三层楼，空间都大得像网球场一样宽敞。各式各样不同国籍的男子——有突尼斯人、印度人、阿尔及利亚人、苏格兰人、法国人——聚集到这里；在入口处，他们一边交谈，一边脱掉鞋子，然后退出来去净手。如果事先不了解，肯定很难说得出这座清真寺到底是在哪个国家。

　　在这里，种族和阶级的隔阂全都暂时消除了。来做祷告的教友中，有穿着昂贵西装的实业家，也有穿着地铁公司或邮局专用制服的职员。穿着传统宽松沙瓦裤的老人，低着头，弓着背，拨弄着念珠。扎着马尾辫的时髦年轻人干的是计算机行业，他们和穿着西装的年轻人彼此交换着名片。有四十个埃塞俄比亚人坐在其中一个房间的一边，聆听他们一个穿着长袍的同门教友演说。

　　有几个男人跪在宽大的地毯上做着祷告，几个孩子在他们之间穿梭奔跑；小男孩穿着自己最好的西装，小女孩则穿着白色连衣裙，头发上还打着蝴蝶结。一些游客背靠墙壁、伸展四肢坐在垫子上沉入睡眠；他们身旁摆着电烧水壶、暖水瓶和装在塑料袋里的私人物品。有些人盘着双腿、靠着柱子，一连坐好几个钟头，扯着家常。也有些人平躺在房间中央，用手臂遮着眼睛，正在熟睡。在这儿有好多种不同的语言；陌生人也会彼此交谈。这里洋溢着和平共处、安宁冥想的氛围。

是啊,沙希德陷入深思,他曾经沉溺于欲望和激情的长河。而且毫无疑问,不用多久,他会变得傲慢自大却毫无满足感;这种官能的愉悦是不会餍足的。为了索取更多的感官愉悦,他会投入"无底洞"!里亚兹深知这个道理。他得向里亚兹和查德好好学习。

他受到过诱惑。他也轻率地一头扎了进去。不过,到这儿来是正确的。在一切都变得无可救药之前,他总算恢复了理智。即使他对自己感到厌恶,他也必须控制住自己,恢复自己纯洁的本性。难道他不是已经从情欲漩涡中游开,回到这个地方来挽救自我吗?既是,也不是。他仍然感到不安,也无法让自己放松下来。比起任何别的地方,即使是在这些让他感到非常安宁的凉爽房间里,他的头脑仍然在翻腾骚动、寻找托辞和痛责一些事情。他只是明白了一件事情。那就是,他得在付出更多感情之前离开迪迪。明天,他就把这个决定告诉她。他要和里亚兹一起专心投入工作。

这个决定一旦作出,他就站起身,到鞋架那里穿上鞋子,眨着眼睛回到外面的街上。他穿过一个市场,里面喧闹的货摊在展销皮箱、手表、磁带;大声吆喝的摊贩们想方设法促销给缝衣针穿线的小机械,挤榨橙子用的小东西,以及给窗帘做褶皱的廉价塑料玩意儿。环境转换得太快了;他发现实在是很难把清真寺里的景象和眼前忙乱繁杂的城市生活协调起来。

他的朋友们经常讲述故事,从宗教的角度讲述万物的起源,讲述神为什么让他们活着、他们死的时候会发生什么事情,以及在活着的时候他们为什么会遭受迫害。这些故事都很古老而且有益,尽管在今天这些故事很容易会受到那些可以证实的故事的冷嘲和诋毁,然而它们或许也会让那些信守古老故事的人变得更加坚定。

问题是,每当他和这些朋友在一起的时候,他们讲的故事会迫使他不得不接受其中的寓意。而一旦他走到了外面,就像一个人走出了电影院,他会发现外面的世界更加奇妙莫名、难以理解。当然,他也知道,那些故事都是由男人和女人创造的;很难说得清那些故事是真实的还是虚假的,因为它们都是由最瑰丽奇妙却又最不可信赖的能力——想象力所创造出来的,这种想象力被诗人威廉·布莱克称为"每个人之内在的神圣部分"。尽管这样,他的那些朋友却绝不容许他们拥有信仰的躯体具有任何一点想象力,因为想象力会毒害一切,会使他们的信仰蜕变为凡人的、审美的、容易犯错的信仰。

不过,他还是能看得出布朗罗究竟错在哪里。信仰其实不是一个真实或虚妄的问题,也不是一个能否被证实的问题;信仰的关键在于参与。在这个地区到处走动的日子里,他已经注意到各个种族之间都是分离的。黑人小伙子抱团玩在一起,巴基斯坦人互相拜访彼此的家,孟加拉人走在回家路上会彼此认识,白人也是这样。就算族群之间没有敌意,族群融合的状况也是少之又少的——其实在私底下,族群之间存在着很多敌意,只是不曾表达出来;比如说,他母亲就喜欢贬损黑人,批评他们懒惰;而与此同时对中产阶级白人,她倒是颇为尊敬。那么,这种状况会改变吗?为什么要改变?极少数个人会去努力,然而这个世界不是正在分化成各种各样的政治族群和宗教族群吗?这些分化都被看成是理所当然的,每个人也都会选择自己所属的族群。而这些分化都导致了什么后果呢?难道不就是引发各式各样的内战吗?

最为要紧的是,如果每个人都那么急匆匆地追随自己所属的族群,他的归属又在哪里?

返回那片住宅区后,他心里特别低落,尽管他的直觉本能还是非常警醒的。他抽出身上带着的刀子——查德要求他们任何人没带武器就不能出门——开始察看有没有可疑的攻击者。周围基本上没有什么人出现。他坐在一堵墙上面,保持着警惕,一边用耳麦听着《时代的叹息》①,一边在他的黑色笔记本上挥笔写着。在这个新买的笔记本的后半部分,他开始为迪迪创作一个色情短篇小说——《肉身的祷告坐垫》;他要把它作为分手礼物送给迪迪。

然而,他和迪迪互相提供给对方的可不只是感官的愉悦。昨天晚上,他向迪迪说起把马尔克斯的《百年孤独》借给齐力一事时,迪迪说她最近刚读完福楼拜的《情感教育》。迪迪说,这本书中有很多精彩的场面,她都能想象得出这些场面拍成电影的样子。不过书中有不少地方,她是硬着头皮才读完的,是在健身房里强迫自己读下去的;还有《小杜丽》,她是在圣诞节看完了。严肃的阅读需要精神集中。如今还有谁会相信这样的阅读有好处呢?又有多少人熟悉一本书像他们熟悉《金发碧眼》②、《安妮·霍尔》③、"王子"之类的东西呢? 文学能够以同样的方式把一代人联结在一起吗? 一些与众不同的学生会阅读艰涩的书;但大多数人都不会,而且他们并不是什么蠢笨的家伙。

---

① 《时代的叹息》,美国二十世纪著名歌手、音乐人王子于 1987 年 3 月发行的一张唱片,也是王子的第九张唱片。
② 《金发碧眼》,是美国歌手鲍勃·迪伦 1966 年灌制的个人第七张唱片。
③ 《安妮·霍尔》,由伍迪·艾伦执导、1977 年获得奥斯卡金像奖的影片,属浪漫喜剧类。

迪迪的学生所喜欢的音乐、他们跳舞的方式、他们穿着打扮和措辞说话的方式，全都是专属于他们的一种生活方式。她总想融入其中，推广这种生活方式，并且提出各种各样的问题。告诉人们文化会让他们受益，这并不是一件愉快的乐事，特别是在他们无法明白你为什么这样做的时候。事实上，他们经常获得的信息就是他们不如别人。很多人觉得白人的精英文化是自欺欺人和虚伪的东西。对有些人来说，这成了他们懒惰的借口。还有一些人则由衷地认为：他们确实不想探索那种极度贬低他们的文化。

不过，在书的天地里，倒也有一些东西是迪迪所偏爱的。当时，她坦白自己私底下会看"逛街＋性欢"的小说，就像别人喜欢在床上吃巧克力一样，她喜欢这类书中所描述的服装、性欢、餐厅、旅馆。但是，尤其让她引以为耻的是读过好多关于自助励志的书。她说，很多女人都会读这种书，想弄清楚她们为什么不能快乐一点，她们的期望为什么没有变成现实。她感兴趣的是思考这类书能够满足什么需求，而不是尝试拿文学去烦扰别人；只有学究们才会把文学看作是一切的中心，而普通人只有在放假的时候才会看文学书。

沙希德当时心里特别固执，他一边来回踏着阔步，一边说他根本无法接受那一类的书。他曾经试过了，但是无论从哪个方面看，文学都更为可取；只要读了《汤姆·索亚历险记》的开头几页，你立刻就会感受到那种不同特质的冲击。这也正是它为什么被称为文学的原因。他已经打算开始去读那些让人头疼的作品了。屠格涅夫、普鲁斯特、罗兰·巴特、昆德拉，他们到底要表达什么？他们为什么备受崇敬？

还有就是：他并非每次都乐意在班上被当成麦当娜或乔治·克林顿，或是接受关于"疯克音乐"历史的讲座，仿佛这些东西比起《父与子》那样的文学作品更接近他的本色似的。如果艺术的价值真的能够得到展现，那么任何艺术都可以成为"他的本色"。谁也不能否认他是最好的。

他们情绪激昂但绝不刻薄伤人地互相争论，也都各自修正着自己的观点。迪迪总是能刺激他思考问题。而现在他却打算离开她。

为了暖和身子，他在那套公寓外面的人行道上慢跑起来。一位老人从他身边走过，一个黑人小家伙朝着另一个方向走去；另外，当一个蛮横的年轻家伙直冲着他走过来时，逼得沙希德只好闪到了一旁。除此之外，周围就没有其他人影了。

不久，他听到不远的地方传来一些声音。是三四个人在唱歌。可唱的是什么呢？他探着脑袋使劲听，才听出是《主宰大不列颠》。声音忽然中断了，让他松了一口气。刚过去几分钟，歌声又开始了，忽而从这头的某个地方传来，忽而又从另一头的某个地方传来。他确信这些歌词是冲着他来的。他继续走，在附近转来转去。他做好被打破头颅的准备。

这些在这片住宅区出没的人，比如说这些此刻就在他附近绕来绕去的家伙，有时候他们并不让他害怕，反倒令他觉得迷惑不解。他要把迪迪带到这儿来谈谈这种感觉。他想告诉她，他不喜欢在这片住宅区大步流星地走来走去，就像一个英国人到了印度那样。

在笔记本的前面几页，他简要描述了一下这个街区的居民。

这些居民尽管已经做了很多年邻居,却经常互相偷盗。他在巡逻的时候,有个女人曾经跟他聊过天;那个女人把沙希德称作迷人的黑仔,还把手插进他的头发,因为她情不自禁要这样做。她说,有一回她匆匆忙忙为一份工作去签约,结果她的寓所被抢光了:地毯、取暖电炉、电灯泡、床、玩具,统统没有了。她还说,人必须得学聪明点,如果要出门,就得先把所有的东西藏到有加固铁板防盗门的房间里。要么就弄一只德国种的罗威纳狗来看门,可是这只狗可能得饿肚皮,因为你没有钱养活它,而且它可能会饿得咬烂小孩子的脸蛋。

这些拥有主动权的坏小子可不是省油的灯,也许今晚就会跟踪他的这帮小子干的勾当就是到处搜寻值钱的东西、抢劫汽车和住宅、兜售大麻和可卡因。有些小子还擅长入室盗窃。他们身上带着刀子,训练有素,深知必须冷酷无情。不是有传闻说,像他们这类家伙都有宝马车、豪华公寓、漂亮娘们儿、伶俐的小妞吗?然而,钱可不是放在那里让你去拿的。他们所能得到的只会是一身恶习、满脸伤疤和五年监牢,至少是五年。

有时候,沙希德发现自己是认同里亚兹的观点的。毫无疑问,这些人最多也只能让自己的生活勉强过得下去。他们不会有人挨饿。他们跟农民不一样。但是在这个地方,既没有神,也没有政治信念或者精神食粮。有什么政府或政党会相信这些人值得重视呢?能够找得到的工作都是最卑贱的那种。那个女人告诉沙希德,只有在他们引起外界的关注时,他们的处境才有可能得到改善。

"怎么才能做到呢?"

"把这个该死的地方烧光。"

沙希德周围到处都是眼里燃烧着怒火、充满着愤恨的人。或许他们就是那种指挥集中营的人。难道他们既没有自尊心,也没有羞耻感吗?他们怎么能忍受自己的无知,过着没有文化的生活,沉沦到每天有四分之三的时间都在看肥皂剧?他们没有任何权力,没有任何影响力。沙希德忽然想到,里亚兹这帮人应该为这个街区的人们做些事情,聆听并散播他们的想法,绝不能把他们彻底丢弃不管。他决定要跟里亚兹谈谈这件事。

里亚兹直到第二天傍晚才来。沙希德整个傍晚都在巡逻,到了夜里也没有离开。寒冷、恐惧,还有奇怪的歌声,让沙希德精疲力竭。当萨迪克和哈特坐起来,在厨房的窗户边倾听外面《主宰大不列颠》的歌声时,他能做的只是躺在地板上的睡袋里打盹。后来,他终于走进厨房去看书。他特别想念迪迪,好像他已经和她分手了似的。他相信迪迪过不了几天就会忘掉他,所以还是趁着两人尚未陷得太深,赶快结束这段关系为好。

等到里亚兹终于露面后,他却并不想听有关蛊惑人心的《主宰大不列颠》歌声这件事;查德把他领进厨房时,他几乎没有对沙希德或其他人说什么话。沙希德跟着他们走过去,站在关上的门旁边。里亚兹在用低沉有力的声音解释一件事情。随后,查德的拳头砰地一声砸在桌上,大声喊道:"神已经对我们开示了。他说了,是的,他就在那里!他能看到正在发生的事情,并且会惩罚作恶的坏人!"

几分钟之后,沙希德站在阳台上,看着哈特和里亚兹匆匆穿过那片住宅区,向公交车站走去。哈特被分派的工作是负责安排巡逻,从学校里征召新的志愿者,以及从餐馆里弄来食物。但是,就连哈特最近也是愁容满面,因为他父亲开始怀疑他没有好好读书,而是一直跟里亚兹混在一起。

肯定有人在监视他们。就在里亚兹离开后没多久,沙希德值的那一轮守夜还有一个小时才会换班的时候,事情发生了。

查德在厨房里。萨迪克已经走了。另外一个男孩子还没有露面。沙希德和塔希拉拿着学校的课本刚刚坐下来。塔希拉给了沙希德一包黏糊糊的印度酷拉甜点,她知道这包东西足够沙希德吃上一整天。"咱们好好犒劳一下自己吧,"她咯咯笑着说。他们两人在一起的时候,都觉得那些种族主义分子肯定知道他们人在这里,只是不想发生打斗;若不是这样,那就是他们在等待时机。曾经有一辆小车驶过的时候往萨迪克身上扔了一个酒瓶子,但是因为他就住在东区,早就习惯了在碎玻璃间跳着走路了。

此刻,先是邮件盒子被弄得嘎啦嘎啦直响,紧跟着是一块砖头猛然砸在房门旁边加固过的窗板上的声音。

查德抓着武器跳起来。沙希德拿起一把雕刻刀。刹那间,为了互相打气,他们互相紧紧握住对方没有持武器的那只手。

查德拉开门闩。塔希快速穿上外套。

"留在那儿。"查德警告说,同时往门口附近看了看。

他没有发现任何可疑的迹象。于是小心翼翼地,他和沙希德走到了外面。塔希拉也紧跟着。人行道上有几盏路灯早就被打碎了;空气冷得犹如飘着一层薄纱。在昏暗的光影里,很难看清任何东西。

"最好打电话加强人手。"沙希德低声对塔希拉说。

他们两个男人朝着路的两头察看。沙希德发现有个年轻女人站在人行道边上,手里还拿着一块东西。她身边有两个小家伙,年龄都不会超过八岁。

"嘿!"沙希德喊道。

听见他的喊声,这个女人,她穿着拖鞋,朝他们扔了半块砖头,就想拔腿跑开。查德和沙希德追了上去。年龄最小的女孩在台阶上面滑倒了,查德一把揪住她的衣领。那个母亲厚实的肩膀上披着一件褴褛的雨衣,她停下来,抓着另外那个小孩,挑衅地瞪着他们两个人。

"查德!不要!"沙希德说。

查德紧握武器,在小女孩头顶上方挥舞着。他可能想过要控制情绪,只是无法做到。

这支社区治安维持队总想打一场净化人心的圣战。然而,眼前的情况完全出乎他们的预料。周围亮起了灯光。有一扇门开了,一张有刺青的脸向四处窥探。狗在吠叫。毫无疑问,警察已经在路上了。

沙希德冲着那个女人大声吼叫,希望这样可以平抚查德的情绪:"难道你就不能让这些人过自己的日子吗?他们做过伤害你们的事情吗?他们什么时候闯到你的家里,辱骂你或是朝你们扔过石头啊?难道是他们让你住这种发霉的脏公寓吗?"

小女孩挣脱查德的手,跑向她的母亲,还转过头来冲着他们尖叫。那个女人并不害怕,头猛然向前一伸,冲着查德和沙希德吐着口水。但是她的唾沫往回飘，旋转着落到她女儿的头发上。

"巴基佬！巴基佬！巴基佬！"她尖声鬼叫道。她的身子变成一具充满仇恨的弓形肢体，顶端有个狂怒的开口，向外喷着咒人的脏话。"你们偷走了我们的工作！霸占我们的房子！巴基佬把什么都弄到了手！还给我们，滚回老家去！"

她和两个小家伙逃走了。

"你就待在这儿。"查德对沙希德说。他们两人都在发抖。"可能还会有更多的麻烦。但是别担心，哈特、萨迪克、塔里克正在朝这边赶来，会有增援的！"

沙希德独自一人在人行道上慢慢地踱着步。他知道那个女人会跟獐头鼠目、拿着球棒的畜生们折返回来。他非常想走开，但是他的老爸可不是懦夫，他们家里也没有这种人。他继而又想，齐力可能永远也算不上是一个传统意义上的族群捍卫者。有一次，齐力的一位黑人女友倒是说动他去参加了一场反种族主义示威活动；那些民族阵线的法西斯分子高声叫嚣着——"滚回去，巴基佬！"当时穿着深褐色西装的齐力掏出他那鼓鼓囊囊的皮夹子，冲着那些种族主义分子一边挥舞，一边喊道："你们这帮靠救济度日的穷鬼，滚回你们的廉租公寓里去吧！"齐力的这番举动让参加示威的所有人都感到愤怒不已。

为了转移注意力和摆脱受挫的感觉，沙希德强迫自己去想迪迪的事情。他想起迪迪卷大麻烟的样子，她会先把烟草里面硬邦邦的种子挑拣出来，然后对着窗户用指甲弹出去。当她捏碎烟草、把它们放到卷烟纸上时，会抬起头瞧瞧沙希德，莞尔一笑。卷好之后，她会把烟卷叼在两唇之间，而且一直这么叼着；只有需要做某个示范动作时,她才会把烟卷拿开,举到脸颊旁边,好像烟卷很重的样子。那时候,她喜欢听听音乐;她会打开音响,头向后仰着,喷吐着烟圈,沉迷在舒适淫逸的懒散氛围里。

沙希德回想起跟迪迪一起狂饮伏特加的情景;他想到迪迪的手如何在他身上游动,享受他们两人心照不宣的独处时光;想到对于迪迪来说,性怎么会像舞蹈似的,她整个身体怎么都是活的、总是有反应的。他觉得自己特别笨拙,心里只想着把老二挺进迪迪的身体;他做不到像迪迪一样去感受,去爱抚。迪迪说过,他还没有完全找到自己感官的敏感带。他渴望弄明白,如果多加实践,这个敏感带是不是就能找得出来。哦,真希望此刻能够吮舐着迪迪的私处,而不是站在这种危险的边缘,提心吊胆,深恐有个白人小子拿刀子捅了他啊!

他瞥见有个小子躲在柱子后面的身影,而且听见这小子的笑声。

他大喝一声:"嘿!"随即朝那小子走了过去,当然只是想去看个究竟。

这小子只有一个人。个头不大。但是已经没影了。沙希德不假思索,就冲进一条狭长的过道,然后转过墙角,穿过一道门,往前继续走。从刚才匆匆的一瞥,他知道以前见过这个小子。在哪里见过呢?

这小子就站在电梯里,穿短靴子的脚卡着电梯门。沙希德没有进到这个钢铁方盒子里面。他们两个就那么互相注视着对方站在那里。这个男孩相貌挺漂亮,一头柔软的金色头发,但是身上却脏兮兮的。不过,他是穿着过得去的便鞋、丝光黄斜纹裤和带拉链的黑色夹克衫出来的。

"需要点什么吗？"

沙希德担心有陷阱，朝这家伙的身后看了看。"什么？"

小家伙伸出手来，"明白我的意思吗？"

沙希德呼了一口气，"也许吧。"他碰了碰男孩的手。小家伙露出微笑。

沙希德问道："你有什么？"

"我总是出入各种派对的，伙计。讨厌鬼，迷幻体验，安非他命。以前你尝过我的小点心。你晓得这玩意儿挺奇妙的。"

"真的吗？"

小家伙走开了，走路的姿势既像是大摇大摆，又像是一瘸一拐。沙希德曾去牙买加度过假，他认出来这个男孩走路的姿势中有牙买加人的味道。他想，这家伙会不会是在学校受了别人的影响。

"去走一走吗？"

沙希德迟疑未决。

小家伙说："甭担心，今天晚上那些真正仇视巴基斯坦人的坏蛋不会出来。他们都窝在家里看电视转播球赛呢。"

沙希德大声说："那好，告诉我们那些坏蛋都住在什么地方。"他追上这个小子。"你知道他们是谁。都告诉我们。"

"你真的想会会他们吗？你打算怎么干？放火烧，逼他们出来吗？要想这么干，你就得需要专业化的帮助。要是你喜欢，我可以放火把房子点着。"

这家伙的名字是斯特拉福，大家都管他叫斯特拉普。几个月前,有个亚裔家庭逃离了自己家的公寓,斯特拉普现在就占用着那套公寓。

沙希德绞尽脑汁想自己究竟在哪里见过此人。这家伙自称是一个生意人。费了很大劲之后——斯特拉普显然喜欢搞得神神秘秘——沙希德才回想起,在迪迪带他去的那个游泳池舞会上这个家伙曾经出现过。"你不记得我啦?我就是楼梯上那个非常快活的毒品贩子啊。我还跟踪过你一次,就在这附近。"

"为了什么?"

"查查你啊。当时你在出租车办公室里打电话。我想你是在跟女孩子吵嘴。"他发出猥琐的笑声。接着他又加了一句话,好像这是两件有关联的事情:"白人的资本主义文明已经走到末日了。"

"是吗?"

"你明白的,不是吗?正是因此你才穿着打扮起来进行反抗啊。"

"对啊!"

斯特拉普带着心存戒备的沙希德走出那个街区,穿过一片封冻的土地。有一辆车被架离地面,两个小子正在忙着拆卸零件;看见斯特拉普和沙希德,他们迟疑了一下,随即又忙活起来。

"你确定不会有事了?"

"我告诉你,伙计。我经历过这种事儿。"斯特拉普继续说,"警察、法院、青少年之家、感化院、社会服务人员,我都经历过。我的行为真的都是合法的,伙计。我可以告诉你,曾经把我当狗屎一样对待的是那些白人。那些家伙没有一个相信在家庭之外还有爱存在。黑人和巴基斯坦人,穆斯林,那些白人看不起他们;可是在外面,他们却是慷慨又有爱心。他们明白什么是虐待。"斯特拉普手插在口袋里,站在那儿。"如果你什么货都不打算买,那我要转到西伦敦区去了。那边的交易有点大起大落。所以——再见吧。"

"我也正好要往那个方向走。我的住处就在那边。"

斯特拉普说:"想一道过去吗?咱们可以聊聊。"

"好极了。"

斯特拉普请沙希德稍等片刻。他走到一间车库后面,转眼就又出来了,还把一件东西塞进口袋。

"身上可不能老带着货。"

斯特拉普对沙希德毫无戒心。这让沙希德觉得可以问这个男孩一些个人私事,而且他应该是喜欢谈谈自己的。

他便问道:"假如可以选择的话,你对自己的人生真正想做的是什么?有想法吗?"

"要是我告诉你,你一准会觉得我是在吹牛。"

"不会的。"

"呃,我可不是开玩笑,"斯特拉普说,"我一直想学点跟考古学有关的东西。"

"那你为什么不去学呢?"

"你以为我可以吗?"

"为什么你就不能要求自己所向往的事情呢?"

"对,对,为什么不能呢?"斯特拉普朝一只路过的狗踢了一脚,还伸手去抓那只狗卷曲的尾巴。

"你没有去学点什么手艺?"

"我可以给你的浴室铺上大理石。有浴室吗?"

"不是我个人专用的。"

"哦,等你有个人浴室,别忘了我在监狱里干过油漆和装潢。"

"监狱?"

"没错。"

"行。"

斯特拉普陪同沙希德走回那套公寓,以便沙希德看看其他人是不是已经到了。只要其他人到了,他就可以离开。

他们两人乘坐电梯里往上升的时候,沙希德再次问:"那些种族主义分子都在什么地方,斯特拉普? 只要把门牌号指出来,我们会把事情处理好的。"

斯特拉普一直在笑。他很自信;比起沙希德认识的他这个年龄的其他人,萨特拉普显得对人生更有见识。他特别喜欢说,他是从人们在电视上才会看得到的劫难中挺过来的。不是他受的教育水平有多高,而是他的直觉能力历练得深邃了。

沙希德也笑了,并且说道:"有什么问题啊? 我又没有要求你把他们的名字写下来。"

"你想找出那些仇恨其他种族的人吗?"斯特拉普停下来,挠了挠身上,良久才冲着南英格兰的方向挥挥手。"只要随便去敲敲哪个房门就行了。"他们两个已经走到那套公寓的狭小的门廊下面。斯特拉普又说了一句:"当然,敝人我曾经是光头族。"

"什么?"

"我喜欢足球,看足球。米尔沃队①。我的黑人伙计们老是追

---

① 米尔沃队,伦敦的一支传统足球队,成立于 1885 年。

踪我。"

"天啊,你声音小点。"

"有一次他们把一根绞索套在我的脖子上,想把我扔到桥下去。"

之前的惊恐事件发生之后,这群伙伴中的几个人很快就聚到了一起:萨迪克,塔里克,还有两个姐妹,全都穿着外套坐在地板上,武器摆在支架上;查德则向大伙汇报着早先发生的事情。沙希德和斯特拉普走进来时,那几个人全都惊愕地抬头看着他们两个。那两个女孩则把脸扭了过去。斯特拉普往后退了退,腮帮子咀嚼着,好像那个地方有点不舒服,但是仍然露齿笑着,说不定还在回想被扔下桥的经历呢。幸好,他知道该怎么友好待人。

"这位是斯特拉普,"沙希德说,"他站在我们这边。就住在这一带。"

然而冷漠的气氛没有缓和。要知道,沙希德还没在灯光下好好瞧过他的新伙伴呢。现在他才注意到,斯特拉普除了脸部骨骼长得好,皮肤却布满麻点,并且有一块一块的肿伤。这家伙的眼睛布满血丝,耳朵打着五个金色耳钉,他的手背上还文着一个大麻烟叶。

沙希德想起齐力在八十年代经常使用的一个说法:"有用的联络人。"查德肯定会欣赏斯特拉普吧?这个街头小子,就住在这片街区,了解这里的情况啊。

"他可以做一个有用的联络人。说不定他可以帮助我们。"

斯特拉普招呼道:"最近还好吧,查德老兄?"

查德的脸色猛然转为苍白,或者说是惨白。他直视着斯特拉普,却一语不发。

沙希德赶紧收起他的莫泊桑短篇小说集、写了一半的文章、手套和羊毛帽子。

斯特拉普吮吸着牙齿,说:"体面,是吧?"

查德双臂抱在胸前。沙希德不敢再看他。除了查德,沙希德跟每个人都握了下手,到浴室里换下沙瓦宽松裤,就出了门。他觉得自己离开就像是背叛了他的伙伴们。

他和斯特拉普朝着车站方向走去。十五分钟之后,沙希德看到红蓝相间的地铁车站标志,才感到如释重负,就好像他终于摆脱了危险似的。在车站里面,斯特拉普让沙希德稍等一下,直到检票员转头看别的地方。沙希德把他的车票插进检票口,斯特拉普紧贴在他身后,强行挤过检票口的旋转栅栏。

在车上斯特拉普说:"我认识你的同伙,特雷弗,查德,或者随便他怎么称呼自己。有一天我在这儿见过他,在磨他的大弯刀。他眼里根本没有我——但以前他曾是那么喜欢我。"

"你?"

"对,我,伙计。你知道什么呢?"斯特拉普冷笑着说。"所有人都喜欢我——有些时候。我可以像潘趣酒一样大受欢迎。我曾经帮着——呃,特雷弗——帮着他搜罗摇滚唱片、可卡因。还有随便什么他想要的东西。他那会儿有钱,嗯。"

"怎么会呢?"

"他泡过好几个姑娘。现在他彻底收心了,不是吗?"沙希德点点头,"他是个幸运儿啊。有几个人能做得到呢?几率很小,伙计。很小,很小,很小。他的同胞救了他的命。他们都是清白的人。"斯特拉普向后靠在座椅上，一副若有所思的样子。"我感觉好像已经认识你有一阵子了，"他说道。"你知道这是为什么吗？"

"为什么？"

"你是巴基佬，我是少年犯。"他发出一阵既卑鄙又尖刻的笑声，似乎要扯破一切伪装，直抵最根本的事实。"变成了这个世界的问题，感觉如何啊？"

从地铁车站出来时，斯特拉普说如果沙希德想联络他，或是知道有什么人想轻松神游一下，可以在魔洛克①酒吧找得到他。那家酒吧就在附近。虽然沙希德并不觉得自己会需要那些药丸，但他还是认真听了斯特拉普的介绍。

"再见吧，伙计。"

"再见。"

---

① 摩洛克，英国作家赫伯特·乔治·威尔斯在 1895 年创作的科幻小说《时间机器》中虚构的一种类似人的生物。

　　回到宿舍楼,沙希德从大堂的信件架上拿起两张写有"紧急"字样的纸条,是里亚兹留在那儿的。纸条的内容都是通知他苏尔玛来过电话。沙希德把纸条塞进口袋,忧心忡忡地走上楼梯。

　　他推开门锁已被搞坏的房门,站在门口把房内的一切扫视一遍,生怕他的哥哥会从某个角落跳出来。他这间宿舍看上去没有什么不同,只是每一样东西似乎都被动过了。齐力为什么要躲在这儿? 以前他可是从来不需要沙希德的。什么人在追他? 他干了什么?

　　沙希德禁不住为齐力陷入麻烦而幸灾乐祸。在沙希德的记忆中,齐力总是平安无事地撒谎、欺诈、蔑视他人。如果存在所谓的天道正义,齐力理应受到惩罚。年纪小的时候,沙希德常常想着要亲自报仇。他曾经溜进齐力的房间,用一把铁梳子刮坏齐力最珍爱的唱片;还曾把齐力的一条阿玛尼领带丢到衣橱后面;当齐力发飘时，他就假装出一副无辜的样子。然而，沙希德还是不希望齐力变得无可救药，彻底毁掉。他希望齐力能够认清自己身上的问题，最后能够改变。沙希德尽管讨厌齐力，但对齐力身上的有些方面还是欣赏的，特别是对那个敢于表白"干我屁事"时的齐力。

一个人行为做事如此莽撞，敢冒导致别人愤怒与报复的危险，这需要具有目空一切的勇气、妄自尊大的傲气以及一些贵族气质才能做得到。现在看来，就连齐力的贪得无厌，和他要积聚一切想得到的、可以让自己感觉更加适意的东西的想法，好像也都是非常动人的，并没有什么不好。而沙希德并不是那种天生就怀抱希望、无所畏惧的人。跟自己的哥哥相比，他知道自己几乎从不冒险。

沙希德想坐下来想想问题。然而，放在桌子上的里亚兹的诗稿似乎在表示不满。沙希德不想翻开这叠稿子，或是翻看别的书。房间里的寂静让人觉得不同寻常而且压抑。仿佛已经很多天他都是独自一个人。只要能够避免，有谁愿意孤独呢？他总是不愿意和自己为伴，总是想逃避自己。他所畏惧的不只是枯燥无聊；他惧怕的是那些自我质疑，追问自己怎么会一边和里亚兹交往、一边又跟迪迪有牵连。

他什么都相信，却又什么都不相信。

他的自我越来越让他觉得困惑。今天他可能会心情激动地认为某件事情很好，第二天他的感觉可能就会转到相反的另一面。还有的时候，一些短暂的杂念会时不时地发生转换；甚至有时会一股脑地纠结成混乱的一团。每天醒来，他就会想：今天自己会变成什么人？自己内心里有多少个互相斗争的自我？哪一个才是自己真实、自然的自我？这样一种自我真的存在吗？如果自己看到了这个自我,怎么才能知道呢? 这个自我上面会贴着标签吗?

迷失在这样一个镜面破碎的房间里,不整齐的镜中映象仿佛回归了永恒,他感觉麻木了。他的直觉反应是逃出去,去找个什么人说说话。哪怕是和齐力聊聊也好。

然而,他强制自己不要离开椅子。他第一次拜见迪迪·奥斯古之后,回到塞文欧克斯镇时,曾经想过自己的未来。他知道自己不像学校里的有些人那样天资聪颖。但是他的老爸,虽然有能力做出不检点的浪荡事情,却总是全天候地工作,他的母亲也是一样。老爸老妈树立了很好的榜样。在那个时候,沙希德就已下定决心要做一个严守规矩的人,绝不浪掷自己的人生。

现在,他把手表放到写字桌上。他要接着打里亚兹的手稿,另外也要写自己的东西。他决定三个小时之内绝不离开;即便是外面有炸弹爆炸——这倒并不是完全没有可能,把他的屁股连同椅子一起炸毁,他也要坚持下去。

几分钟之后,他就不需要再强迫自己一动不动地坐着了;因为他乐意这样,用自己的方式,将能力发挥到极限,力求把事情做好。会出现什么情况呢? 不可思议的念头浮现在他的脑海,让他兴奋不已。他把一个念头反反复复地琢磨,直到最初的一念扩展开来,甚至发生转化,变成某种他以前从未触及过的想法。

虽然他的生活每天都在变化,可有一件事他是非常确定的:每个人都有自己的故事;在他心里翻腾的念头也会出现在别人心里,生命的河水流过所有的人。写作可以像做梦一样简单,只不过梦是以同心圆的方式扩散,互相涂抹色彩的。写作的灵感枯竭时,他发现最好是等待,灵感终会再度涌现。

他已经打了很多字。他觉得饿了，但是冰箱里只有一块变味的干酪和一些坏掉的牛奶。

他躺到床上，想打个盹。他现在的感觉并不算好。之前的兴奋和热情都不是那么回事儿。他的作品为什么不能更好一些？当他重读这些文字时，读到的只是他本想敏锐而清晰地表达的东西的含混不清的回音，怎么会这样？有提高的可能吗？他是不是在蒙骗自己？他应该放弃吗？当然，音乐灵感从不中断地向外喷涌的王子，他从来不会有这种感觉吧？

他闭上眼睛，想着可以去一趟清真寺，那里总能让他获得平静。然而移动枕头时，一张纸巾掉了出来。说不定是齐力搞过手淫——但是这不太可能，因为齐力总是爱说："可以让别人帮你做的事情，何必自己动手呢？"况且，这张纸巾上还有一些血迹。沙希德仰面躺下，思索着齐力到底在干什么。他的手在地板上摸索，摸到一本皱巴巴的《新方向》杂志；这本东西他经常翻看，里面的人物熟得都快成老朋友了。他没必要不让自己把它抽出来，拂去上面的灰尘，因为他今天干了那么多事，有理由消遣一下。

他翻到自己最喜欢看的栏目——"让你心动"，里面刊登的是读者为了寻找意趣相同的同好而寄来的拍立得照片。他仔细端详其中的一张照片。

一张从身后拍摄的女性屁股及阴部照片铺满了整个画面。贴着大腿上部，把阴部掰开的是这个女人的手指，指甲涂得鲜红的；那些手指的姿势非常像板球速投手沿着板球的接缝将球一分为二地抓握的姿势。沙希德看了看照片下方的字："年轻女士，芳龄20，寻年长男士；灰发与体型魁梧者可优先考虑。喜欢让人用舌舔、用唇吸和从后面搞。方便留宿。冒险小妖。埃塞克斯郡。"

用舌舔,用唇吸,从后面搞!年轻小姐!这个敢于冒险的埃塞克斯女人不仅能提供住宿,还不嫌麻烦拍了这张照片。她写了信,附上地址,把它寄到了杂志社!

照片撩人心弦;沙希德开始抚弄自己的老二。也许想到被人看,那个女人也会春心荡漾吧?可是她为什么喜欢灰头发?她真的是二十岁吗?从照片上的这个角度看不出来。他一页一页地翻看。他喜欢这些女人摆出各种姿势。其中有一页,几个女人穿着丝袜和高跟鞋,叉开腿骑坐在她们丈夫的汽车上。此刻她们正在做什么?在听收音机或者跳舞?在洗碗?如果她们走进他的房间,他肯定认不出来。

他看了几篇"读者来信"。内容大多是讲一对夫妻去酒吧或舞厅;在那里,老婆被两三个陌生人或老公的两个朋友勾搭上了。老婆被两个匿名的陌生人干的时候,老公会在一旁观赏,地点通常都是在他自己家的会客室;最后老公自己也会加入战团。整个行文都是呆板老套的,不带任何感情,也没有幽默感,否则就会削弱这种文章的效果;当然,写信的人倒是特别爱用感叹号。

沙希德的眼光从文字跳到照片,又从照片跳回文字,心里越来越激动。他在想,自己最喜欢阅读的书是那部颇具讽刺意味、内容淫秽的《一千零一夜》,那部书里充斥着各种与放屁、诡诈和性无能有关的故事,可是眼前这种平庸乏味的无聊故事怎么竟也让他读得很来劲儿呢。或许色情读物所呈现的是一种完整而又激动人心的冒险故事,就像儿童书里描写的那个世界。还有一个让人感到愉悦的方面,就是色情读物和真实的性之间的区别:看色情读物不需要想到别的任何人。

　　现在，为了能动作柔和而优美地前后耸动身体，他把镜子从墙上取下来，以一个最恰当的角度靠着书桌竖起来，然后一边自慰一边观看自己两条腿的根部。因为不知道该把手放在哪里，他便笨手笨脚地套上一只迪迪送给他的丝袜，还有她的一条法式内裤，那条内裤有点紧。他涂上口红，像齐力的女儿萨菲尔一样涂得粗枝大叶。这时，外面传来响声。他蹑手蹑脚地走到门口。

　　是里亚兹回来了。

　　沙希德咯咯地笑了起来。他要换上衣服，把里亚兹请进来，让那本杂志摊开着，然后假装自己要去厕所小便。这样透过门缝，他说不定会窥视到里亚兹拿起杂志，对着来自阿克顿①的女郎葛瑞塔好好端详一番呢。他会亲眼见证任何有可能转瞬即逝的动作。里亚兹肯定也是有弱点的吧？

　　沙希德心想，说不定他真的有弱点。但是，里亚兹对粗俗下流的东西缺乏兴趣；他既然能不感染腐化堕落的生活，很可能也不会受好奇心影响。他肯定不会胡思乱想这些如此穿戴的女人为什么要摆出分娩的姿势；也不会琢磨哪一种表情是他最中意的。他不会乱猜那些眼神空洞的女人究竟在想什么，她们干吗要为了钱而袒露自己的身体；他也不会思考那些看着她们手淫的男人到底想要什么，或是为什么最近以来每个人似乎都变成了窥淫狂，为什么椅子上的性爱越来越大行其道。人们全都睁大眼睛在窥淫。可是除非有钱赚，否则谁真的会干这种事情？

――――――――――

　　① 阿克顿，英格兰斯塔福德郡西北部的一个小村镇。

没错；里亚兹心里装着一件事：未来，以及如何开创未来。

沙希德把东西全都收了起来。他站到里亚兹关闭着的房门外面。他刚想敲门，但还是克制住了。沙希德不喜欢批评里亚兹，但里亚兹身上有一点却可以指出来：他的笑声总是尖刻和嘲讽的。愚蠢可不会让他觉得好笑；他要矫正过来。正如色情一样，宗教同样容不下滑稽好笑的事情。

当然，沙希德也颇感羞愧。这种恶作剧肯定会让老爸和齐力开心，而他们总喜欢把人性看得一文不值。

为什么里亚兹就不能帮助他呢？毕竟，里亚兹已经让他敞开了心扉，把他拉进了这伙人当中。但是现在里亚兹只要求别人服从，很少给大伙指导。沙希德曾经觉得里亚兹对生活有一些领悟和智慧，而且夜深之后还会举行一些讨论和启示。可是真正拥有接近里亚兹机会的只有查德，而查德把其他人全都拒斥在外。沙希德发现自己口袋里还有一些零钱，便朝楼下走去。他需要找个人说说话。

"嗨，是我。"他对着话筒说道。

电话另一头有音乐在响。她的声音听上去很兴奋。"沙希德，天啊。你在哪儿呢？你的声音好像很沮丧啊。"

"我有吗？没有的事儿。我挺好的。"

"我刚去看了心理医生。"

"你需要做心理咨询？"

"是的。我正在一边写论文，一边等你的电话。结果你真的打来了。谢谢你这么可信。"

"是不是男人想要你怎样你就怎样啊？"他很不耐烦地说道，

"迪迪,千万不要把我归到这类男人里面。"

"我有些健康方面的疑问,知道吗? 这会儿疑问甚至更多了,我得说。"她的声音变得柔和了,"也许你太年轻了,不了解这方面的事情。你都在干吗呢?"

他迟疑了;他们已经在吵架了,他又不能提起查德和里亚兹。于是,他跟迪迪讲了遇见斯特拉普的事。

她说:"我最讨厌家里一点存货都没有。听上去这个毒品贩子还不错嘛。"

他问迪迪待会儿要做什么。

"你真的想跟我见面吗?"

"我都等不及了。"他说。

　　附近有一个地铁车站,迪迪跟他约好在那儿见面。他直接去
了那儿。他很清楚迪迪渴望见到他,可是又让他枯等了四十分钟。
或许迪迪以为这种期待对他有好处吧。

　　事情的结果确实如此。他从来不曾如此急切地盯着什么人的
脸去看,而且还会怀着暗自惊异的好奇注视良久。他心里充满疑
惑,搞不明白自己何以让她觉得愉快。她不想要其他人;她愿意为
他做任何事情。这一切是怎么发生的? 她究竟是一个怎样的人?
他是在思慕一个自己并不完全了解的人吗? 她和他记忆中的那个
人是一样的吗? 或者她并不是那么迷人? 难道说,她的形象是他
以某种方式创造的或是用文字描绘出来的? 但他很清楚一件事,
就是他渴望听她说话。

　　她懂得做不引人注目的打扮,下身穿黑色李维斯牛仔裤;不
过,她喜欢展示自己的胸部,穿着低胸上衣。她的头发还是湿的。

他递给她几盒录音带，其中有他在家中常听的舞曲，还有茵克斯乐队①和齐柏林飞艇乐队②的歌曲，因为她喜欢弹奏吉他的少年。

"谢谢，谢谢。"她给了他一个深情的吻；她脸上化过妆，挨上去黏黏的。"你的心情可真是有趣啊。跟你那帮朋友在一起的时候，你的嘴角总是往下弯。"

"那么跟你在一起的时候，我的嘴角就往上扬喽？"

"小伙子，跟我在一起时，你全身都在飞扬呢。"

他们毫不费力就搞清楚了摩洛克酒吧的方位，朝着那里走去。从住宅区街巷的最里面，摩洛克酒吧的喧闹声传了出来。

"是啊，"他说道，"我那帮朋友。"

摩洛克酒吧的外面有几个小伙子，身体靠着汽车，吃着烤鱼和炸薯条。至少从外表看他们像小伙子，但事实上他们全都是二十好几岁的成年男子。

"对我来说挺难的。"

她挽住他的手臂，把他拉紧。"至少你已经承认了。或许现在咱们会有所收获呢。"

他推开门。两人朝里面看去。

刚进门的地方有一座支架台，上面放着两台点唱机。一个蹦来跳去的白人男孩搓搓手，把手指伸进唱片堆里，简直像在做陶艺。男孩的后面，一个老男人坐在一条长椅上，大腿上卧着一只涎

---

① 茵克斯，来自澳大利亚的新浪潮摇滚乐队，成立于 1977 年，在二十世纪八十年代中期到九十年代初期达到黄金期。
② 齐柏林飞艇乐队，英国的摇滚乐队，也是二十世纪最为流行的和拥有巨大影响力的摇滚乐队之一，成立于 1968 年。

水直流的杂种狗;再里面一点,有两个形容枯槁、七十来岁的老太太,看上去她们好像自二次世界大战以来就坐在那儿了,对周围的一切浑然不以为意。

"咱们要进去吗?"他用怀疑的口气说。

"哦,当然。"

这家摩洛克酒吧不太重视装潢。毛面的壁纸已经褪色;两张爱尔兰拳击手的照片也已经泛黄;沿着墙边,摆放着几张摇摇晃晃的桌椅。有个小伙子把头埋进臂弯里坐在那边。破烂的地毯上丢得到处都是大麻烟蒂和锡箔纸。

"那个男孩在哪儿?"

"不知道啊。"

沙希德和迪迪一路挤进去,察看着昏暗的角落和凹壁间,寥寥几盏断断续续闪烁的彩灯很难照亮那些地方。很多人身穿 Joe Bloggs 牛仔裤、运动鞋、宽松 T 恤衫,靠在台球桌边上,打量着迪迪。

"在这儿能搞到。"

"什么?"

"咱们在这儿可以搞到毒品。"她又说了一遍。

"但愿如此。"

贩卖毒品的家伙在这儿好像有很多;他们往往都是一些鬼鬼祟祟地东张西望、把毒品和钱传来传去、进进出出厕所的人。酒吧服务生对此一般都是双臂抱胸、往后站,显出一副视而不见或冷眼旁观的态度,反正也没人要买酒。

沙希德和迪迪坐在凳子上,旁边有一群嗓门盖过音乐、大声叫嚷的家伙,他们正在谈论其中一个人去监狱探望一个伙伴时是怎么做到隔着桌子把毒品传给那个伙伴的。迪迪点了长杯装、加冰块的伏特加和姜汁啤酒,一边点着头,一边注视着那伙人。服务生送上她点的酒。

"我会看到你跳舞吗?"她问道。

沙希德心里想着他们是不是应该离开这个地方。这里的人跟他们不是同类。迪迪不也是用特别客观的眼神打量着这些家伙吗?就好像他们是她研究音乐、时尚或街头生活理论时可能用到的范例似的。

"不一定。"

"哦,为什么?"

"等着啊。"

沙希德挤过人群,往摩洛克酒吧的后面走去。他越是往里走,灯光越是昏暗。有很多小伙子吸着大麻,在幻觉里神游。三三两两的男孩女孩扶着墙壁想站起来。还有一些人则是独自站着,脑袋上冒着汗,眼神里透着疯狂;这些人忽而跳起舞来,双臂举过头顶,仿佛要和远处的某个人交流信息,忽而又戛然停住舞步,好像是收到了坏消息;他们内心里无时无刻不被某种遥不可及的激情所盘踞。

沙希德走过湿漉漉的厕所地板,目光扫过一群正在抽着烟管的阴沉家伙;有个男孩靠着墙和另外一个小鬼说话,嘴边还流着呕吐的秽物。墙面上胡涂乱抹着一行字:"人人都可以是破鞋。"沙希德回想起查德严厉谴责自我毒害行为时说过的话。这年头,能够把持住自己的人性已经算是了不起的成就了。在大多数人一头栽进这种混乱的大漩涡时,你必须挺住,不能也跟着沉沦进去。

他告诉迪迪:"我感觉好像又健康又舒畅,脑筋也很活跃。"

"你又健康又舒畅,脑筋也很活跃,是吗?"

他在打量一个女孩。这群女孩都很年轻,只有十三四岁的样子,长发披肩,盛装打扮;当中有一个穿着带闪光饰片的短裤。她们互相为伴跳舞,从镜子里观望酒吧间那些冲着她们看的男人,还相互递着大麻烟卷。

这群女孩当中有个五十来岁的女人,说不定是哪个人的老妈。她身穿斑纹舞会服装,跳着古怪的舞步,而且有时会用狂乱的吉格舞步①把人群冲散。她的眼睛是黑色的,还有一张迷醉的嘴。她注意到沙希德;当沙希德的目光转向她时,她就仔细观察沙希德,好像在说:"你来到这里,可能会把我当成一堆垃圾。可我并不是,我还能挥拳揍人呢。"

那个女孩从他们身边走过。

迪迪说:"你喜欢她身上什么地方? 腿,鞋,头发,奶头?"

他举举酒杯示意,"对。"

"你想和她干什么呢?"

"想干我待会儿要和你干的事儿。"

"不用说,我比这些幼稚女孩能干多了——而且是有过之而无不及。你很清楚你想怎么搞我都可以,是不是?"

他吻了吻迪迪两边的嘴角;迪迪则抠着他的屁股,亲吻他的眼睛。她对性的自傲,她搂抱他时那种漫不经心却犹如主人般的姿

---

① 吉格舞,一种三拍子的快步舞,起源于十六世纪英格兰。

态,全都让他浑身发颤。这种若无其事的亲密方式说明迪迪了解他;他们是一对。

她说:"你错过了我讲詹姆斯·鲍德温[①]的课。我放了迈尔·戴维斯[②]的音乐。我一直想见到你。有时候……我真的是没法等下去。可是有一阵子你什么动静都没有。"

酒吧里 DJ 把音乐的声音调高了。

"我知道,我知道。但是我人就在这儿啊。"

酒吧里的人疯狂地跳着舞,好像他们正在做着噩梦。

"对我来说,事情可没那么容易。我对你是那么着迷。可是我不能走错一步。否则就会变得不可收拾。"

"你到底想表达什么呢,迪迪?"

"我的意思是……告诉我,你那些朋友都是怎么说女人的吧。"

"你觉得他们会说什么?"

DJ 喊道:"今晚大伙都玩得痛痛快快吧!"

"我有个想法。我真的得教教他们当中的一些人。"

他握住她的手腕。"人就是爱妄下断语。我从没见过他们当中有谁曾经色眯眯地看过女人,甚至连看看女人都不曾有过。他们尊重女人,不像英国人——"他指指酒吧里那些人,"他们把女人当成可以践踏的烂泥巴。"他向后靠了靠,"是不是?"

---

① 詹姆斯·鲍德温(1924—1987),二十世纪美国著名黑人作家,也是六十年代黑人民权运动的主要代言人之一,代表作品有长篇小说《向苍天呼吁》《另一个国家》等。
② 迈尔·戴维斯(1926—1991),是美国著名爵士音乐家,素有"黑暗王子"之称;二十世纪六十年代,他发现传统摇滚乐配上爵士乐的市场潜力,创造出爵士摇滚,并因此吸引了许多摇滚乐迷加入爵士乐市场。

她冲着他笑道:"快别说了。"

"你什么意思?"

她站起身来,"就是别再对我说这些废话了。"

"听着!"他说。

"我得再去要一杯喝的。"

她绕到吧台的另一边。音乐的音量变得更大了。

沙希德望过去,却看见了老爸。或者至少是酷似老爸的身影。恰在这时,迪迪站在那个人的旁边向服务生点喝的,她身子往前倾着,正好遮住了那个人。少顷,迪迪往后退了退;沙希德这才看到那个和她说话的人。跟她攀谈的人原来是齐力。

齐力特别爱往外跑;他喜欢进俱乐部,沉迷于酒吧。以前只要有机会,比如说有大英联邦板球国际锦标赛的时候,齐力和老爸就会跑到酒吧去看电视转播,而旅行社的业务则由妈妈和助手们处理。当老爸飞快穿过酒吧大门的时候,他总是说,酒吧现在成了英格兰仅有的荣耀,而且是让人们在这样一个被上帝遗弃的国家生活下去的唯一理由。几个小时以后,如果殷朗·罕①一直在投球,或是扎伊尔·阿巴斯②赢了两个一百分,或者要是印度队擅长投旋转球的投手、或西印度群岛擅长投快速球的投手压制住了英国队的打击手,甚或是澳洲队——他们毕竟是来自殖民地的人——击败了英格兰队,老爸和齐力就会彻底情绪沸腾。

---

① 殷朗·罕(1952—),巴基斯坦板球运动员,从 1982 年至 1992 年曾数次担任巴基斯坦队长;后来成为政治活动家。

② 扎伊尔·阿巴斯(1947—),巴基斯坦板球运动员,担任过两次巴基斯坦队队长,被誉为巴基斯坦乃至亚洲最好的击球手之一。

他们先是会美美地吃上一顿涂着辣椒仔辣椒酱的牡蛎,喝上一品脱烈性黑啤酒,然后就一边兴致勃勃地狼吞虎咽着猪肉派,一边打趣说,假如毛拉恰好也在这儿——诚然,这种事情在萨塞克斯堡①实属罕见——他们一定要把这种肉派塞到那个自命不凡的家伙的大胡子里,再把热烫的烤肉串顶进他那虚伪的屁股里。齐力会变得又吵又闹;但老爸更糟,他会向别人挑战扳手腕。到最后,齐力只得把老爸扶起来,抱着他离开;而老爸则一边像新娘子过门槛似的踢腾着脚,一边吼叫:"我为你们的生命打过仗,混账东西,来吻我的帝国勋章吧!"

齐力会开车送老爸到伦敦消磨夜晚。只有老天知道他们会搞什么非常不像话的玩乐把戏,那种把戏沙希德是不允许参加的。但是通过提普,沙希德知道他们两个打赌的事儿,赌的名头叫作"穿制服的爱"。赢者是那个能率先与一位女护士、女交通监督员或者女警察搞成好事儿的人。当然必须有证物——跟制服有关的一样东西;齐力的桌上之所以傲然摆着一顶女交通监督员的帽子战利品,就是出于这个原因。

不过,只要老爸在场,齐力起码还会有所收敛,因为他敬爱老爸,生怕伤了老爸的心。如今老爸去世了,齐力今晚在这里干什么呢?

迪迪端着酒杯绕过吧台走了回来。齐力的健力士黑啤酒色的眼睛一直跟随着她的背影,直到看见沙希德。他冲着弟弟举了举

---

① 萨塞克斯,在英格兰东南部、肯特郡西面,分西萨塞克斯和东萨塞克斯两个郡,那里存留着很多座中世纪时期的城堡。此处的"萨塞克斯堡"应该是指那里的一家餐馆或酒吧。

酒杯,仿佛他们每天晚上都在摩洛克碰见似的。齐力正打算站起身来,斯特拉普恰好伸出手搭在他的肩膀上。他们两个开始交谈,甚至争吵起来,脸都快挨到一起了。

迪迪把酒放在台子上。"是那个男孩吗?"

"是。跟齐力在一起那个。"

"你哥哥?"

"我哥哥。"

"哇哦。"

"绝对是。"

迪迪朝齐力他们那边望着。有几个人经过斯特拉普身边时,不是对他打招呼,就是拍他一下。还有一些人冲着他点头致意。没有谁管他有没有回应。

"他们彼此认识吗?"

"我觉得不认识。"

"怎么啦? 你是不是不想今天晚上遇见你哥哥啊?"

"我甚至都不知道他会来这种地方。"

"他也可以对你说同样的话啊。你要我见见他吗?"

"我宁愿出去。我自己都不太想见他。"

"可是为什么?"

"我只想跟你在一起。"

"好啊。"

他们正要喝干杯子里的酒,斯特拉普和齐力站了起来。

"操,来不及了。"沙希德说。

迪迪拉起他的手,一根接一根地揉捏他的手指。"他长得不像你这么英俊。我也没法想象他羞红脸的样子。不过,他的面相倒是挺文雅的,对不对?"

"对。"

"就像一位牧师。"

齐力坚持要用手搂住迪迪,给她一个拥抱,亲吻她的双颊,还盯着她的眼睛瞧。

迪迪则以微笑回礼,"嘿,齐力,不管你是谁。"

"对极了! 你怎么把我的宝贝弟弟带到这种乱七八糟的鬼地方啊? 我可要坚决抗议了。"

"我是个坏人呀。"

"怎么称呼你?"

"迪迪·奥斯古。"

"我就喜欢坏人,迪迪·奥斯古。越坏越好,这是我在书里看到的。倒不是说我爱读书。斯特拉普喜欢读书,对不对啊,小子? 宝贝,我听说你是干教育工作的。咱们来喝上一杯吧。大家伙要喝点什么? 迪迪? 沙希德?"

迪迪把他们的酒杯往前推了推。

"我什么都不喝,"斯特拉普说,"我不碰酒。"

"斯特拉普在搞健康之道啊,"齐力一边咯咯直笑,一边对服务生招了招手。"我从没见过他这么健壮。他绝对是卢尔德镇①的活动广告啊。斯特拉普,把你的拉普式广告给他们来上一段。这

_____

① 卢尔德镇,法国西南部比利牛斯山脚下一个风景优美的城镇,以罗马天主教的圣地而闻名;传说 1858 年圣母玛利亚曾在此现身。

小子真的特别能侃。你说说能这么侃的大概有几个人?"

"别废话了,你们这些混蛋想要什么货?"斯特拉普说。他的眼窝很深;灯光照进去,却反射不出来。跟他刚才的样子相比,他显得既小心翼翼又沉默寡言。"我手上有刺激人飘飞的货。"

迪迪说:"这正是我们想要的效果。飞到埃菲尔铁塔。"

"马上把这位让人惊奇的性感女人送上埃菲尔,斯特拉普,"齐力说,"她应该得到最好的,就是现在,你这呆瓜。"

斯特拉普跌跌撞撞跑到他藏毒品的地方去拿货;货就藏在墙角板的后面,万一遇上警察来搜查,他可以一如既往地不被牵连进去。

"他是个好孩子。"齐力说,同时推开迪迪的钱。他对斯特拉普说:"待会儿我会付钱。"

沙希德搂着迪迪,把她从吧台拉开。

"现在我想跳舞。"

他们两个贴得很近,慢慢移动舞步;尽管音乐的节奏很快,酒吧里的人都在同声喘息、挥舞拳头、高声欢呼。

"你还真会跳旋转舞啊,"迪迪说,"现在感觉怎么样了?"

"跟你一起跳舞感觉更棒。"

"你嘴巴可真甜,而且完全不用伪装。"

"这是真的。哦,不骗你。"

"怎么了?"她靠在他身上扭动身体,"下面硬啦?"

"确实是。"

"咱们不能在一起过夜。"

"为什么不能?"

"喔,亲爱的,嘴巴噘起来啦。"

"迪迪!"

"要是住在家里的那几个学生发现我被一个学生弄得披头散发、衣衫不整,麻烦可就大了。和老师发生性关系可没列在学校的课程表上。还有布朗罗那张讨人厌的脸,虽然他明说要搬出去,可他那张脸还是让我几乎天天晚上都感到沮丧。"她抓住沙希德的手,拉着他穿过酒吧,"跟我来吧。"

"到哪儿去?"

"咱们可不能听凭你这样而不管啊。"

他们靠着厕所间的门亲吻起来。他一直都很羡慕那些同性恋,那些家伙可以躲进附近的厕所隔间,拉出彼此的老二干一场,事毕后就"像一阵凉风似的消失无踪",从一开始甚至连握手都免了。

她解开他的裤子,用温热的手握住他的老二。接着,她在手掌上吐了口水,开始爱抚他,还用手指轮番拨弄、揉挤他的两个蛋卵。

"使点儿劲。"

"没有弄痛吧?"

迪迪继续搞着,沙希德则陶醉其中。她停下动作,问道:"你那些朋友会怎么说呢?"

他笑了起来,并使劲拉开她的牛仔裤的拉链,把手伸进她的裤裆。

"别想吓住我,迪迪。"

"那就不要激起我的欲望。他们会不会说你是伪君子?"

他抽出手指,沾了沾唾沫。"什么?"

紧邻的厕所隔间里有人放下马桶座。

"难道你不是吗,说真的?"她说。

"说真的,帮我射出来。"

"嗨,只要我愿意,我干这个非常在行。但是先告诉我,你打算怎么面对他们。"

"我要——"

厕所隔间里的人开始用大哥大手机通电话。

"什么?"

"我准备离开他们。"

"是吗? 我希望你说的都是实话。"

"我的境况确实很惨,也被吓坏了。没有一件事是顺心的。"

她往后站站,听他说话。他的长裤滑落到脚踝上,紧贴着湿湿的地面;他的内裤撑在膝盖上;他把双臂交叉抱在胸前。他们的周围弥漫着呕吐秽物的恶臭。

她笑着说:"我就喜欢看你这个样子。"

"谢啦。"

"可你在发抖。"

"嗨,迪迪。我从不喜欢人家告诉我应该做什么。无论干什么,我必须得自己做主! 我受不了这种骚扰。"

"让他们去信神吧,他们可以把你交给我。你要这样说:我是个无神论者,是个亵渎神灵的坏人,还是个性变态。你就跪在厕所里这样说。难道你从来没有产生过这种念头?"

他用手遮住私处,摇摇头。

"不,不! 你疯了吗? 我可不想老是当个局外人。"

“可事实不就是这样吗？”

“我想遵照规矩做事。”

“即便是那些规矩很愚蠢？”

“规矩之所成为规矩，肯定自有其道理。这些规矩一直被许许多多的人遵守数百年了。”

“我对你的期待很多，但不是这类乏味无聊的正统说教。”

“哦，迪迪，不要这样嘛。”

“你喜欢读书，不是吗？很多长篇小说就像很多人的生活，可以冠以一个题目：幻灭。在你身上发生的事情不就是这样吗？”

“你就不能让我爽一下？你一般不在这种场合教训人的，不是吗？”

“也许我不得不开始教训人了。”她说，“就按照教育在这年头被糟蹋的方式。”

他自己提起裤子，穿好。“我得出去了。”

“很好！”

迪迪跟在他后面。有两个小子站在小便池旁边嘻嘻地傻笑。齐力正在水斗前面擤鼻子。他的眼睛闪烁发亮。他收起手帕，但沙希德还是注意到手帕上面的血迹。

齐力在沙希德头的一侧亲了亲，说：“我想我听出那个哀求的声音了。”

迪迪整了整头发。酒吧打烊了。他们走出酒吧，来到街上。

沙希德问齐力：“你的车呢？”

“我要去你的住处。”

“为什么？”

"不要问愚蠢的问题。"

沙希德说:"你在这里倒是非常自在,啊?"

齐力伸出一根指头,警告说:"还有,管好你的嘴。"

迪迪看见一辆出租车,便挥手把车拦住。

"迪迪——"

他感觉好像看见迪迪眼里噙着泪花。

"你必须得好好想想。再见啦。"

她甚至都没有吻他一下,就走开了。在走开时,她还甩了甩头发。沙希德陡然感到害怕,也许他再也见不到她了。他想追过去,可是迪迪人已经走了,只剩下他和哥哥站在那里。

斯特拉普挤过人群到了街上,朝齐力走过来。

"我的钱呢? 在哪里?"

齐力抬腿要走,并且想把斯特拉普推开。"别担心,小子,钱在等着你呢。"但是斯特拉普抓住他的手臂,不肯放手。齐力便又说道:"你不认识我吗,你这个小混蛋?"

"我认识你。你素质很高,"斯特拉普说。齐力收起拳头。斯特拉普又说:"把钱付给我吧,这样我才能买薯条啊。"

"今晚你给我他妈的滚蛋。"

"那什么时候给?"

"小子,你真是烦死人了。"

斯特拉普脸上挂着受伤的表情,与其说那是愤怒,还不如说是厌烦,仿佛这种情景他已经遭遇过无数次了,却还是觉得苦不堪言,觉得他的生命只会带给他这种难以置信的结果,就好像他赢得了倒数第一名笨蛋奖,却又不明白为何如此。

"齐力!"他乞求地说。

齐力一巴掌拍在斯特拉普的胸膛上,打得他跟跟跄跄倒退了几步,摔倒在路边的水沟里。他挣扎着爬起来,像小孩子似的跟在一些刚才摩洛克酒吧里出来的人后面,跑开了。

沙希德和哥哥回到他的宿舍楼;在楼梯口,齐力却摇摇晃晃地跌倒在墙边。凝视着齐力灰白色的脸,看着他眼睛下方黑青色的阴影,沙希德可以看出,齐力虽然现在一直都很年轻,但等到老的时候会是一副什么模样。他心想,终将有一天,人们也会用这种眼光看我。当然此时此刻的齐力什么都不在乎。

"你一直都在吃什么,齐力?"

"吃得还不够。"

为了把齐力弄到楼上,沙希德只得从后面撑着他的体重,往上推他。幸运的是,幸好楼上那个毒瘾很深的家伙正跪在一桶水旁边擦洗地板,他很乐意给沙希德帮把手。沙希德只希望在他们吃力地往上挪的时候,这个家伙停止咕咕哝哝地唠叨:"他不重,他是我兄弟。"

他们三个正吃力地往上爬的时候,沙希德忽然听到里亚兹在楼梯顶端说话的声音。更糟的是,里亚兹是在跟查德说话。他们肯定是打算下楼,否则他们站在过道里干什么? 沙希德叫齐力站好。"不要晃悠,"他低声说,"把嘴巴闭紧。"

"什么?"

"闭上嘴,齐力!"

查德和里亚兹就站在楼梯的顶端。沙希德竭力做出若无其事的样子,冲着他们点点头并露出微笑;但他不敢开口说话,唯恐他们会闻出酒味。里亚兹像往常一样，一副忧心忡忡的表情，不耐烦地让沙希德他们先过；查德则对他们三个怒目而视。

沙希德把齐力推进房间，欣慰地看到他还站得住。齐力脱下外套，用指尖弹弹衣服的肩部，然后顺手把它搭在椅子背上。他坐下来，揉了揉额头，仿佛要让自己镇定。他已经习惯了忽视沙希德的存在，沙希德也已对哥哥的沉默习以为常。沙希德换上睡衣裤，去了走廊上的浴室。

等沙希德回来时，齐力正四肢着地，跪在炊具后面。

"齐力。"

他继续四处翻找；但是没过一会儿，他问道："你和那个女人仍然喜欢对方吧？她叫什么？"

沙希德对着哥哥的后背说："迪迪·奥斯古。不过，这事儿特别难处理。只能偷偷摸摸地发展，原因很多。"

"也许吧，但今天晚上她可不想和你分开。她愿意为你做任何事情。好好利用这点吧。"

"她讨厌我的朋友。"

"猜中喽！"

"什么？"

齐力从沙希德的冰箱后面拉出一个塑料袋，打开，取出一个小信封。里面的可卡因足够排成两条细线，他把它们倒在沙希德的一本教科书上。他吸完排成两条线的白粉，又把那张纸、那本书和一张十镑的纸钞舔了舔。

沙希德嘟囔着说："这是你最接近文学的时刻。"

等到齐力把头又抬起来时，他已经忘了他们在说什么。他抱着双臂坐在那儿。一滴鲜红的血珠先是从他的一个鼻孔流出来；接着，那滴血珠如同一滴眼泪，滚流而下，落在他的大腿上。

沙希德在床上躺下。齐力则躺在硬邦邦的地板上，抽着烟，目不转睛地盯着天花板。

"有没有东西喝？"

"还好没有。"

"你反对喝酒？"

"我从不反对，真的。"沙希德说。

"可你现在就反对？"

"人最好是能自己照顾自己，不是吗？"

"你今天祈祷了几回，你这个只会说教的小混蛋？"

"齐力，你为什么不睡觉？"

"地板太硬了。你的房东住哪儿？我要控诉他。他是个混蛋。"

沙希德从床上起来，给哥哥找了一张毯子和垫子。

"拜托，快睡吧。闭上眼睛，将就着点。"

齐力拉开毯子盖在身上，"去死倒是更容易。"

沙希德走过去，坐在他哥哥旁边的地板上。

"你在躲避什么人？我知道你在躲人。你在摩洛克酒吧干什么？"

"你是谁啊，是侦探吗？"

"要不然你是不会待在这儿的。你甚至都不喜欢我。是不是你想念老爸了？"

"你想吗？"

"当然。"

"我想也是。"齐力说,"他总是想方设法守着咱们。不过,我很高兴他现在不会站在我身后监督我了。"

"为什么?"

"要是他还活着,咱们准会让他心脏病发作的。你认为,咱们两个当中谁更会吓到他呢?"齐力笑了起来,"我真想拍一张你跪着祷告的照片,寄到天堂里给他。说不定他会说,我儿子跪在那里干什么呢,是在找他掉了的钱吗?"

"你到底干了什么事情? 是不是很严重? 你为什么不告诉我?"

"那个可怜虫,那么没命地干活,到底为了什么呢?"

"为了过体面生活。"

齐力抓住沙希德睡衣的前襟,把他拉到跟前。"什么是体面生活? 你懂吗? 你敢说你懂?"

"不! 放开我!"

齐力用一只手抓住弟弟的胳膊,使劲儿拧。"没有人懂!"接着,他用另一只手搧弟弟的耳光。沙希德觉得一边的脸火辣辣得发红。他愤怒得整个人都在颤抖。他抽回自己的手。但齐力马上又开始揍他了。

"现在给我闭嘴吧!"

"操,操!"

沙希德让自己倒在床上。这一切又让他回想起自己的童年。那时候,他总会说:等着老爸发现这一切吧。可是老爸从来也不会发现真相;而现在——他深知,绝对没有人在监督他们。

　　沙希德上了两堂课,还去了图书馆。他是个读书学习讲究计
划性的学生;就连每次考完试以后他从脑子里清理掉的大量课程
内容,他都不会遗忘。他一般会把一门功课必须掌握的部分梳理
清楚,并且因为有条不紊和专心致志的学习,总是不用慌张害怕或
熬夜苦读就能通过考试。他发现学校生活越来越让人厌烦,不过
这都是因为最近事情有些莫名其妙。

　　到了外面的大街上,他才发现太阳已经出来了。伦敦人特别
喜欢温暖的天气;只要天上洒下一缕阳光,他们就会脱掉大衣,走
进布茨商店①,买上一副太阳眼镜。到了午餐时间,他们就到公园
里去散步,还会满怀希冀地仰望天空;而公园里的水仙花和番红花
也会在这一年早早地绽放。有时候,倘若冬天的寒冷还很刺骨难

---

　　① 布茨商店,英国一个家族连锁店,类似屈臣氏,最初是卖药品的。

忍,他们就成群结伙地拥入酒吧,痛饮淡啤酒,大吃肉排和内脏布丁,直到凌晨两点半才会离去。

在附近一家爱尔兰酒吧,沙希德要了一份奶酪三明治。三明治是用烤过的全麦面包片做的,厚墩墩的;他在上面加了布朗斯顿酸辣菜①,涂了芥末酱和番茄沙司。他不想喝酒。他知道进出这家酒吧的都是坐办公室的上班族,学生一般不会来;所以,他不会碰到他那帮兄弟。

为了犒赏自己整个上午的努力,他把一部小说架在前面。他拿着铅笔,一边读一边琢磨作者是如何达到某种效果的;他要找出其中的线索,再用他笔记本里记录的属于他的人物置换进入。随后,他就开始着手创作他很想命名为《肉身,肉身》的小说了。

这种感觉非常棒,远不只是满足而已;他的想象涌动激荡,一切尽在掌握之中。他对自己可能会完成什么,感觉既强烈又有目标。难道还有比这更棒的感觉吗? 就在这时,一个文秘职员在投币自动点唱机上点了一首《吻》②,随后跳着舞滑过酒吧大堂。

这一天早些时候他去上了迪迪的课。她上午肯定是有会议要参加——因为学校正在准备改制为私立学院,她已经参加过很多会议——她穿着一身黑色套装,脚上配的是亚光的深红色平底皮鞋,鞋子的内帮已经磨旧了。一定是有什么事情刺激了她的情绪,使她变得又尖刻又冷峻。有个学生因为不知道弗洛伊德是谁,结果被她批得体无完肤。她在教室里踱来踱去,还脱掉外套,露出里

---

① 布朗斯顿酸辣菜,是英国酒吧里常见的一道简便午餐菜,用切成丁块的焦青甘蓝、胡萝卜、洋葱、花椰菜、小黄瓜腌制而成。
② 《吻》,王子在1986年发行的一支单曲,收在唱片《游行》之中。

面的红色丝质 T 恤。有时候,她还坐到课桌上,小腿摇来晃去,仿佛在踢她的学生;与此同时,她还把裙摆往大腿中间掖上一掖。沙希德心想,她这种状态可能要延续一阵子。但是一会儿之后,她又生动活泼地教起课来,因为她发自内心地相信教育应该振奋人心。课结束时,她向学生们道了谢。她走出教室的时候,沙希德还没来得及收拾好自己的东西。

"迪迪,"他在她后面喊道,"等一下。"

在狭窄的楼梯上,迪迪被"铁三角"围在当中:一个非洲裔加勒比海女子、一个印度女子和一个长着粉红色头发的爱尔兰女孩。迪迪拥有好几个这种狂热的追随者;哪怕是看见她出其不意地在从某个街角转出来,这些家伙也会兴奋得要昏过去。不过,眼前这三个是她最忠实的粉丝,穿着打扮都模仿她,还把她当作麦当娜一样加以研究。

沙希德尾随在这几个紧跟迪迪的粉丝后面,正想着要推开她们超过去,迪迪却停下脚步,跟他的一个兄弟塔里克交谈起来。沙希德很清楚被别人看见他和迪迪在一起不是什么好事,便绕着这幢楼走了几圈。等他回到原地时,却只见那几个迪迪迷被留在教师办公室的外面,傻站在那儿。他又等了半个小时,可没有任何结果。于是,他就去了酒吧。

现在他要回到宿舍,看看她是否会打电话过来。

上楼的时候,他才想起自己把齐力给忘了。那天早晨他离开宿舍去学校时,齐力已经从地板上起来,连眼睛都没张开一下就倒在了床上。然而,现在齐力已经走了,沙希德给他冲的咖啡仍然放在床边,动都没动过。

哈特敲门的时候，沙希德正在给里亚兹的稿子打字。哈特一走进来就说："东区那边需要我们过去。"沙希德径直回到书桌前，继续打字。哈特站在他身后，手放在他的肩上。"那家人要离开他们那套公寓，搬到新的地方去。那家的男主人仍然住在医院里。他们需要有人帮忙把东西搬走。"

　　"别老盯着我干活。"

　　哈特自动往后退了退，"你不想来吗？"

　　"还没有轮到我值班呢。我得替里亚兹干这个打字的活儿。"

　　"先把它放一放。"

　　"我只是听命行事而已。"

　　哈特叹了口气，"里亚兹要见你。那边还发生了别的事。"

　　"什么事？"

　　"查德守口如瓶，不肯透露。"

　　"总是这样。"

　　"哦，来吧，沙希德老兄。我知道查德有时候会表现得莫名其妙。不过，你不想吃点家乡菜吗？"

　　路上，他们在哈特家开的小餐馆停留了一会儿。

　　哈特让沙希德坐下；然后，他给沙希德端来一些食物和他父亲特制的苹果酸辣酱。接着，为了从一只盛小萝卜的碗里拣菜，哈特还从餐桌上面把身子探了过去。"哥儿们，尝尝这种鹰嘴豆。"他甚至用把餐叉叉住鹰嘴豆送到沙希德的嘴边。"究竟怎么了，沙希德老兄？我们有几个人注意到你有点闷闷不乐。有人还说你有事情瞒着大家。"

　　"你以为是这样吗，哈特？"

"我只能说我从没见你做过什么坏事儿。"

"然而有人却见过喽?"

"你内心深处有种情绪困扰着你。是不是出了什么差错?你仍然不相信神吗?"

沙希德缄默无语。他喜欢哈特;他不想跟他展开讨论,因为这种讨论弄不好会演变成争吵。所以,尽管哈特感情深挚地望着他,仿佛在说"只要你想讲,这儿有人愿意听",而且他也颇为感激,但他仅仅说道:"不要为我担心,哈特,我只是在琢磨一些个人的私事。"

"别忘了我可是你的朋友啊。"哈特说。

他们费力地往厢式货车上搬着床、衣橱、冰箱、电视和孩子们的玩具。在台阶上,当沙希德从查德身边经过时,听见查德说:"好极了,呃,伊朗人都是怎么说的?"

"关于追杀令①那件事儿?。"

"对啊。"

沙希德说:"今天早上有人在校园里提到了这件事。不过,我无法接受这种做法。他们想必不是认真的吧?"

查德说:"那本书②已经流传太久了,却没有人采取行动。他

---

① 此处指的是 1989 年 2 月伊朗宗教领袖霍梅尼颁布的对作家拉什迪的追杀令——印裔英国作家萨尔曼·拉什迪 1988 年出版长篇小说《撒旦诗篇》,这本书因为有对伊斯兰教和先知穆罕默德的不敬内容,被伊斯兰教原教旨主义者视为渎神之作。于是霍梅尼发布追杀令,判处拉什迪死刑。下文提到的《午夜的孩子》是拉什迪的另一部长篇小说,获得过布克文学奖。
② 指《撒旦诗篇》一书。

侮辱了我们所有人——先知、先知的妻子们、先知的全家。那本书是对神的亵渎和不敬。惩罚就是死。那个家伙是彻底堕落了。"

"你确定有必要那样吗?"

"已经裁定了。"

沙希德一直都很喜欢《午夜的孩子》,对这本书的作者也很钦佩。他实在搞不懂查德为什么如此激愤。

他说:"即便是他侮辱了我们,我们就不能把这件事忘掉吗?要是有个笨蛋在酒吧里骂你杂种,你知道,最好的应对办法就是不去想它。绝不应该让这些事情败坏你的心情。"

查德满面疑问地盯着他,"你在说什么呢?"

"什么?"

"你到底在说什么啊?"

"就是我刚才说的啊。"

查德难以置信地摇了摇头。

事情发展到什么程度很快就明朗化了。在大伙来来回回搬运这家人的东西的同时,沙希德和塔希拉、萨迪克、塔里克讨论了这件事。大伙的感觉是一致的。里亚兹已经通知查德,他们要积极参加阿亚图拉①的行动;查德则把这个消息传达给了这群人。

查德和沙希德站在东西被搬空的公寓里。

"情况不只是这样。还有更进一步的对他不利的证明。"查德严厉地看了看沙希德,"现在没有人会怀疑了。"

沙希德心想,这应该就是哈特之前所说的事情了。"什么

—————————

① 阿亚图拉,对伊朗等国伊斯兰教什叶派领袖的尊称。

证明?"

"我现在不会告诉你——有很多事情等着去做呢。"查德说道,守着秘密让他感觉特别好。其他人已经把这家人的东西全部搬到了车上,此刻都围在他身边。

"哦,是什么呀?"塔希拉说。

这种时刻让查德颇为享受,却又不能再透露更多信息;尽管这样,他还是需要再跟大伙说点什么。

"为了避免你们胡乱猜想,我只能说咱们有神迹出现了。"

塔希拉鼓了一下掌,说:"神迹。咱们真是太幸运了! 哪一类的?"

"一支箭。"

"一支箭?"沙希德问。

"没错,一支直接指向那个作家的箭。"

"是哪一种箭?"哈特问。

"箭能有多少他妈的种类?"查德说,"你白痴啊?"他刚要责骂哈特,却见塔希拉投来含有警告意味的微笑,他只得克制住。"我只能这么说。那是一支水果形状的箭。"

他们琢磨着这句话。

"肯定是一根香蕉。"哈特说。

"不,不是香蕉。我真想在你的脑袋瓜儿上来一下!"

他们关上厢式货车的门,行驶了好几英里;然后在那个如释重负的女人的监督下,他们把所有东西搬进位于孟加拉人聚居区的一套差不多一模一样的公寓里。最后大伙都累了,查德要他们重新爬到空车厢里。他没有送他们回家,而是载着他们往北伦敦郊区驶去。

大伙在紧张不安的安静气氛中坐了几英里的车,查德才开口说话:"这绝对是秘密,但是我想我现在可以告诉大伙了,那支箭是个茄子。"

"什么?"

"好好听着啊。"

"瘌子是什么?"哈特问道,"瘌子怎么能是水果呢?"

"法哈特——闭上你的嘴巴。"塔希拉说。

"茄子怎么会是箭呢?"沙希德问。

"你们这群蠢货!"查德叫道,同时手从方向盘上举起来捂住耳朵。当车子横着驶过马路上的中间线时,大伙都冲着他吼叫起来,要他别忘了注意挡风玻璃前面的路。"那就好好给我听着! 别给兄弟找麻烦!"

他告诉他们,当地一对虔诚的夫妇切开一个茄子,发现神在青苔状的茄子瓤里刻写了神谕。穆拉纳·达拉普里亚①已经证实,那个茄子是一件圣物。

"所以我们正在展示那个茄子。"查德说。

"在哪儿?"

查德往前方指了指。"我可以告诉你们,咱们正在奔向那个展示茄子的地方。"

查德说,有一帮兄弟和当地一些已经组织起来的热心人士合

---

① 穆拉纳·达拉普里亚,达拉普里亚是人名,穆拉纳是伊朗与伊斯兰教神学有关的人士的尊称。

作,在里亚兹的指导下,自愿守护那座房子的大门,确保群众遵守秩序,并且不让媒体对着茄子上迅速凋萎的神谕使用炽热的闪光灯拍照。就像他们这些兄弟曾经守卫东区那套公寓一样,那些志愿者也建立了轮班制度。

沙希德看见里亚兹和一些住在本区的同校兄弟姊妹正在等他们。查德带来的这群人鱼贯而行,走进那套狭窄的郊区房子。在前面的房间里,沙希德眯着眼打量那个茄子的遮盖物,他旁边站着哈特、塔里克和塔希拉。

"我绝对能看得出来,"塔希拉说,"神赐给了我好视力啊。"

"你能看到吗,哈特?"沙希德问。

哈特似乎是点了点头。

沙希德溜到外面去呼吸新鲜空气。他坐到房子对面的一堵墙上;他决定不再进去了,而是要返回自己的宿舍。正当他往公共汽车站走去时,却碰上了正在忧心忡忡地四处奔走的里亚兹。里亚兹的眼皮因为过度疲劳都红肿了,看见沙希德,他仿佛如释重负。

沙希德明白,遇到里亚兹单独一个人是很难得的事情;即便里亚兹坐在书桌前工作的时候,他身边也总是有人。

"真主赐你平安。"他招呼道。

"平安,兄弟。"

他们默不作声地望着那些人群。沙希德想着他现在正好有机会可以说的话。

沿着几幢相邻的一模一样房子的篱墙,兴奋的群众正在四个一伙地排着队耐心等候。天气不算暖和,很多人都把自己包裹得严严实实。他们简直像是在排队等着看一场印度电影,只不过要是那样,就不会有那么多上了年纪的人排队了;这些老人看上去似乎只有在拜访亲戚、参加葬礼或者见证某种奇迹的时候才会走出家门。这些排队的人的情绪犹如是在度假,踱着步子,打着招呼,聊着闲天。

队列里有一个老人,沙希德认出他参加过里亚兹的咨询会;这个老人走到他们跟前,抱怨说是当地的有钱人——餐馆老板、进口贸易商、运动品商店店主以及赚钱的电器商行老板——让私人司机把他们送到这幢"神迹之屋"前面来。还说,他们有的把车并排停在那儿,占了行车道,然后走过来,乱插队。

"看哪,看哪!"他说道。

一对夫妇正像他描述的那样不守秩序。长得圆鼓鼓的胖男人穿着白色人造丝衬衣和黑色紧身斗牛士款的裤子。这家伙戴着一副反光的眼镜,脖子上挂着金项链,还戴着金耳环和厚实的金手镯。他的鳄鱼皮腰带上挂着一大串钥匙。他那浓密的头发染成砖褐色,乱蓬蓬地堆在头顶上,看上去就像他的脑袋上扣着一块金色的面包,一顶用面包屑做成的王冠。一个浅肤色的女人陪伴在她的肤色黝黑的丈夫身边;她穿着紧身的粉红色 T 恤衫、白色李维斯牛仔裤和一双白色高跟皮鞋。这个女人倒是没有戴金挂银,完全不能跟她丈夫的一身富贵气派相匹比。

沙希德说,他和其他人会尽量阻止这种行为。

这之后,他忽然向里亚兹问道:"你会因为一个人写了一本书而把他杀死吗?"

里亚兹身材矮小。沙希德想象着:在学校操场的一个角落里,里亚兹用手挡着脸,躲闪恃强凌弱学生的殴打。

"肯定会。起码我会杀死那个家伙。你是不是觉得这样做不对?"

"这事让我觉得有点恶心。"

"为什么?"

"这种事儿太暴力了。"

"有时候是有暴力,没错,就是在罪恶发生的时候。"

"可我们不是热爱世人的吗,大哥?"

里亚兹把手搭在沙希德的背上,一起离开了那座房子。

"你是无政府主义者?"

沙希德犹豫了一下,说:"我想不是。"

"那又怎样呢? 社会必须有秩序让各方面的因素协调起来。咱们每个人都很愤怒呢。"

"我知道,但是——"

"你不是和自己的同胞站在一起吗? 看看他们的生活吧,他们都来自农村,都是半文盲,在这儿不受欢迎。他们每天都遭受着贫穷,忍受着侮辱。在这块号称可以自由发表言论的土地上,难道咱们不应该替他们发出声音吗? 不管怎么说,咱们不都是幸运者吗?"

"幸运吗,大哥?"

"咱们受过教育,虽然不多。咱们不用像奴隶一样没日没夜地在商店或工厂里辛劳。但这就意味着咱们有别的责任,不是吗? 咱们不能抛弃自己的同胞,而只为了自己生活。"

"当然不能。"

"如果咱们真的这样了,不就意味着咱们全盘吸收了西方人的道德观念,就是那种彻头彻尾的利己主义观念吗?"

里亚兹停下来跟别人打招呼。

沙希德注意到,在一家毗邻的花园里,一个上了年纪的白人跟他的太太支着一张桌子,上面摆着他们出售的果汁和三明治;他们隔着篱墙把食物递给顾客,把收到的钱丢进一个罐头盒里。他们做了一块招牌,上面是手写的"哈拉尔"①一词;他们以为这样做可以保证获得某种豁免权。

沙希德看着里亚兹,这个自己一直想跟他做朋友的男人和自己一样,总是与这个地方的一切显得莫名其妙地格格不入,尽管这个男人没多少理由这样。里亚兹热爱"他的同胞";可是除非需要向同胞们提供帮助,他跟这些同胞待在一起时总是显得不太自在。里亚兹所拥有的很少:没有妻儿,没有事业,也没有嗜好、房子或财产。他生命的意义就是他的宗教信条,以及一个信念:他真正懂得人们应该怎样活下去。正是这种单向度的思维方式让他具有权威的力量;不过现在,沙希德又觉得他非常可怜。

里亚兹又跟他走在一起,还用天真热诚的口气说道:"告诉我,打字工作进行得怎么样了?"只要谈到这个话题,里亚兹总是用这样的口气。

"我一直想告诉你,大哥——"

"什么?"

"有几个地方我做了些修改。"

---

① hallal,阿拉伯文的英语音译,意思是合法食物,即符合伊斯兰教教规的食物(如白面包等)。

"太好了，"里亚兹拍了拍手，"你在把我的作品翻译成英语吗？"

"不是。更像是——"

"润色？"

"是的。"

"好啊。查德告诉我，说你每天晚上都在电脑前面打字。"

"这倒是真的。"

"我刚开始写作的时候也是那么投入。"里亚兹沉思了一会儿，又说："告诉我，在你自己的作品里，你到底都写了些什么呢？"

"有关生命吧，我想。"

"是泛泛而谈，还是有特别的看法？"

"没有特别看法。"沙希德坚定地回答。

"没有特别看法？我一般都有自己的看法。要是我有更多时间写作就好了。你是怎么挤出时间的？"

"肯定能挤得出，大哥，你是那么自律。"

里亚兹做了个鬼脸。"有那么多人需要我。我宿舍里有一百封回信呢。个人的需求似乎并不重要。查德说，你有些作品已经发表了。"

"一个短篇小说。发表在杂志上。是不久以前写的。"

"可我还是对你刮目相看啊。"

"谢谢。"

"作品的题目是什么？"

"什么？哦……那个不重要。不过我现在正在搞的东西叫做《祷告者的垫子》。"

"会发表吗?"

"可能吧。"

"我挺感兴趣的,因为我本来认为像咱们这样的局外人肯定很难获得认可。那些白人都是心胸狭隘的岛民心态,他们当然不会允许咱们这样的人打进他们的世界。"

"不,不,现在没什么比局外人更流行的了。"

里亚兹显得有些迷惑不解,"为什么?"

沙希德耸耸肩,"新奇啊。即便是像你这样的人,大哥,只要被媒体发现了,你也可以成为广受欢迎的人物。你想,你会对着多少人演讲啊。"

"媒体,对的。这正是咱们应该运作的方向。咱们必须利用一切渠道来传播为信仰献身的信息。我希望你尽快针对这次亵渎事件写一篇文章,投给全国性的报纸。你考虑过要这样做吗?"

"呃……还没有。"

"可这不正是你应该为自己的同胞而尽力的工作吗? 要记住,群众比咱们单纯,也比咱们聪明。他们身上有很多东西值得咱们学习。你觉得一个人应该脱离他所属的同胞吗?"

"这个归属问题,大哥,我希望我是理解的。比方说,你喜欢生活在英国吗?"

里亚兹眨眨眼睛,看了看四周;那样子就好像他从来没有思考过这个问题。

"这儿永远不会是我的家,"他回答说,"我也永远没法完全理解这个地方。你呢?"

"这儿挺适合我的。不会再有别的地方让我觉得更舒服自在了。"

"我们都非常关心你。我希望查德兄弟一直都在帮助你,我要他负责照顾你。"

"查德?哦,没错。"

"你现在快乐吗?"

"快乐?里亚兹,我心里有好多问题。"

"抛开那些问题!"里亚兹用有力而自信的口吻说,沙希德就是钦佩他这一点。

"但是,里亚兹——"

"要只相信真理!那些知识分子用各种绳结把自己束缚住了。瞧瞧布朗罗博士吧。有谁愿意成为那样一个聪明的、充满苦恼的傻瓜呢?到最后,就会发生信仰的飞跃,和对神的信任。不过,你的话还有别的所指。"

沙希德敏感地看着里亚兹,"有吗?"

"你知道,有些人总爱说咱们不讲民主。咱们何不把整个话题透彻地讨论一番呢?"

沙希德说:"咱们当然应该不带任何成见地好好讨论一下。"

"干吗不呢?你对那些有兴趣的兄弟姊妹说个时间地点,好吗?"沙希德点点头,"咱们得快点进行。何不就定在明天早上?另外,能否请你写份草稿,关于西方的傲慢和我们有权不受污辱的?"

"等讨论结束之后吧。"沙希德说。

"那好,"里亚兹说,"我觉得你具有说服别人的能力。"

"谢谢!"

这时,所有的人都转过身去。

一辆红色的大轿车吱嘎一声停在了"圣殿"外面。由于一些说不清的原因,也许是因为整整一天都不像会发生什么事情的样子,沙希德以为那座房子或者参观的群众就要遭到攻击了。

一个身穿黑色网眼 T 恤和皮革裤子的男孩从车子里跳出来,瞪着眼看了看那些群众,显出一副敢于迎接挑战的模样。他拉开后车门,另外一个男孩——留着小听差模样的白金色头发,一只耳朵包着绷带——跌跌撞撞地下了车。这两个小子像孩子似的装出一副很强壮的样子,在轿车旁边立正站好,同时还斗着嘴。

里亚兹满意地微微点了点头。"实在是好极了。"

沙希德看见布朗罗站在那座房子的大门旁边,对着轿车微笑。跟其他人一样,他也在观看。这时,一个似乎反向坐在后排座位上的大块头男人从车里钻出来;他红光满面的脸上绽放着生动的微笑,拖着步子走上人行道,来到围观的群众面前。他对那两个男孩严厉地说道:"小家伙们,安静啦。这可是一个文化庆典。"

"万能的主啊,这是橡皮脸弥赛亚啊。"一个围观的白人粗声大笑着说道。

"嗨,同胞们! 大家好啊!"

这个男人向群众挥了挥手;尽管没有人——甚至连孩童都没有挥手还礼,他却似乎毫不气馁。

"他不是穆斯林,对吧?"那个白人围观者的同伴说。

"还不是。"

"那他到这儿来干什么?"

那个白人围观者耸了耸肩,"干涉。"

橡皮脸弥赛亚像是踮着脚尖走路似的向那座房子走去,因为,跟他身体的其余部位相比,他的脚长得很小。他的两条胳膊肘犹如两根横木,突出在他身体的两侧,而他的两只手在胳膊的末端没有约束地晃动,这副模样让他走过的时候仿佛准备打到人似的。他衣服倒是穿对了——衬衫、马甲、西装和领带;然而没有一件是合身的,有些太紧,有些则太过肥大。比如说那件衬衫,有的地方过紧,有的地方太肥,完全不成样子;而那条绿色领带挂在衬衫的前面,显得特别呆板,很像一根大黄瓜。

"乔治·鲁格曼·拉德,"里亚兹告诉沙希德。他朝着布朗罗望过去,布朗罗眨了眨眼睛。"政务总会中的劳工党领导人。咱们的朋友布朗罗博士认识所有这类地方上的政治人物。他代表咱们出面,取得了了不起的成功。"

有个摄影师开始拍照了。里亚兹、布朗罗、鲁格曼·拉德握着手站在镜头前面合影。接着,布朗罗退到一边,让里亚兹和拉德合影。与此同时,一个记者在挥笔记录。

"感谢您拨冗前来,拉德先生,"里亚兹对他说道,"我们知道您一准会来敬拜。"

"自然,自然。多么棒的群众啊,崇拜大地的果实!多么受人喜爱的茄子啊,餐桌上的顶级蔬菜!这个奇迹创造了一种多么绝妙的沟通方式啊!感谢上帝没有选择保守党的城镇!"

布朗罗显得有点失望,然而里亚兹说:"拉德先生,再次非常感谢您代表我们解决警察和交通方面的问题。还要谢谢您让我们以这种公开的方式使用私人住宅。我们明白,一般情况下,这样做肯定是违法的。我们整个社区尽管经常遭受欺压,但我们还是会永远感激您。您是亚洲真正的朋友。"

"他是我们的朋友啊!"查德踮着脚尖一蹦一跳地喊道。

"亚洲的朋友!"哈特应和道。

"亚洲最好的朋友!"塔希拉的声音有些发颤。

里亚兹开始鼓掌;查德和哈特也跟着拍手,就连布朗罗也让自己按照印度人的问候方式把双手合在一起。其他群众也开始表达他们的感激之情。只听他们在反复呼喊:"拉德、拉德、拉德——他是我们的兄弟!"

"是啊,我会受到福报的,在天堂里,毫无疑问。"拉德说道,同时眉开眼笑地看着他那两个眉头紧皱的跟班。他用更加平稳的语气对里亚兹和布朗罗说:"自然,我是非常慷慨地利用了我的影响力,这点你们肯定也体会到了,顶着极端种族主义者的反对,才得以让私人住宅以这种方式开放。"他把声音压得更低,继续说:"这是因为本党支持少数民族,我可以向你做出最大保证。基督复临安息日会的人已经表示他们深感满意,据说他们祷告的时候还会为我的小病痛进行祈祷。拉斯特法里派的人在我遛狗的时候,上前跟我握手致意。这种做法受到整个伦敦东区的普遍赞赏。不过你也是聪明人,应该非常明白,里亚兹——你真的很聪明——"在一瞬之间,拉德的举止仿佛是要挠挠里亚兹的下巴,"这种情况是不可能永远延续下去的。"

"这我们知道,拉德先生,"布朗罗说道,"就是由于这个原因,我们一直在反复考虑市府大厅。"

"是的,市府大厅。"里亚兹说。

"抱歉?"

"是为了公开保存这个神迹。"里亚兹接着说。

"在市府大厅吗?"拉德问,好像里亚兹是在建议把那个茄子放到他的鼻子上。

"没任何理由不可以啊,"布朗罗信心十足地说,"你刚才也明确讲了您对不同宗教信仰的信任。"

"对于这一点,我们发自肺腑地感谢您。"里亚兹说。

"再次谢谢您,亚洲的朋友!"哈特说。

"拉德兄弟!"

"嘘——!"塔希拉说。

那个记者的手在笔记本上飞舞。

"对,对,或许市府大厅也可以,"拉德说,同时整了整他那大肚子上的一些东西。"那里有很多房间。"他又将嘴凑近其中一个跟班,说:"大部分房间都被在那儿工作的人盯着呢。"

里亚兹强调说:"必须得保存到入口大厅里。"

"那样才会醒目。"布朗罗说。

"对,肯定的!"拉德噘着嘴说,"放在入口大厅。"

里亚兹说:"况且,那里已经悬挂了一幅纳尔逊·曼德拉的画像。"

"还有非洲面具。"查德补充道。

"我们不要被隔离。"里亚兹说。

"对,对。绝不会出现隔离这种情况。"

"那么就准备做安排吧。"里亚兹向查德和哈特点头示意,"全部搞定了。"

"太好了,太好了。"查德说。

"加油,加油,加油!"哈特说,"亚洲之友! 亚洲之友!"

其他一些人也跟着喊起来："亚洲之友！""拉德兄弟！"

记者在记录，摄影师在拍照。

"让咱们握手祝贺吧。"布朗罗提议道。

拉德把他的跟班推到前面，向房子里面走去。"任何事情都没有确定。现在先让我见证一下这个带有神迹的奇妙样品吧。来吧，孩子们。"

"可憎可厌、反动保守的家伙，"拉德走到听不见的地方后，布朗罗评论道，"不过是任人摆布。也算他适得其所。"

"说得好极了。"里亚兹说。

"相当透彻！"查德说。

"哟嗨！"哈特应和道。

沙希德跟着拉德走进那座房子。

"这算是你的第一个奇迹吧，乔治？"往里面走的时候，其中一个跟班问道。

"这要到劳工党改选的时候才能算，"在门厅里，拉德卖弄地耳语道，"当然，神示乃是宗教信仰的变体，充其量算是一种娱乐活动。我们倒希望他们会把这个青色的果子烹制成咖喱菜。茄子，我想这是它的名字。我干掉一份印度菜没有问题，你们行吗，小伙子？"

那天晚上，沙希德花了好几个小时找到那群朋友待的地方，通知他们里亚兹约定要举行讨论会的事。他决心要让每一个人到场。有些人，比如塔里克，不在家里；或者就是在跟家人一起吃饭。在一个属于萨迪克家的房间里，到处铺着床垫。四五个小孩在那里睡觉或是玩耍;他祖母一句英语都不懂,盘腿坐着,好像她还住在老家的村子里;房间里拉着几条绳子,挂满洗过的衣物。沙希德只好陪着他们坐了一个小时,一直吃得肚子饱饱的,等候着机会传达那个信息,然后赶紧逃走。有人告诉她,有四五个伙计待在哈特家餐馆的楼上,在玩电子游戏;但是,按照哈特的叔叔所说,他们刚刚离开哈特家,到里亚兹的住处去了,而且很显然,他们会在路上到沙希德的住处去瞧上一眼。

沙希德遇到的另外一个难题,是怎样才能让这些人答应参加会议。他采取主动,说里亚兹指示在必要的时候可以逃课,听了这话,这些人才答应参加。这些兄弟和姊妹弄不懂搞这次讨论会的意义何在;他们觉得,每个人早就下定了决心。

沙希德每到一个地方,就问能否借用一下那里的电话。他想给迪迪打个电话;等他办完这项差事之后,他们或许可以见见面。他拨了几次迪迪的电话号码,但是每次都在对方接之前又把电话挂了。迪迪总是喜欢问:"那你一直都在干什么呢?"他怎么能回答说他在守护一只茄子呢?

所以,他回到自己的宿舍,给自己做了一份烤面包夹沙丁鱼,然后继续往电脑磁盘里录入里亚兹的手稿,还不时地做上一些修改。

再之后,他躺到床上,思考着明天早上的讨论会和该说些什么内容——假如他能够发言的话。

　　大家挤在里亚兹的房间里，不得已等了他四十分钟。根据沙希德的观察，里亚兹在很多时候都会迟到。他似乎特别喜欢营造期待感，等到大伙的失望情绪积聚到一定程度时，他才会登场。他这样做实在是不可思议，因为他本质上是一个不爱摆架子而且沉默寡言的人。或许他觉得别人需要他尽可能多地展现权威感吧。

　　很显然，里亚兹今天正在跟布朗罗和拉德会面。幸好在大伙等待的时候，哈特带着他父亲做的食物出现了，并且愉快地分给大家。现场有三个女人，其中包括塔希拉；她身穿清新的白色长衬衫、黑色的长裤，还披着一条灰白相间的格子披肩。

　　最后，查德匆匆走了进来，并为里亚兹扶着房门；后者身穿一套崭新的宽松沙瓦衣衫。里亚兹稍微站了站，接着放下公文包，坐到写字桌旁边的地板上。

　　"你们肯定都想知道啊，跟劳工党议员拉德先生的会谈进展非常乐观。非常乐观。"里亚兹立刻对大伙说道,"他深知少数民族在这个国家的地位和重要性。他亲自向我们表了态,说他会全力以赴支持我们的事业。"

哈特和塔里克击掌相庆,"亚洲之友啊!"

"我也有同感。这种对咱们同胞的同情之心犹如英国处女一样,不多见。"里亚兹对自己的论断呵呵一笑,他经常这样。"不过,现在另外有一件可耻的事情需要我们尽快讨论一下,因为沙希德告诉我,你们都忙着没日没夜地用功学习呢。"

房间里再次掀起此起彼伏的笑声。沙希德明白,里亚兹正在看着他,跟在场的其他人一样等着他发言。他没有料想到会有这种情况。

里亚兹说:"兄弟,麻烦你就今天的话题向大伙做些提示吧。"

"抱歉?"

"最好也给你自己一些提示。"哈特轻声笑着说。

"你把我们大伙叫到这儿来,"塔希拉接着说,"要干什么呢?请告诉我们,这个问题不是明摆着吗?"

沙希德竭力想小心翼翼地发言,就像翻译一种外国语言那样,但是讲出的词语还是显得急匆匆的,就连他自己的声音都让他感到吃惊。

"那……呃本……书。"他开始了。

查德说:"那本书。"

"很对。"萨迪克说。

"还有说故事。这就是讨论的话题!我们为什么需要说故事。如果我们需要它。什么样的内容可以说。呃——什么内容不能说。什么内容绝对不能说。禁忌和禁止是怎么回事,原因何在。

那些东西受过审查。新闻审查制度对我们这些移居此地的人来说有什么好处。如果这种制度能够给我们保护的话，它怎么保护。就是——就是讨论这类问题。"

"很好，"里亚兹说，"这种讨论应该可以让咱们保持清醒——清醒一阵子。"

为了压制他的话可能引起的不严肃气氛，他快速而严厉地盯着大伙看了看。局面掌控之后，他便开始以他喜欢的方式讲了起来；他面对一片仰视的脸庞阐述他的想法，让思路朝着他所需要的方向发展。沙希德感到如释重负；到目前为止，里亚兹并没有对他的发言进行评断，只是把他当作引子而已。

"你们知道，所有的虚构小说从其自身的真正特性来说，都是一种谎言，一种对真实的扭曲表达。小孩子说谎的时候，用的不就是"胡编乱造"这个词吗？当然，也有无害的、反常的故事，这种故事总能引起人们的笑声。当我们没有事情做的时候，它们可以用来打发时间。但是，也有许多虚构小说揭示了人的堕落天性。这些小说都是由作者创作出来的，可以说他们是控制不住要那样写。这些编造荒谬故事的家伙为了让白人精英分子接受他们，从而可以被当作"伟大的作家"，通常总是一副奴颜婢膝的德行。他们总爱号称自己是在向群众——这些没文化、半文盲的傻子们——披露真实。然而，他们根本不了解群众。他们见到的穷人最多只有他们自己家里的仆人。于是，他们就求助于我们内心中污秽邪恶的东西，真的。这很容易做到。肮脏的东西也会吸引我们。当然，哈特不会被吸引。"

哈特紧张地笑了笑。大伙则早已纷纷点头，表示赞同。

"至于一个人会贬低别人身上不光彩的天性,实在没法理解,呈现这样的东西怎么可以被当成是文学呢。有人要发表高见吗?"大伙的视线都转向沙希德。他假装自己只是坐在那儿的一个听众,却无法自制地绯红了脸。"归根到底,如此一种文学可能会为了什么样高远的目的而存在呢?"

一片静默。大伙都眼神躲闪着坐在那儿;倒不是因为他们不敢发言,而是他们无话可讲。

沙希德说道:"当然,是为了把我们真实的自己告诉大家吗?"

"不是!"里亚兹摇了摇头,"继续往下说。"

"文学确实有助于我们反省自己的本质天性吗?"沙希德说。

"这是自以为是和傲慢自大。"里亚兹说。

"拜托,"沙希德说道,"拜托啦——"

萨迪克决定赞成里亚兹的观点:"纯粹是傲慢自大。"

沙希德对里亚兹说:"你自己作为一个诗人——"

响起了敲门声。

"是的,我是一个诗人,"里亚兹对敲门声毫不理会,说道,"谢谢你提醒我。但是我要告诉你,我们从这类书中读到的并不是一般意义上的自己,也不是大众,而是作者自己的想法。就是这样。只是某一个人的想法。"

"自由的想象,"沙希德说,"可以触及很多方面的本质;自由的想象,在洞察其本身的同时,可以照亮很多别的方面。"

"我们今天讨论的是那些脱离人民大众生活的人的自由而放肆的想象,"里亚兹说,"这些堕落的、不光彩的天性总是沉迷于其自身的活力,必须像对待危险的食肉生物一样加以约束。我们需要有更多的明星、强奸犯趾高气扬地走在我们的大街上吗？要知道，"他继续说道，"如果有个家伙闯进你的家里，口出污言秽语，说你的母亲和姐妹都是荡妇，难道你不把他从你家门口扔出去，狠狠地揍他一顿吗？"很多人都笑了。"这类书不就是这样的吗？"

沙希德说："它们扰乱人心。"

"是的！"

"它们也令人思考。"

"有什么好思考的？"

"抱歉？"

"难道我们宁肯要这种放纵沉溺，也不愿意要宗教带给人的那种深刻而充分的慰藉？当然，如果我们不能严肃地对待成百上千万人的宗教信仰，结果会怎样呢？我们会什么都不相信！我们会成为活在粪坑里的动物，而非活在自由社会中的人。"

一如往常，里亚兹说"自由"这个词就像在说一个杀人犯的名字。他环视一下大伙。

敲门声不断，只是敲得更响了。

查德眼睛死死盯着沙希德。这时的沙希德张开嘴巴，摇摇头，决定不再多说一句话；他担心这场讨论会很可能给他带来麻烦。

里亚兹说："就连你们那位伟大的托尔斯泰也谴责艺术①，不

---

① 从十九世纪六十年代末开始，列夫·托尔斯泰对生存的目的和意义产生怀疑；经过十余年苦苦求索，他的世界观发生转变；他开始反对暴力革命，宣扬基督教的博爱和自我修身，希望从宗教、伦理中寻求解决社会矛盾的道路；他还改变了文艺观，指责自己过去的艺术作品（包括《战争与和平》等巨著）是"老爷式的游戏"，并把创作重点转移到论文和政论上去，以求直接表达自己的社会、哲学、宗教观点，揭露社会中的各种罪恶，同时还从事广泛的社会活动。

是吗？你们可能会偏向于认为我这个人俗不可耐，排斥艺术；不过，我有那本书。查德，你去找找好吗？"查德点点头。"但是先看看外面是什么人吧。"

"肯定是找沙希德的。"哈特低声说。

查德走外面的走廊里，并顺手关上房门。

里亚兹说："对我来说，这些有关信仰之重要性的真理和关爱他人，比起出自某个个体想象力的连篇疯话，要深刻得多。"

"但个体的声音也很重要，不是吗？"沙希德固执地说；他意识到自己声音中的强烈语气正在将他跟这些伙伴们分隔开来。

"在一定程度上是这样。但再进一步就不行了。有这样的社会吗，在其中任何人都可以拥有毫无限制的自由？不管怎么说吧，咱们现在得把话题往前推进了。大众越来越感到不安。所以，咱们得讨论一下咱们要采取什么行动来抵制这本书。"

"哪一类行动呢？"沙希德问。

"我说了，这正是咱们要讨论的。"

塔希拉坐在沙希德的旁边，她凑近沙希德耳边，说："你好像有问题啊。劳驾你告诉我，你是完全迷茫呢，还是有别的问题？"

"我觉得，两种情况都有。"

房间里一片安静；但在外面，响起查德和一个女人相互争执的声音。

里亚兹问道："还有别的问题吗？"

"有的，"塔希拉说，"咱们要做些什么呢？"

房门被推开了。苏尔玛身着淡黄色的香奈儿套装，披着一条黑色围巾，站在门口。查德就在她后面，沮丧无奈地摊开两手。苏尔玛向房间当中走了果断、但依然显得慵懒的三大步。大伙都连忙移换位置,以免自己的手被她的鞋跟戳伤。

她身上散发的香气与房间里的臭味随即冲撞在一起。

苏尔玛带着礼貌与讥讽相混合的表情打量着每个人的面孔;最后她终于找到来访的目标,那个人正用手遮着脸,蜷缩在角落里。

"过来吧。"难不成她想揪着他的耳朵,把他拽出去?"出来,亲爱的。"

沙希德只好起身。

"现在吗?"

"当然!"

"苏尔玛,这是讨论会。"

"讨论什么? 这儿谁是负责的?"她的目光落在里亚兹身上,"教授,发生了至关重要的家庭事故,刻不容缓!"

里亚兹冷漠地挥了挥手;他是不会在苏尔玛这种人身上浪费口舌的。但是,沙希德站起来时,查德却窃笑起来。苏尔玛领着沙希德走出房间,临走时,还狠狠地瞪了查德一眼。

沙希德跟在苏尔玛后面冲下楼梯,他没想到这突如其来的自由倒是让他挺高兴。

"你在那房间里干什么? 是搞政治集会吗?"

"讨论追杀令的事,就是这样。"

"哦,天啊。那些人都是学生吗?"

"是的,苏尔玛。"

"他们要游行示威,声援那个家伙①吗?"

"不是。不是为了声援他,我想。"

"可你说他们是学生啊。"

"怎么啦? 他们当然是正儿八经的学生,苏尔玛。你以为他们是什么人? 工业巨头啊?"

"哦,主啊,你是不是在修赌咒骂人的课程啊?"她用探寻的目光看了看他,"我可从未见过你这样废话连篇。以前你干什么都是羞答答的,至多讲几个愚蠢的笑话,几乎很少张开你这张朴拙的嘴巴。另外,你还会滑稽地抽搐。现在不会啦?"

苏尔玛的车有一半停在人行道上。为了不让沙希德逃走,她几乎是硬把他推到车座上。她先是并拢双腿,向上提提裙摆,好方便两条腿活动;然后,她把一只手搭在车窗外面,调转车头,驶入街上的车流里。

"现在的大学生都是这样的吗?"

"有一些是。"

"大学生应该都是有头脑的人啊,是不是?"

"你在说什么呢,苏尔玛?"

"不要对我大声嚷嚷!"她戴的金饰珠宝叮铃当啷直响,"我正在解释,宗教对平民大众有好处,而不是对那些长着大脑袋瓜子的家伙。农民以及所有的平民——他们需要迷信;否则他们就会活得跟牲畜一样。生活在一个文明的国家,你是不会明白这些的;但是那些傻乎乎的人需要有严格的教规,否则他们会仍然相信地球

---

① 指萨尔曼·拉什迪。

是坐落在三条鱼身上呢①。"她用力按了按方向盘。沙希德注意到她手上戴着齐力给她买的结婚钻戒。"然而,这些用脑子干活的家伙一定都知道地球是个巨大的球体。"

"苏尔玛,他们还是相信的。"

"那还要杀死那个家伙啊?"

"是啊。"他消沉地说。

"这些疯子真是越来越疯了。这让精神错乱显得很普遍。几乎整个世界都在跟我讲这起骚动事件,好像是我亲自写了那本小说似的。亲爱的,既然事情变得如此极端,我倒有可能得去读读那本书了。"

苏尔玛一般会买《Elle》《Hello!》《哈泼斯与名媛》之类的时尚杂志,因为她喜欢看那些印在亮光纸上、配有照片的有教育意义的文字,而不爱看印在亚光纸上的纯粹想象性的文学作品。

她说:"好像你们全家人给我制造的麻烦还没有让我的脑子爆炸似的,真是感激不尽啊。"

苏尔玛娘家的公寓位于隆德斯广场后面,那里是一个豪华的老社区。"不过,你为什么跟这些人混在一起?"下车的时候,她用关心的眼神看着沙希德。"呃,沙希德,你该不会是真的加入了某个教派组织吧?"

"拜托,苏尔玛,让我安静一下吧。我要想事情。"

"咱们说了这番话,你当然有必要慎重考虑考虑了,真的。所

---

① 古代俄罗斯人认为大地就像一块圆饼,被三条巨大的鲸鱼驮着在茫茫大海上漂游。

以,我会等等再说话。"

穿制服的看门人正在擦拭大门,他收起抹布,戴好帽子,把电梯的铁门向后拉开。等到他们乘着狭长得犹如倒立棺柩的栅格结构电梯往上升时,她压低音量,小声问道:"你没有去做祷告,对不对?"

"你是什么意思?"

"跟我说实话,否则我赏你一记耳光。"

"你不能对我做这种事儿,苏尔玛。"

"对,我想是不行,但是我好想打别人耳光啊。"

他觉得好奇,想看看她会不会真的把威胁人的话变成事实。

"我去过清真寺,"他说,"我并不觉得难为情。我该难为情吗?"

她故意做出惊吓得双腿一软的样子,"你可是有正经体面教养的人啊!"

他跟着她走出电梯;在沿着寂静、曲折的走廊向前走时,他心里想着,这里会不会是她打算攻击他的地方呢。

"我没法跟你讲得清楚贝娜齐尔①与那些狡猾的笨蛋之间发生过的问题。她也是那么可爱的一个女孩,却忍受了那么多事情。"

"无论我干什么,苏尔玛,起码我不会像你老公。"

她哈哈大笑,尽管这热情奔放的笑声立刻被这幢寂静、整齐的

---

① 贝娜齐尔·布托(1953—2007),从 1978 年 9 月当选巴基斯坦人民党中央执行委员会委员时起,经常被软禁和入狱,甚至被迫流亡国外;她曾两度出任巴基斯坦总理;2007 年 12 月 27 日在竞选集会上遭遇自杀式袭击受伤,不治身亡。

建筑物的墙面吸没了。

"我老公！下次，我打算要一桩安排好的婚姻。这主意不错吧？这些自由婚姻，除了白天粗俗无礼、晚上臭气熏天，还有什么？那些家伙做得太过火了！"

沙希德不想跟苏尔玛谈论这个话题，或是任何与这件事有关的事情。他想起迪迪曾经跟他说过，千万不要勉强自己做自己不想做的事——绝对不要。如果你很想从某人身边走开，穿过马路，逃之夭夭，那就行动起来——当机立断。

苏尔玛洞穴般的公寓很像大宾馆里的套房。房间里没有什么私人的装饰物：一块波斯小地毯铺在象牙色的绒毛布上面；地板上摆着满满一桶百合花；有几盏玛瑙石的台灯和一张大理石的餐桌；还有三件异国情调的古物，是从巴基斯坦未加保护的历史遗址偷盗来的。沙希德小侄女的奶妈见女主人回来了，便把玩具收拾好，从客厅拿走。

沙希德跟小萨菲尔玩了一会儿；她的眼睛长得像齐力，是暗咖啡色的。沙希德平时总喜欢在每个口袋里装上一些糖果，好让萨菲尔在他身上爬来爬去地翻找糖吃。但是今天沙希德一块糖果都没带，萨菲尔也没有在他口袋里翻寻。他们两个玩的时候，沙希德听见苏尔玛在厨房里跟一个操上流社会口音的男子说话。

"萨菲尔，那人是谁啊？"沙希德小声问道。她回答说是查尔斯。沙希德瞄了查尔斯一眼，发现他是一个矮胖子，穿着昂贵的西装。沙希德又问："他闻起来像不像煮过头的球芽甘蓝啊？"

萨菲尔咯咯笑了起来；这时，苏尔玛拿着一只酒杯和一瓶酒走出来。

"你知道，通常在午饭前我是不喝这玩意儿的。但是看见那些盲目狂热的家伙之后，总让我迫切需要来上一杯凉爽的苏岱。这可能是受你老爸影响。"她往酒杯里倒了酒，举起来，"啊，请！请！"她用在卡拉奇仍然流行的方言说。

沙希德起身往门口走去，"在英国海洛因是违禁品。我们何不也来点那玩意儿啊？"

"哦，沙希德，咱们一直算不上是最好的朋友，但知道你正在往这条路上走，还是让我觉得很恶心的。"

"苏尔玛，听我说，我——"

"坐下，闭上嘴！让我来告诉你，最近我在卡拉奇的一个聚会上碰到了什么事。我对一个基本上没什么头脑、跟我做了很多年亲密朋友的女人说：'那些关于上帝的夸夸其谈实在是让我恼火，因为我们连住房、医院、教育都没有啊。'猜猜发生了什么？"

"猜不出来。"

"你能相信吗，阴沉脸先生？那个臭女人居然赏我耳光——啪！"她拍了一下巴掌，"还把我从她家里赶了出来。我五脏六腑都冻僵了。他们很快就要来屠杀我们了，就是因为想法不一样。你已经不再想那些事了吧，沙希德？"

"嗯。"

"你确定？"苏尔玛呷了一口酒，放下杯子。"萨菲尔，去跟查尔斯待一会儿。乖孩子。"接着她对沙希德说："他是个正派的小伙子，叫查尔斯·扎普。当然啦，像他们这类人中的大多数一样，他算不上特别聪明，而且对女人也是怪怪的。不过，他是一位勋爵。

也可能是伯爵吧？我想是伯爵，带头衔的。他在威尔特郡①有一幢雄伟的豪宅。大宅子的外面就有长途巴士车站；观光客可以顺道瞻仰他们进早餐的过程。"她向沙希德靠过来，拍拍自己的膝盖。"我把你带到这儿是要你帮助我。老老实实跟我讲——知道齐力在哪儿吗？"沙希德摇了摇头。

"对天发誓，否则天打雷劈？"

"当然！"

"好。那他就是擅离职守了。我才不在乎呢，亲爱的。谁想再见到这种游手好闲的烂人啊？我们就要离婚了。这是他和我之间的事情。他是个杂——比这还要坏；他正在让你们这个受人尊敬的家庭蒙受耻辱，在败坏你们老爸所建立的美好声誉。你知道在卡拉奇人们都是怎么说闲话的吗？"

"那些懒惰的废物在那里就会说三道四——只要他们脑子没有想着怎么剥削他们的工人以及把他们的钱弄到国外的时候，他们还能干什么？"

"谢谢你这样想问题。但是，难道你不知道碧碧单独一个人没法操持那些业务吗？你怎么能够期望她那样上了年纪的女人承担起家里的一切呢？"

"不。这我明白。"

"这是你必须做的。回到家去，全力以赴协助她，把旅行社的业务管理起来。如果那个不专心的家伙真的疯掉了，你就要掌管起整个家。"对这个想法，她笑了笑。"从现在起，要是你还希望你

---

① 威尔特郡，位于英格兰南部，伦敦西面。

们老爸老妈创立的事业继续下去，你就去领导那些业务。毕竟，除了你，还有谁呢？"

沙希德根本没有想到会出现这种情况。他无言以对。他来伦敦所寻求的自由就要被剥夺了。他就要被拽回到往日的自我和生活中去了，而他曾一度庆幸自己摆脱了那种自我和生活。

"是啊，"苏尔玛说，"你最好还是接受这个现实。"

如果他真的成了肯特郡一家旅行社的经理，他和迪迪的关系会怎么样？他们会多久见一次面？更为糟的是，她会怎么看待他这个人？他又会怎么看待自己？

他虚弱无力地说："可我需要完成我的学业啊。"

萨菲尔在房间的另外一边玩起她的洋娃娃。查尔斯·扎普挨着苏尔玛，坐在沙发扶手上，用混杂着怜悯和反对的神情注视着沙希德。

苏尔玛说："别忘了是谁在给你付学费。你妈妈和你的家。我只是提醒你，你现在还有别的责任。"

"哦，上帝，这是多么重大的责任啊。"扎普插嘴说。

沙希德不愿跟他打招呼，"爸爸要我受教育。傻瓜才会让他觉得难受。他喜欢一个人有活力、有信念、有智慧。"

苏尔玛问："那你为什么整天跟那些信教的傻瓜们混在一起？"

"我们一直都在询问你的消息。"扎普说。

"真的？"

扎普接着说道："你是不是已经真的加入那些好战的伊斯兰教派组织？"沙希德向苏尔玛瞥了一眼，苏尔玛扮了个鬼脸。"因为我得告诉你，我们都知道他们正在由马赛进入法国，由意大利南部进入意大利。他们很快就会从势力减弱的共产党地区渗透到文明欧洲的心脏地带来了,通常都是伪装成珠宝销售商,指责我们心存偏见、顽固保守。"

"你在说什么?"沙希德问。

"每走十步路,你就会碰见一座清真寺。混乱就是在那种地方酝酿出来的。"

"什么混乱?"

"别幼稚了。"

"说什么?"

"你们会趁着我们熟睡的时候,切开我们这些异教徒的喉咙。要不就是强迫我们改变信仰。用不了多久,书以及……呃……呃……熏肉将会遭到查禁。这不就是你们这样的人想要达到的吗?"

苏尔玛冲着沙希德扬了扬用眉笔画过的眉毛,"真要是这样刺激就好了。"

"毫无疑问,必须彻底消灭这种恐怖主义者的入侵,就像根除社会上的某种疾病一样。"有那么一会儿扎普失去了自信,"那天在圣罗伦佐①,你说这是唯一的办法,对不对,苏尔玛?"

沙希德质问苏尔玛:"你把我弄到这儿,就是要我听这些夸大其词、傲慢自大的废话吗?"

"好啦,好啦。"她要他们两个都别说了,"沙希德,咱们言归正传。除非你哥哥回心转意,恐怕你得准备好接管你们家的事业了。

---

① 圣罗伦佐,这里指的应该是西班牙马德里一个叫圣罗伦佐的自治区。

你们总不能两个人都撒手,不管你们家多年来创建的公司吧。这意思你肯定明白了吗"

"那你呢?你已经证明你很懂这一行啊。"

苏尔玛嗤之以鼻地哼了一声。"其实要经营并不难。可是我准备要先考虑自己的事情。我要离开这里,回卡拉奇。自然了,我会带着我的萨菲尔。"

沙希德很爱萨菲尔;一想到很久不能看见她,他就觉得难受。齐力肯定会更难过。

苏尔玛又说:"你如果见到齐力,务必要好心告诉他,他在伤你们老妈的心,他的位置将由你来取代。你必须明白,碧碧现在极其痛苦。"

"极度痛苦。"扎普说。

"你打电话去吧。"苏尔玛对扎普说。

"好的,宝贝。打给谁啊?"

"你的会计师。"

扎普走开了。

"瞧扎普蹦蹦跳跳的样子。"苏尔玛咯咯笑着说。

沙希德站起身,"你都跟这家伙讲了些什么废话?"

"不要生气嘛。"

"天啊,苏尔玛!"

"沙希德,别人相信什么,我能负责吗?他们从电视上看到我们的同胞行为做事就像傻瓜一样,还以为我们全都精神错乱了呢。而另一方面,我们的同胞来到这个国家,就沾染上西方的习气。这些同胞忘记自己还有家庭。而这些家庭都破了散了。结果我们就变得跟其他人没什么两样了。"

"我必须得走了。"

"去哪里?"

"谢谢你这么坦率对我直言。"

他走到门口,拉开门。一点不费事。

她喊道:"过来。我们还有别的一些事情要解决。"

"我也有别的事,苏尔玛。"

"什么事?"

"我的人生。"

"沙希德,你不能就这样子跑掉!"

他使出狠劲儿,砰地一声甩上了房门。

第十六章

　　首先，他必须逃离苏尔玛所住的城区；这一带远离繁华喧闹的大街，到处有大使馆、美容院、女装店和锃亮的豪华轿车，他几乎期待能遇到马匹和马车，看见戴着高帽的男人和穿着蓬蓬裙的女士。可这里为何如此寂静呢？

　　他越来越喜欢他那块领地上的形形色色的破旧景象，那里有疯子，有悲苦，每个人都穿着破烂不堪的鞋子。*他的领地*——他现在就是这么想他所居住的那个城区的。在伦敦，只要你找对地方，只要你有两次走进当地的同一家商店，那时你就可以把自己当成伦敦的公民了。

　　他必须得有钱。幸好他随身带着信用卡，他从一台取款机上把能够取出来的钱全部取了出来。他快速走过光线昏暗的骑士桥皇家禁卫军营区，然后沿着海德公园往前走。在阿尔伯特音乐厅①外面，他跳上一辆公共汽车。他需要换两路车才能回到他住的城区。

这时候进摩洛克酒吧显得太早了。里面只有点唱机在放着音乐。酒吧男招待嘴唇上有道伤痕，一只眼上还戴着眼罩。沙希德走进去时，男招待正从吧台上递给老板娘一支大麻烟卷；老板娘是一个三十多岁无药可救的女人，面前排着三杯伏特加和橘子水。那个酒吧招待认出沙希德，甚至还向他点了点头，这让沙希德心里很舒服。他算是成为常客了。像往常一样，吧台旁边站着几个小伙子。

"半杯淡啤。"

所有人都抬头瞧了他一眼，不为别的，只是被他的活力惊动了，随后就又继续他们的低声交谈。

男招待摇摇头说："到明天才会有啤酒。"

沙希德从来没去过没有啤酒的酒吧。"嗨，来半杯淡啤酒。"

"别搞笑了。只有烈酒，除非你到路对面的酒吧买了自己带过来。"

"好吧。来一杯杰克·丹尼威士忌。"

沙希德在一把破旧的椅子上坐下，看着那些小伙子在吧台和厕所之间进进出出。

他现在不知道该干什么。他不能回家，以免里亚兹或其他哪个兄弟要找他；他心情绝望，也不想见到迪迪。迪迪肯定不喜欢看到他这种状态；她已经在生他的气了。到现在，她也肯定已对他失

---

① 阿尔伯特音乐厅，全称"皇家阿尔伯特音乐厅"，位于伦敦肯辛顿公园南面。

去了耐心。

他又去要了一杯酒；这时，站在吧台旁边的一个小伙子拿出一包尚未开封的化妆品。"要给上岁数的女士搞点防皱霜吗？"

"她能解决这种问题，"他说，"你是从哪儿偷来的？"

"布茨商店。"

"我得找到该死的斯特拉普。"

那个小伙子耸了耸肩，"老斯特拉可能会在明天午餐时间露面。也可能今晚他就会大驾光临。这小子狡猾得很。"

"值得等吗？"

"老斯特拉永远值得等，不是吗？"

沙希德重新坐下；过了一个小时左右，有人递给他一根大麻烟卷。有个精神病以为他是自己的老婆，试图亲吻他；还是靠那个总想着施展拳脚功夫的男招待出手相助，他才得以解脱。

他完全忘掉了时间。好几个小时之后，他的目标才由人搀扶着走进来，靠在吧台边上。

斯特拉普的下巴在颤抖，而且还不住劲地点着脑袋。他唯一还能做的就是随口问，为什么所有的东西都在"他娘的解体"啊。

"因为东西就是在解体啊。"他的一个伙伴说。

"哦，是啊，"斯特拉普说，"我都忘了。"

沙希德到路对面的酒吧去给他买了些啤酒。等到返回来时，见斯特拉普横躺在几把椅子上。沙希德像医生询问病人的基本症状似的，弯腰对着斯特拉普，想让他听见，期望他那迷乱的头脑能有片刻清醒。这家伙混乱的意识状态终于清醒了一会儿，沙希德赶紧说明来意。

斯特拉普说:"可以,行,有很多骚货都想要找你老哥的吊鸡巴爽一下。而且都有非常漂亮的理由,伙计。"

"拜托,斯特拉普,你说过白人都很自私。我需要你帮忙。我一直觉得你喜欢亚洲人。"

"只要他们没有变得太他娘的西方化。你们现在都想变得跟我们一样。大错特错啦。"

"我会买你的货——待会儿。我有钱。"

斯特拉普几乎张开了眼睛。"怎么着?"

"我得看看咱们是不是能找得到他。"

"谁?"

"齐力。我有钱。"

"哪儿呢?"

沙希德让他看了看钱。

"操,你们家的人还真是有钱。"

沙希德把斯特拉普扶起来,然后两人就动身出发了。斯特拉普看上去像是恢复了状态,神气活现地迈着大步,嘴上又是咒骂又是吐唾沫。

"就在这儿。"

他们走过了几条街。斯特拉普忽然拐弯朝着堕落天使酒吧走去,沙希德紧跟在他身后。到了那家酒吧门外,斯特拉普伸出手,"给我点钱。"

"干吗?"

"给我呀,伙计,给我。你今天晚上不想有个好结果吗?"

有了这种交易,沙希德开始比较乐观地期望在堕落天使酒吧能见到自己的哥哥了。但是,斯特拉普却跟一个毒贩进了里面的厕所。随后,斯特拉普又跟那个家伙喝了一杯,让沙希德离开他们坐在酒吧的另外一边,一直到酒吧老板认出斯特拉普,将他们轰了出去;那个老板还将他们狠狠地威胁了一番,差点赏给斯特拉普一拳。

不知何故,斯特拉普的心情一直很轻松,他们进了一家又一家酒吧,很快就又在路上了。他们一路走过地方政府所属的破烂住宅区和一些路灯昏暗的窄巷,爬进公园,沿着只有自杀者和涂鸦迷才敢去的地铁路线行走。没过多久,他们甚至走上了宽阔的大马路,在一家药房前面停下来。在那儿,沙希德被要求去买了一瓶止咳糖浆;斯特拉普将那玩意儿一口气灌下去,然后用袖子抹抹嘴巴,把空瓶甩进路边的树篱。

他们沿着一条人行道的边往前走;斯特拉普把那一带称作"古伦敦区",沙希德不认得那是什么地方,却注意到人们看他的样子有些不同于平常。女人们都紧紧抓着自己的皮包,还拉上拉链。年轻人全都闪到一旁,给他们让路。其他一些人则像士兵面对上级长官一样颔首致意。在街道对面,或是某扇开着的窗户,或是某家酒吧门口,总有一些人跟斯特拉普交换着旁人难以明白的暗号。这些暗号先是以动动眉毛来加以试探,接着是用嘴巴做出一种极其热忱的表情,最后通过用手势询问来结束。回答的时候,先做出好奇的样子,然后给出肯定或否定的表示;斯特拉普是通过微笑和挥手再见来表示确定,要么就动动某根手指或做别的手势,意思是说:"待会咱们带着货再见。"

一定有什么原因让斯特拉普话多了起来。在他们往前走的过程中,他简略讲述了自己的人生经历和贩卖毒品的工作。他先是讲他最近吃过的绝妙非凡的安非他命,描述那些药丸的颜色,解释是肉丸状的还是胶囊形的,是怎么制造、怎么走私进口以及怎么销售到市场上的;不过,出于安全的考虑,他不能说得太透彻。他详细讲了如果一次吃两粒、四粒或六粒,获得的快感效果有何不同——他曾经一次吞下过十粒(让他颇为自豪的是,虽然他使出浑身解数,却并没有搞垮自己的身体);他还讲了交叉服用或是限量服用会对身体健康有哪些好处,以及如果与酒精饮料、大麻、可卡因或各种麻醉品化合物混在一起服用,会在不同的阶段产生怎么样不同的幻觉效果。他说到"又邪又恶"的安非他命,以及这玩意儿如何令人憎恶,尤其是当你跳着舞、热火中烧的时候——有人真的是烧起来了。在利物浦,他曾亲眼目睹那种情景,寻欢作乐的家伙完全变成一摊软泥,而其他人——通常都是"周末族"——因为过量服用,则为自己像做"脊椎抽液"一样吐得死去活来而懊恼不堪。

去年,他参加过在仓库和田野间举办的锐舞狂欢聚会,即所谓的"夏日之爱"——那是他眼里的英国,步行、搭便车、随处睡觉、与旅行者同住、在圆锥形的印第安帐篷里逗留。那些冒险经历包括攀越围墙,爬进一个宽敞的地方,里面有三千个差不多赤身裸体、情绪高昂的人,动作划一地跳着舞,没有任何粗蛮暴力行为;那种新颖的迷幻药造成的梦幻似乎还没有结束,永远不会结束。他在那种场合碰到的那些人,都是被规矩的世界嘲笑与放逐的边缘人;他们充满热情、慷慨大度,无论哪一天,只要他出现,他们都会欢迎他到他们家里,分享他们所有的东西,因为他们互相理解,就好像他们曾在一起战斗过;那一直是一种共同拥有的爱,一种精神上的合一。他曾经在城里的好几家感化院待过,曾经逃跑了好多回,也曾经因为吸毒或是在地下室里跟同室的伙伴乱搞性关系而被踢了出来。

他还叙述了在一些星期五晚上,摩洛克酒吧的常客如何喜欢成群结队地挤进小出租车,冲到乡下,找一个风景优美但又隐僻的地方,生起一堆篝火,然后围坐在一起,通宵达旦地扯淡、跳舞、嗑药神游。

"下一次啊,"他说,"你应该跟我们一起去。"

"行吗?"

"非常欢迎你,伙计。"

毒品、同伴之间产生的强烈激情和亲密感,这些就是斯特拉普所擅长的内容和领域。当他侃侃而谈作为亡命之徒的冒险经历时,给人的感觉是,他把自己无忧无虑度过的人生的每时每刻,热切地看成是自己可以抓住并加以利用的为非作歹的短暂机会;沙希德渴望过斯特拉普这种没有责任、没有明天,在来去漂泊之间不断享乐和挥霍钱财的生活。然而,尽管斯特拉普具有内在本质上的天真幼稚,他却释放出如此一种明显的做坏事、欺骗、犯罪的情趣,这让沙希德恨不得他们每走一步都被警察逮个正着,罪名是粗鲁无礼在路上闲逛。最起码在任何餐馆没有可能受到招待。显而易见,如果你是斯特拉普,有很多地方你是不能进去的。当然,今天晚上,沙希德还是可以像斯特拉普一样,忍受住这一切。但是,也许斯特拉普永远只能是斯特拉普,因为他们又停了下来,这次是进入街角上的一家亚洲人开的商店,斯特拉普往自己口袋里塞满糖果、薯片、巧克力；在霓虹灯下，沙希德得以再次看清斯特拉普的脸，他知道自己并不想变成斯特拉普。

伦敦的面貌总在不断地交织融合。环顾四周，斯特拉普看到跟他同龄的小伙子一个个穿着阿玛尼、Boss 等名品服饰；朝大马路上瞧瞧，能看到宽敞的宝马、金色的奔驰和装有涡轮增压发动机的青绿色萨博敞篷轿车。他发现装有百叶窗的五层豪华楼房的主人都是三十来岁的家伙，而且有专用保姆、清洁工、建筑师。所有这些他都不会拥有——永远不会。就是不会。真是没道理。

齐力曾经向斯特拉普许诺过一种向上爬的途径，告诉斯特拉普说他认识大毒贩、走私商、有钱人。玩世不恭的斯特拉普虽然相当自豪地过着上述一无所有的生活，但却十分清楚这种生活在别人眼里一文不值，而且知道自己没有未来，只有悲惨的生活，于是也就轻易相信了齐力的话。齐力肯定是实实在在地给他上足了发条，给他灌输了迷惑人的东西，灌输了希望；跟他嗑的那些毒品不一样，希望是不会消失的。

"我第一次碰到吊鸡巴齐力的时候，他用他那辆很酷的轿车拉着我去逛了各种各样时髦的地方，有好多美姐，真是让我大开眼界。"斯特拉普对沙希德说，"他到处撒钱。他还说他对我一直颇有好感。我想搞点大买卖做，这个花花公子就对我说，我可以帮他个忙，因为我了解行情。"

"他想干什么？"

"他老是讲英国对他来说太小，小得都容不下他的头脑，意思大概如此。他想去美国，再也等不及。这个坏蛋说我们可以赚到钱，可以一起干走私的买卖。"

"可是他今晚在哪儿?"沙希德开始发火了,"离得远吗?"

"不知道。我已经跟我自己说过,再也不要见到这个混蛋!"

沙希德一把抓住斯特拉普的外套,把他扯到跟前。"不行! 要是今天晚上不能尽快找到他,我就对你不客气!"

让沙希德惊讶的是,斯特拉普好像被吓住了。也许这小子以为他们一家人都有暴力倾向吧。

"好吧,好吧。可是万一有别的人比咱们先找到他怎么办? 那时候他们就会等着咱们自投罗网呢。"

沙希德说:"你在说什么? 他们都是谁?"

"你什么都不晓得,对吧?"他们两个又走了一会儿。"就在这儿,巴基斯坦小子。"

他们穿过一道门,走进一个堆满废汽车部件和旧冰箱的花园。接着,他们爬到一套差不多被废弃的房子后面;房子的窗户用砖头堵死了,里面的门板全都换成了暗色的布帘子。

斯特拉普喊道:"齐力!"

他们两个竖着耳朵倾听。

"齐力!"

在一片浓重的昏暗中,沙希德听出齐力那确凿无误的咕哝声。"进来吧。"

他们跌跌撞撞地向他走了过去。看来,老爸的梦就在这儿触礁破灭了。

沙希德悄声说:"如果他能看见你这个样……"

"大声说啊。"齐力说。

在家里,齐力的西装排成了一堵墙,有夏季穿的麻料,冬季穿的毛料；而且按照颜色整齐排列，挂在他的衣橱里就像一片光谱。另外还有开斯米羊绒大衣，保罗·史密斯的围巾，皮尔·卡丹雨伞。他的行李箱是质量最好的，柔软的真皮皮箱。有个抽屉里装满太阳眼镜，上面还刻有设计师的大名；一个橱柜里整整齐齐堆满电子产品——计算器、放映机、便携式 CD 机、个人万能记事本——颜色都是当时高档的哑光黑。在一个架子上摆着他的古龙水，全都是在巴黎购置的法国娇兰产品。

　　齐力把人生的四分之一时光都用在了站在镜子前面炫耀夸示，把另外四分之一时光用在了爱抚他所获得的这些贵重物品上面。沙希德则不允许碰任何东西，尽管有时候齐力穿着新西装趾高气扬地炫耀时，会命令他过来看看，而这时沙希德必须得毫无条件予以夸赞。在舞会上，齐力会向完全不相识的陌生人拉开外套，一边呵呵笑，一边展示衣服上的品牌标签、制作精美的口袋或是雅致的钮扣。在老爸的房子里，有一个房间被改造成健身房，让齐力在那里"重塑体型"。家里车道上，总有提珀帮他洗车。

　　现在呢，只有一盏缺少灯罩的由蓄电池供电的灯泡照明，齐力靠着一堵灰泥剥落的墙坐在一张床垫上，身上穿着件污迹斑斑的 T 恤，脚上的袜子则一只蓝色一只棕色。有半支香烟叼在他的嘴上。他眯斜着双眼，用脏兮兮的马克杯喝着伏特加。

　　沙希德和斯特拉普刚才经过了一个房间，里面胡乱躺着几个瘾君子。其中有个黑人女子，全身赤裸，可是没有任何人去注意。沙希德根本不知道斯特拉普把他带到了这个城区的什么地方。

　　"咱们最好谈谈。"沙希德说。

　　齐力闭上眼睛。

沙希德在哥哥身旁躺下，齐力则始终在舔自己干裂的嘴唇。

"我就是为了这个才来找你的，齐力，有些事情需要谈谈。"

"是吗？"

但是沙希德忽然感到累极了；那天晚上他真的不想再动弹。他要先休息几分钟，等恢复精神之后再说。

斯特拉普带着他的刀子、打火机和装毒品的袋子坐到房间的另一边，做一支大麻烟卷。不管到了哪里，斯特拉普似乎总是一副心满意足的样子，好像他根本没有能力搞清楚他自己的地方和别人的地方之间有什么不同。

沙希德迷迷糊糊地睡着了。

等他醒来时，时间并没有过去多久。但他忽地一下坐起来，说道："拜托啦。"

"拜托什么？"齐力揉乱弟弟的头发，"我可以，我可以告诉你任何事情，可没有提神的小药丸，我就是个死人。"

"别贪吃那种玩意儿。"斯特拉普露出一丝奸诈的微笑，并随手拿出一个信封。"因为我已经把你归类了。"

齐力差不多是来了个立正。"归类！快点啊！太棒了，斯特拉普先生。"

齐力的赞扬让斯特拉普备受鼓舞，他也喜欢讨好他的老朋友。"是啊，我想也是很棒。不过只剩一点点了。吸完这点以后……你很清楚。"

"什么？"

"必须得有钻石。"

齐力向沙希德扫了一眼，又让人难以觉察地冲着斯特拉让普点了下头，说："事情呢，斯特拉普，赶上了时运不济，我得承认。你知道——暂时地——他们冻结了我那该死的钱。"

"你跟我说过，你的小妞们都很有钱啊。"

"现在她不怎么喜欢我了。真不知道为什么。我跟你说过她体质相当棒吗？"

"为什么你就不能回去工作呢？"沙希德说。

"工作？为了他妈的什么？"

"这只是个建议。"

"哼，打住吧！"

斯特拉普在窃笑。

沙希德努力用热情的口气说："旅游业是大买卖。老爸也是这么想的。"

斯特拉普表示赞同，"我自己都很想旅游一下。人们总是需要逃避的。"

齐力把白粉切成三条，然后吸了一条。"不用你们告诉我。那些人躺在日光下，彼此乱操一气，吵吵嚷嚷，对参观的东西却什么也没学到，然后就打道回府了。"他转向斯特拉普，说："他要我下半辈子干这个。"

"这是职业，是工作。"沙希德坚持说。

齐力吸了第二条白粉。"看看他们吧，我们的同胞，那些巴基斯坦佬，在他们开的肮脏小商铺里，当然啦，都很一本正经，他们的胖儿子和丑女儿一边看着你，一边收钱。东西的价格简直是敲诈勒索，因为他们每时每刻都在营业。那些新来的犹太移民，所有人都嫌恶他们。用不了几年，小子们就会让他们的父母大失所望。

乖乖地坐在寒酸破旧的小商店里，他们才不会甘心呢。"齐力预料到沙希德会反对，"坐在这里当然也算不上有多么刺激。但是呢——"齐力特别心烦的时候，说话就会变得咄咄逼人。"要是你那么喜欢旅游业，你就回去干啊！我把我的职位让给你！可是你也不愿意。你他妈的太有艺术气质了。我们这一代人都不愿意充当牺牲品。嗨，老斯特拉，瞧瞧这个梦想家吧。"齐力把第三条白粉也吸了，用手指着他的弟弟。"他是个有宏伟抱负的梦想家。"

"就像我。"斯特拉普说。

"你？"

"是啊，我，伙计。"

齐力嘎嘎地笑了，"你那些不是梦想，而是嗑药后的妄想！"

斯特拉普吐出的东西飞过来，溅在齐力脚旁的尘土里。"管住你的嘴！你个混蛋！"

齐力试图安慰他，"可是沙希德有自己真正想做的事情，他对那些事情有信念。"

"我可以画张图。"斯特拉普手伸进口袋里找笔，"给我来张纸！"

"你难道没有发现沙希德具有艺术家的气质？"

斯特拉普用刀子指着沙希德，"他什么都有，连他妈的钱都有啊！"

齐力问沙希德："你身上有钱？"

"一点点。"沙希德说，尽量不去理睬斯特拉普。

"快给我一点！"齐力说，"说这么多废话！全能的主啊，沙希德，都拿出来！咱们不是一家人吗？"

沙希德没法拒绝;他掏空口袋,把钱全部交给了哥哥。

就在这时,齐力抬了抬头,沙希德也看到很多年来第一次齐力害怕了,而且齐力身上毫无抵抗的力量。一个身材矮小的中年白人男子走了进来,此人一身便装,俨然一个正在度周末的银行职员;跟在他身后的是一个身材比较高、面相丑陋的小伙子,小伙子的头一会儿往下垂、一会儿左右摇晃,仿佛他的脊椎承受不住他的体重似的。一见这两个家伙,斯特拉普好像一下子就缩到了房间的暗影里。

"怎么样啊?"前面那个男子问道,显得又焦急又匆忙。

齐力没说一句话,但脸上却挂着谄媚的笑意,屈身向前,把沙希德的钱交了出去。那个男子点了点钱,讥嘲地哼了哼鼻子,一个箭步逼近齐力。齐力防备性举起了手;他知道自己该怎么办。他掏出车钥匙,放到那个男子的手掌心。

"这还差不多。"那个男子说。

"油箱也是满满的。"齐力说。

"说什么?"

"油箱满满的。"

两个男子走了。沙希德张开嘴正要说话,齐力却举起一根手指放在唇边。

他们坐在那儿竖耳倾听,动都不敢动一下。过了几分钟,齐力换了个姿势,想哈哈大笑,可发出的声音既空洞又没有意义,特别像是呻吟。沙希德看得出,他遭到了羞辱。

为了表示自己仍然能活动,齐力站起身,拍拍肚子,挤挤臂膀上的肌肉,伸展一下四肢。接着,他朝房间对面走了几步,用指关节开玩笑地敲了敲斯特拉普的脑袋。

"这儿还有一个人,对,没错,我知道有人。"

"天啊,"斯特拉普小声说,"他们……"

"怎么?"

"他们走啦?"

"这会儿是走了。"

"太好了。哎唷!"

"别紧张。"

"你就会耍嘴皮。"

"把那根大麻烟卷给我。"

"不,伙计。我自己还要呢。我完全靠我自己。"他又指着沙希德说,"他也一样。"

这家伙又开始抓耳挠腮地在身上又磨又蹭了,好像他要把几分钟前产生的焦虑不安从皮肤上祛除掉似的。沙希德扭转头向隔壁房间望去,里面的人这会儿正在播放唱片《电子女儿国》①里面的歌曲。齐力的声音又恢复了正常。他说到斯特拉普时的语气,就好像他是在对一群游客解说某个旅游景点。

"我很高兴你喜欢他,因为这个小混蛋能看透很多事情。呃,没错。他处境困难,但他了解自己的价值所在,明白别人是怎么对待他的,也知道自己可以理所当然抱有的希望有多少,确实不算很多。这就是我们为什么要助他一臂之力的原因。可怕的事情是不

---

① 《电子女儿国》是吉米·亨德里克斯·体验乐队于1968年发行的一张唱片,包含迷幻摇滚和其他音乐风格。

会发生在我们身上的,除非我们盼着它发生。"这时沙希德用谴责的眼神看了齐力一眼,但他的哥哥依然在滔滔不绝地说着。"然而几乎从他出生的那天开始,倒霉的坏事就一直缠着他。他真的不该被埋没。必须得有人为他做点什么。"

看见齐力眼中噙满泪水,沙希德才意识到齐力这样谈论斯特拉普,其实是装作老爸的语气在跟他自己说话。

"别说了,"沙希德哽咽着说。他的身体也在颤抖。"拜托你别再说这种话了。"

"不管怎么说,"齐力在斯特拉普头上试探性地敲了最后一下,把脸转了过去,"他经常看书。在这方面,他比我强啊。斯特拉普,前几天你拿着烦我的那本东西叫什么名来着?"

"什么?"

斯特拉普满脸敌意地看着沙希德。

"那本书。"

"《发条橙》。"

"没错,"齐力说,同时把一小堆可卡因切分成更小的小堆。单是切分的动作本身就让他容光焕发。"知道那本书吗?"

"不过是逃避现实而已。"斯特拉普说。

斯特拉普捡了一卷壁纸,在地板上展开三英尺的长度。他双膝着地,开始在壁纸的背面画了起来,画得极快,还不时地冲着齐力兄弟两个瞟上一眼。在画的下方,他还潦草地写了几个难以辨认的字。

沙希德很快就看得不耐烦了,"苏尔玛已经受够了。"

齐力抬起头来,"你什么时候见过她?"

"她已经受够你了。"

"还有什么新鲜事?"

"她准备带着萨菲尔回巴基斯坦。"

一阵儿静默,随后齐力就又变成了那个爱耸肩膀的男人,那个对发生在自己身上的事情漠不关心的男人,仿佛事情再怎么糟也糟不到哪儿去。但是,有一瞬间,他的脸上掠过一缕阴影。

他躺了一会儿,只有在喝酒的时候才坐起来。

"你的女人呢?"最后他开口问道。"给她打个电话,叫她到这儿来。我真的可以跟她谈谈。我能看透她的心思,这点她很明白。你还跟和她约会吗?"

"不知道。"

"还有,她叫什么名字?"

"齐力,"沙希德说,"要是你再不小心,我看你最后非送命不可。拜托你告诉我,你到底干了什么,弄得你非要躲藏起来?"

"别多管闲事。"

"至少要告诉我你现在准备怎么办吧。"

"还是那句话。"

沙希德站起身,沮丧地挥挥拳头。"齐力,哥哥,要是你一点实情都不肯跟我说,我现在就离开你。"

"我对你没什么好说的。"

沙希德看着斯特拉普。"你听见这个家伙说的话了吧?"他说。

"再见了。"沙希德说。

"小弟——"齐力喊道。

"怎样?"

"别迷了路啊。"

沙希德跟跟跄跄地穿过这座房子,最后找到了后门。回到大街上,他才发现根本不知道自己是在什么地方。他一直走,直到看见一座地铁站。

第十七章

"对不起,我是个愚蠢的傻瓜,对不起。"他说。

迪迪瑟瑟发抖地站在前门口,面色苍白,神情忧虑,对着街道左顾右盼。她上身穿着旧 T 恤,肩头搭着一件线头散开的羊毛衫,下身穿着一条破旧的束腿毛线裤。她已经卸了妆;这也是他第一次看见她戴眼镜。

他一路上都在跑。现在他一边气喘吁吁,一边从门口往后退了退,以表示迪迪并不一定非得要他进去不可。

"沙希德,"他刚到门前的时候,迪迪喊道。"你怎么在这儿?"

"我得见见你。"

"那就进来吧。"

"你确定?"

"不确定。不过别管怎么样,进来就是了。"

她让门开着,转身往里面走去。他跟在她身后,一边上楼一边说:"谢谢,迪迪,很抱歉我贸然来了。"

同住在这儿的一个学生正守候在楼梯上面的平台上。沙希德尴尬地冲着他笑了笑。迪迪的房间里闻起来有香水和大麻的甜香。这就是她居家时的样子,没有任何修饰打扮,完全私密的生活。她是坐在床上看着电视吃的晚餐。羽绒被子上放着几本书,一册大开本的杂志中间夹着一支自来水笔;还有一把吹风机也放在上面。沙希德现在感觉安全了,但也意识到迪迪的不快;她不喜欢别人看到她这副模样,不过也不想去在意了。

"怎么说?"

他开口道:"我跑遍大半个伦敦,总算找到了齐力。斯特拉普知道他待在什么地方。另外,我还有别的麻烦。要是齐力一直这么堕落下去,苏尔玛想让我去经营家里的生意。"

"真的啊?"

"我真不敢相信她会这么说。可她是认真的。我该怎么办哪?"

迪迪不算年轻了——沙希德现在才注意到迪迪手背上鼓凸的青筋——而且她也过了愿意容忍一切的年龄段。她总是对事情反复思考掂量,还会把心事隐藏很久。她不想再为什么事情分心了。

她关上房门,然后才说:"我以为咱们不会再见面了,所以我没办法听你说这些。"

"抱歉?"

"的确很难做到。但是我已经想通了,我觉得事情不能再这样发展下去。我一直觉得,我……我给你造成了太多压力,我让你受不了了。我想放弃咱们俩的关系。"

"可是为什么?"

"聪明女人必定会对爱情保持距离,用一些讲究实际的性、友谊、艺术方面的安排来代替爱情。"

他几乎听不进去;他也没法接受这种说辞。

"我是在说,我该怎么办?"他说道,"齐力躲了起来——藏在好几英里之外的地方。有一些粗暴的家伙正在找他。我估计他是招惹了可怕的事情。他什么都不肯说,但我从斯特拉普说的一些话里推断出是这样。他把某个毒品贩子搞得破了产,拿了人家的毒品和赃款,还干了一些别的坏事。现在有人想干掉他。"

"你没法责怪这些人,不是吗?"

显而易见,她不想知道这些;这种事儿只会让人心焦不安。

他叹了口气,"那么,你还好吧?"

"你有兴趣吗?"

"当然,只要我不是非得老这么坐着就好。"

"很多姿势我都可以接受,我是个自由主义者。或者说曾经是。"

她呷了一口咖啡,接着又喝了一些酒。"校方最终承认他们打算解聘一些老师。布朗罗也在名单上。"

"这很好啊。"

"用不着你告诉我。"她终于哈哈笑了起来,"在回家来的路上,我一直在想,这该有多恐怖啊,离开学校。当然,从另一方面想,又觉得好刺激。你知道我宁肯自信得可笑,因为我很容易就会变得自怜自哀。"他轻轻拍了拍她的头发。"不过,要承受这个事实确实不容易。现在很难找到什么工作。我可能会失业好多年。我再也不可能找得到别的教职工作了。反正,我去了超级市场,回到家就看电视剧《布鲁克塞德》①,用青椒填肚子。通常,我做饭、吃饭的时候,也会让电视新闻开着,弄本书摊开,同时还会喝点酒。"

"我也喜欢这样。"

"大多数晚上,我会干掉一整瓶或是更多的酒;当然,比起我所了解的一些婚姻,这还算是不错的生活。我的一些有小孩的朋友特别羡慕我的单身生活。我可以到外面去吃晚餐。我可以操我喜欢的人。或者谁都不操。一个姑娘还能要求更多吗? 但我没法永远这样坚持下去。我再也不想干什么都是孤孤单单一个人了。我发现这一切真是太艰难了,因为我一直都有幻想——"

沙希德坐下来,用双手抱住头。"哪种幻想?"

"我过会儿再告诉你。"

"真的好期待。"

"幻想你和我可以在一起多待些时间。除非你不确定自己是否想要这样,你确定吗?"

他无言以对。有太多的事情需要思考,现在迪迪只得开始给他限定思考范围。

她补充说道:"我已经对你失去信心了。"

"扯淡,迪迪,谁在乎呀? 我真的累瘫了。今天晚上我没法讨论这种中产阶级式的爱情关系。"

"你想让我直说吗?"

---

① 《布鲁克塞德》,是英国第四频道的王牌通俗电视连续剧,故事背景为利物浦,1982 年 11 月开播,一直演到了 2003 年 11 月。

"为什么不呢？"

"我已经听说这件令人不安宁的事情，它让我觉得疑惑。真的疑惑。"

"什么事情？"

"我该怎么说呢？"她目不转睛地看着他，"你看上去非常焦虑，宝贝。你没法坐安稳啊。"

"胡扯，迪迪，今天晚上我可受不了你这种该死的讥讽腔调！你到底听说了什么？"

"听说你也卷进那个茄子事件中了。"

"明白了。"他浑身一震，"那个茄子是吧？"

"是的。"

她等着他情绪失控。

"迪迪，我早就听说茄子的事。这是真的。我也曾去瞄了一眼。绝对。对此，我供认不讳啊。"

"神在茄子上面写了神谕，是不是？"

"有些人是这样说的。不过，他们都是头脑单纯的家伙。跟你不一样，他们又没有机会读法国哲学家的著作。几年前他们都还待在老家的村子里挤牛奶和饲养鸡呢。我们得尊重他人的信仰——天主教徒宣称自己喝耶稣的血，也没有谁因为这种吃人行为而把罗马教皇监禁起来啊。"

"你们说服橡皮脸弥赛亚把这个……这个神迹安置到市政府大厅，这是真的吗？"

"拉德先生曾经公开宣称，他要跟我们的族群保持一种非常密切的联系。如果我们相信茄子是圣物，那它就会受到尊重。这是我们的文化,对吧?"

"这是你们的文化?这究竟是文化吗?"

"你是个自负傲慢的家伙。"

"是吗?你们是在愚弄你们自己。你父亲会怎么说呢?"

沙希德垂下头,咬住自己的嘴唇。

"你知道那个拉德是一个彻头彻尾玩世不恭的混蛋吗?"

他吼叫着说:"我们是三等公民,比白人劳工阶级都要卑下。种族主义者的暴力行为愈演愈烈!老爸以为这种状况早晚会结束,以为我们早晚会被接纳成为英国人。可是我们从来没有被接纳!我们没有受到公平对待!情况正变得跟美国一样。无论我们怎么努力,我们永远都低人一等!"

"说得没错。我比你还要了解实际情况。"

"迪迪。"他想被抱住,就挪到了她跟前。她把他搂进怀里,却不肯亲吻他。

"我不喜欢你总是这么爱挑剔。"他说。

"我根本无所谓。因为我周游过很多地方,而这个茄子事件真是令人难以相信。我是不会尊重一块传递神示的蔬菜的;我也不打算去对抗任何人。"

"我理解你为什么会有这种感觉。可是得讲道理——"

"究竟是哪种人焚烧书本,读茄子上的东西呢?我听说过书本即将过时。但我从来没想过书本会被蔬菜取代。可以想见,图书馆将会被蔬菜商店取代。不行,我得给你最后通牒。"

"你到底在说什么啊,迪迪?我现在快要崩溃了!"

"谁不是呢?可是要么选我,要么选那个施了魔法的茄子。"

"不要说啦。"

他们坐在床沿上。"你选哪一个啊?"

他沉思着,"这不难。"

"青菜萝卜?"

"我想是吧。"

"如我所料。"

"真的吗?"

"没关系,宝贝。只要让我知道就好。"

"跟我吻别吧。"

"真是一段愉快的时光,特别是有些时候。"

"是啊。"他回应她的吻,"把舌头伸出来。"

"把衬衫脱掉。"她咬住他的嘴唇,"我爱你这身浅咖啡色的皮肤。让我再看它最后一次。"

"你来脱。我喜欢那样。"

"我想我做不到。"她说,"我的手在发抖。"

"我的也在抖。脱掉这件 T 恤吧。"

"你帮我脱。"

"好啦。现在躺下吧。你真漂亮。"

"谢谢,"她说,"抚摸我……哦。"

"这样吗?"

"哦,天啊,就是这样。揉它,拉它……哦,捏它。天哪。另外一边也要。哦。"

"劲儿太大了?"

"还行。用你的嘴。这样会让我平静的。把那只手放到我屁股上。用指甲往里掐。"

"可以吗?"

"可以!你忘了你还欠我一次时间长长的舔吮?"

"是吗?"他说。

"至少半个小时,你答应过的。"

"半个小时?"

她闭上眼睛。"来吧!"

他开始服从她的催促,可是没一会儿就又坐了起来,不安地瞧着她。

"迪迪,怎么啦?"

她双颊颤动,嘴角上扬,鼻头闪亮。出于本能,她用手遮住自己的脸。

"迪迪!"

她嘴里爆发出一阵狂笑,犹如一阵欢快的豪雨。他自己也嘎嘎地笑了起来,而且引得她又是一阵狂笑。每当他们望着对方,在两人都还没能把"茄子"两个字说出口时,他们就已经乐得翻滚到了床上,还要互相抓住对方,以免掉到床下。他们的脸上都挂着泪花。两个人你拍我一下我捅你一下地嬉闹,还像婴儿似的向上踢腾双腿。他唯一能让自己停止嚎叫的办法就是咬住她的胳膊。她则试图用枕头塞住自己的嘴。

最后,她爬起来,走进浴室,去冲冷水澡。

那天晚上,他哪里也不准备去了。那天就这样了。他愉快地脱光衣服,像十几岁孩子似的把衣服扬到地上;然后,他以最快速度溜进她的羽绒被下面,嗅着她留在床单被子上的体香。

她回来了，关掉灯，挨着他钻进被窝。他们头靠在一起，时不时还会咯咯、哈哈、嘎嘎地笑上一笑；然而身体感官的反应让人愉快地慢慢取代了欢闹的劲头。这正是性爱的目的。她现在可以躺好了，双腿张开，手放在脑袋后面；只有要拉住他的手、急切地让他在某个部位做出一个特殊动作时，她才会动下手。不过，他也不需要任何引导，他只想要勘探感官的反应，只想要按照自己的步调进行爱抚和揉摩。她的下身对他来说越来越熟悉；他要在那个地方随意遨游，仿佛那里是他的领地；他从未想到这个宝穴会让人感觉这么属于个人，而且由你做主。

"快把你的茄子插进来。把我鸡巴形状的洞洞塞满，"她说，"把它种到我的土壤里，让我用我的圣水祝福它。"

她又哈哈大笑起来，怎么都忍不住；她下体的肌肉一阵收缩一阵放松；他感觉自己的茄子老二好像插到了一把六角手风琴里面。

"嗨，"他说，"这就是人生啊。"

"对，"她回答，"你说得太对了。"

第十八章

次日一早，为了避开迪迪的房客，沙希德蹑手蹑脚地走到门厅里。但是房门开了，布朗罗轰隆一下闯了进来。他吐掉嘴里的羊角面包，说："哈喽，塔里克！我们是不是有幸让你租赁一个房间啊？"

"抱歉？呃……不。"

"那你在这儿干什么？"布朗罗用滑稽而嘲弄的眼神看了看沙希德，然后才快快地说："哦，明白了，你在搞我老婆。"

"可以说是这样。"

"认真的？"

"非常认真。"

"操他娘的。"

沙希德惊讶地看着布朗罗；一个大学教授，"操"居然是他使用频率最多的字眼。

"当然，"布朗罗接着说，"我也有跟这差不多的兴趣，尽管对方得年轻一点。不过，我觉得你们的宗教信仰在这类事情上要求很严格啊。我一定是误会你们的教义了。说不定哪天你会劳动大驾纠正我在这方面的看法吧。或者我也许可以在今天下午请教里亚兹。"

"想法不赖。"

"你要去学校吗？"

"对。"

"稍等几分钟，我们可以互相做个伴。我们应该聊聊。偷个羊角面包吃。"

布朗罗在楼梯口绊了一下；接着他恢复平衡，跳跃着上了楼。

沙希德等的时候，迪迪穿着睡衣出来了。她脸上挂着慵懒的睡意；沙希德亲吻了她的眼睛。

她依偎在沙希德身上。"看来是露馅了。"

"就是。咱们学校见。"

"但愿如此。沙希德。"

"怎么？"

"再亲我一下。"

他得快速往前冲才能跟上布朗罗的脚步；布朗罗喊着说："我应该祝贺啊。"

"非常感谢。"沙希德回答道；他心里忐忑不安，不敢问受到这种表扬是因为自己做了什么。

"你知道，六十年代后期我正在剑桥大学。"

"最好的岁月吧？"

"从长远来看算不上是。不过,我参加了当时的反抗运动。萨特是我的神。"布朗罗对沙希德瞥了一眼,仿佛害怕因为提到一个沙希德从未听说过的人名而让沙希德觉得受到蔑视。"当然啦,还有法农①;迪迪有时候对法农也会产生一点兴趣。学生在当时是一股非常团结的力量——那时候,人文教育还是有价值的。我记得,我们猛烈地冲过障碍物,畏惧和顺从的藩篱纷纷崩塌,我们再也不需要屈从于神的权威。我们可以书写一部更为感性化的历史。"布朗罗忽然停住脚步,一边挥舞拳头,一边扭动腰部以下的身体,同时还对着高峰时段的人潮反复高喊:"LBJ、LBJ②,今天你又激怒多少年轻人? LBJ、LBJ,今天你又激怒多少年轻人?"他用疯狂的眼神看看沙希德,随即想用手搂住沙希德的肩膀,但还是忍住了。"知道这些事吗?"

"在此以前不知道。"

"很抱歉讲这些事情;但是竟然有一些年轻人从未尝过那种激情澎湃的自由滋味,这是多么令人难以置信啊。然而你们这伙人,里亚兹和查德,还有那些女人,在战后最反动保守的时期,你们却正在为自由而奋斗,你们是不会孤立于人民之外的,你们也毫无畏惧! 你们都是现代人——庄严与高尚都在你们这边,呃,真的!"

"但是在六十年代,你知道,老兄,"沙希德说,"在社会运动如

---

① 弗朗茨·法农(1925—1961),二十世纪法国研究非殖民化和殖民主义精神病理学的一位颇具影响力的思想家,也是最重要的黑人文化批评家之一;主要著作有《黑皮肤、白面具》《全世界受苦的人》等。

② 这里的 LBJ 指美国第三十六位总统林登·贝恩斯·约翰逊(1908—1973),1963年美国前总统肯尼迪被刺身亡后,约翰逊继任,并于次年正式当选,至 1969 年卸任。

火如荼的时候,你也不喜欢新闻出版审查制度,对吧?"

"我们冲击开了所有的大门——把门扇从铰链上冲击下来,把大门后面的房子也都冲击了!"

"真是冲击一切的时代啊。"沙希德接着说道,"但是最近迪迪,我是说奥丝古小姐,提到当时流行的一个警句。对这个警句,她至今仍坚信不渝——'一切力量都源于想象。'"

布朗罗焦躁地说:"她一定是引用了我们一个朋友说的话。"

"那么你是支持审查这位作家喽?"

布朗罗缩回手臂,眨巴眨巴眼睛。"我知道你想说什么。要是——要是这仅仅是一本书的事情就好了。不过,你是不会相信那些自由主义者——那些让自己变得过于激动的自由派分子——正在为文学的自由而奋战,对不对?"

"我觉得——"

"他们只会支持他们自己那个卑鄙的阶级。他们何时在乎过你们——亚裔的劳工阶级——和你们的抗争呢?你们亚裔劳工阶级正在反击。在你们自己的国家里,没有人可以再殖民你们,鄙视你们,或是欺辱你们。而这些自由主义分子——这帮总是最懦弱、最自负的家伙——现在被吓得屁滚尿流,因为你们威胁到了他们的权力。自由主义在这些力量的冲击下必将毁灭。如果你遇到他们当中的任何一个,务必要告诉他们,烈火很快就会燃烧到他们的屁股上了。"

"你是什么意思呢?"

"你明白我的意思。"布朗罗纵声大笑着说。他来了个急转弯,从学校保安人员前面走过，并且做出和平的手势。"Ciao①。"

那天上午，沙希德尽可能心情平静地在图书室里读书学习。他不想离开；对于外面正在发生的事情，他有种不祥的预感。然而这种感觉有些荒谬，他是大学生，他不能躲得远远的，置身事外。

半上午时分，他去了学校小卖部，没看见一个他认识的人。他想回到书桌前去安静地读会儿书，正当他往回走的时候，却看见哈特与萨迪克一边走路一边热烈地交谈。他发自本能地想避开他们，混入朝教室方向而去的人群。然而，哈特已经瞥见他的身影，而且即便他把头垂得很低，哈特还是挤过人群，大声喊道："听着，哥儿们，猜猜看她干了什么！就在刚才。萨迪克没法相信那是真的。查德肯定会暴跳如雷的。"

"你们准备干什么？"

哈特恼火了。"来吧，来吧，别这么死板，事情已经开始了。"他友好地抓住沙希德的胳膊，"你昨天夜里去哪儿了？"

"忙啊——我——"

"忙什么？你错过了讨论会。缺了你那些有趣的评论，会开得就没那么有意思了，兄弟。"

萨迪克显得很急切。"要告诉所有人，哈特哥们儿！"

"好，好。"哈特对沙希德说道，即便沙希德想要离开，他也不理会。"今天早上，那个女人，奥丝古小姐，把那本书高高举起来。你知道她说了什么吗？她像挥一块卫生巾一样挥着那本书，同时说，

---

① 意大利语，意思是"你好"或"再见"。

让我们来讨论一下,它是文学,这就是今天这堂课的话题——奥威尔等等。它受到了威胁,自由在退化。"

"接下来发生了什么?"

"有一个叙利亚女孩和一个伊拉克姐妹以及那个巴基斯坦——"

"就是我,你这个笨蛋!"萨迪克说。

"啊,没错。他们气愤有人朝他们脸上泼脏东西。'有什么想法吗?'她一边像发号施令者似的趾高气扬地走来走去,一边问。'有什么想法吗?''老师,我有想法要说。'我说道,'先把那本书放下,不然我就……我就……你明白我要说什么,迪迪·奥丝古老师。'"

"你干吗要这么说,哈特?"

"嗨,干吗不说呢?你怎么啦?我直截了当地说,我们的父母缴纳各种税款,这里应该是英国讲究学问、激活思维的地方,应该是让全世界仰慕而非咒骂的地方。"

"她说什么?"

"她继续说,'这里是教室。必须有讨论、争辩、论争!'"

"她倒是很坚持啊。"

"等我一用拳头敲桌子就不坚持了,兄弟。其他人随即也跟着敲了起来,一起轰隆轰隆地猛敲。我没有想到会这样,那些人我几乎都不认识。"

"除了我。"萨迪克说。

"他们却给了我很大的支持。"

沙希德问:"她是怎么应对的?"

"她立刻闭上了嘴。民主起了作用。学生抗议强烈。我告诉了布朗罗；他说我们的声音必须要被听到。我们的声音遭到了迪迪·奥丝古这种抱着殖民思想心理的人的压制。对她而言，我们只是苦力，不是无礼。因此，迪迪小姐只得把那本收了起来，否则会有人上去把它没收——"

"她难过吗？"

"难过？事情是不会就这么结束的，伙计。我们才难过呢！"

"怎么会？"

"我刚才经过教师休息室，她在外面散发一大叠传单，顺便把这个东西塞到我手里。"哈特拿出一张复印的纸。"她准备搞几个讲座，从明天开始。新闻出版审查史：不道德的重要性；柏拉图、清教徒、弥尔顿。"他把那张纸仔细看了看。"你对这些有何看法？波德莱尔、布莱希特。总之，差不多是所有白人都很兴奋的玩意儿。"

"听上去很好啊。"沙希德说，"在什么地方注册听课？"

"嗨，你这种幽默会让我大笑的。但是你最好把这种玩笑留给你自己，你知道我是什么意思，完全是为你自己的长远利益考虑。"

沙希德又想离开了。"回头再见。"

哈特推着他往前走。"咱们往这边走。"

"我得去把我的书拿上啊。"

"没时间拿书了！外国人联盟行动起来！"

"行动起来！"萨迪克拖着长调说。

沙希德从未发现这个团体的气氛会是如此激动人心、抑制内敛、随时准备行动。

查德和其他人早就聚集在一间空教室里,正在校对用几种语言写的传单。不过,就在沙希德望着里亚兹自信地给大家下达经过充分准备的指示时,他却先是感到疑惑,继而觉得失望,因为他看见里亚兹穿着他们初次相遇后自己借给他穿的那些衣服。在夹克衫里面,里亚兹竟然穿着保罗·史密斯牌的红色衬衣,下身则是染成绿色的李维斯牛仔裤和属于齐力的带星点的袜子。

"查德,"哈特说,"瞧瞧这张传单吧,哥们儿。这是出自迪迪·奥丝古的爆炸性玩意儿。"

查德看了一遍。"待会儿我会让她爆炸的,兄弟,不用担心。"他转向正在往门口走的沙希德,"你要去哪儿?"

"图书馆。"

查德抖抖脚尖,仿佛要预备赛跑似的。"别充当屁人,我们准备放火烧掉那本霉腐的东西。"他把沙希德拽到一旁,"你的任务是去搞一根长木棍来——"

"一根木棍?"

查德模仿他的语气说:"一根木棍!对,一把扫帚的木柄。"

"你真爱开玩笑,老兄,如果你以为自己就要打人的话。"

"笨蛋!是用来挂那个着火的脏东西的,好让所有人都看到我们的抗议,振奋大伙的精神。你最好再搞些绳子来!去吧!"

"查德,我——"

"钱在这儿——找的零钱要还给我!"查德把一张五英镑的钞票塞到沙希德的手里,"你在等什么?抓紧去啊!"

沙希德扭转身,说:"这个人,无论他做了什么,我知道他并没有对我们吐过口水,也没有拒绝给我们工作。他从未骂过你是巴基斯坦人渣,对吧？"

查德的脸色变成了灰土色。他一边跺着脚,一边把沙希德拽回来。"我们得重复说多少遍啊？这个杂种已经把屎盆子扣到我们脸上了。"

"我要跟里亚兹大哥再谈谈。"沙希德坚持道,同时朝里亚兹待的地方跨了一步。

"甭想。我们已经谈过,而你却跟着那个空中女郎走了！里亚兹大哥对你从来没有那么恼火过。我们交给你打字的稿子呢？"

"查德,我为你感到难过。没有他,你什么都不是。"

"我同意。"

"是的,一条没有主人的狗。"

"一条狗,对吧？"

现在,查德几乎是抱住沙希德,攥着他的手腕往下压,沙希德被拉向前,得使劲挣扎才能保持站直。

"一条脏狗。"

查德说:"最起码,最起码我承认需要有个主人。我不会傲慢自大到以为自己任何事情都能干得来。这世界是我造的吗？"他开始用手指掐住沙希德,就按在沙希德的气管下面,仿佛要在那儿掐个洞似的。"然而我非常清楚这个道理,不像你,我不是懦夫。"

"查德——"

"因为你总是在动嘴,却从不行动！你知道为什么吗？因为你过着安逸的生活！我们初次见面时你跟我讲的那些废话,不过是你编造的,好让你显得有趣而已！哼,没错,我知道你在多大程度上是个骗子。行动就要开始啦！"

沙希德想起,如果有人威胁齐力,齐力会怎样把头向后一仰并哈哈大笑,好像被人殴打一顿这种念头十分荒谬似的。但是,齐力会空手道,对于挨揍也不是不习惯。不过,沙希德面对查德光滑而宽大的脸,露出了最为和善的笑颜。

查德揪住沙希德的衬衣前襟,拽到自己跟前,然后一把将他搡到了门外。沙希德离开学校,虽然并非甘心情愿,但毕竟是离开了这伙人。他会有时间好好想想的。

他一直走着,脑子里乱哄哄的,几乎不知道自己正在朝哪个方向走去;就在这时,塔希拉从他后面追赶上来。她的头巾滑了下来,几缕头发散落在她的椭圆形脸蛋上;她仔细把那几缕头发整了整。

"沙希德,我看到刚才发生的事了。"她把一根手指举到他的嘴唇前,"嘘……不要被人羞辱,但是要记住——这只是刚刚开始。你表现得好像这是整个行动似的。"她想再说一些话,却觉得很难说出口。"从一开始……我就喜欢上你了。"

"我?"

"干吗这样惊讶? 你的视野比别人宽。可你为什么总是惦记着别的东西?"

"我的学业。"

她狡黠地盯了他一眼,"说不定是别的某个人吧?"一阵儿无语。她等着,而他知道没什么可说的。"我想知道是谁。让我大胆猜一猜。我想是——"他抬腿要走。"拜托,别走。咱们还有人家交给咱们去办的事情呢。沙希德!"

她领着他很快走进一家五金商店,在那儿买了一把扫帚和一些绳子。出了商店,他想把东西丢到塔希拉的手上,并且说:"把这些东西带给里亚兹大哥吧。"

她不肯退让;她知道他在做什么打算。她催促他赶快回到学校。

"这不是放弃的时候。咱们必须得有所信仰,并且维护这种信仰,否则咱们就会被人蒙骗。"

这是个晴朗而正常的日子,还没有到午餐时间;每个班上都坐满了人。用不了多久,所有人就会蜂拥到学校的操场上。他也会在那里,跟大哥里亚兹、查德以及其他人一起守卫那燃烧的火焰。好棒啊!

现在,他沉浸于激烈的虚无、毁坏和仇恨的情绪之中,非常愿意进行合作。他肯定会喜欢那种疯狂贯穿全身的感觉,就好像他要参加的是肯特郡举办的青少年锐舞狂欢晚会一样。

突然,沙希德瞥见一个保安正从楼梯上走下来。这个家伙肯定会逮到他的罪行吧? 他会认为这根扫帚柄就是武器,在把沙希德强行带走之前,肯定会先逮住他并且盘问一番。沙希德将会被学校除名。傍晚以前,他会带着自己的行李坐在回家的火车上。当天夜里,他就会和他母亲坐在一起,由提普端茶倒水,真正变成"家中的老大"。

"你在干什么啊?"塔希拉问道。他把绳子塞到夹克里面,开始扫地板。"嘿,沙希德!"

他简直已经分不清理智与疯狂、正确与错误、好事与坏事。人该从何处起步? 现在的做法肯定不会导向善。但什么会导向善? 谁知道? 什么会让人做正确的事? 所有的事物都是运动的;没有什么可以阻止，世界在旋转，它的罗盘也在旋转。历史在他头脑中展开，化成混沌一片；他在虚空中一直坠落。他会在何处落地？假如那个保安问他二加二等于几，他会给出怎样的答案？

沙希德竭力保持着镇定，清扫了一片地板，但是他真的不清楚自己正在干什么。

那个保安没有停顿，一直往前走去；在塔希拉的催促下，沙希德也从建筑物的后面走出来，朝着即将举行示威活动的操场方向走去。路上，他特别渴望再次看到迪迪的脸。

他和塔希拉走过一间小屋，迪迪正在里面给"她的姑娘们"上课；那是一个由学习黑人女性时装的学生组成的班。其中一个学生，有些不好意思地站在一把椅子上。其他学生则在咯咯笑着鼓掌。迪迪也在呵呵笑着，并用手指着那个女孩的鞋。她是那么聪明活泼；人们该是多么喜欢上她的课啊！

他闭上眼睛继续往前走。

"出什么事了？"迪迪紧跟着他，在小屋后面拉住他。"你病了吗？"这是一种亲密的粗率表现，她柔和的面颊和气息跟他贴得如此之近。塔希拉后退几步，观望着。

沙希德的牙齿在咯咯地打战。在这个时刻，迪迪想要保护他，他真的是再感激不过了。她眼睛盯着扫帚和绳子，好像它们是法庭上的呈堂证物。

"你这是给勤杂工帮忙呢，还是准备骑着扫帚柄飞升啊？"

他把绳子掉在地上，又捡起来。"发生了意外。"

"在哪里？"

"有件东西摔碎了。我得打扫一下。"

"告诉我绳子到底是干什么用的！"

他推开她的手，"走开，不要你管！"

"我爱你，你很清楚。你对我也有同样的感觉吗？"

"你从哪儿生出这种想法？我现在真的得走了。"

"你们在干什么呢？"在他挣脱迪迪，跟塔希拉继续往前走去时，塔希拉问道。

"她在批改我的一篇文章。"

"那个女人很烂。"

"怎么说？"

"里亚兹有证据，她们家的人都是裸体主义者。"

"我从来不知道她们家的人会这么有意思。"

"沙希德，你就喜欢这种冷嘲热讽的腔调吗？"

"经过考虑——"

"怎么？"

"我想我很可能是喜欢吧。"

她入迷地注视着他。

到了那间空教室，沙希德把扫帚和绳子交给查德。

"好极了，好极了，"查德说，同时用眼睛瞟着塔希拉。"你绝对能干。一路把这些带了过来。"

萨迪克搞来一罐汽油。哈特从他的宿舍拿来几只喇叭，还从学校借了一个麦克风。与此同时，别的兄弟姊妹则在小卖部、楼梯间、公共休息室散发传单；另外趁着学生们下课去吃午餐的时候，他们在教室外面也张贴了传单。

沙希德、萨迪克、哈特和其他几个人出了教室，来到学校运动场;这是一块封闭式的、简单铺着柏油的儿童操场,学生们常在这里打篮球。里亚兹选择的示威地点就是这里。

没过多久,学生们便从他们的教室里蜂拥而出,向运动场聚集过来。有些学生为了看得更清楚,爬到学校废弃的课桌上面。沙希德感受着节日般的气氛,感受着人们的欢笑和漫无目的的好奇心,观望着穿着溜冰鞋疾驰滑行的孩子们。操场周围的窗户也都砰砰地打开,好几十个人头从那里探了出来。欢笑声和喊叫声此起彼伏。哈特在引导人们走进操场,还大声要求大家不要喧闹。让沙希德惊讶的是看见布朗罗正在协助哈特维持秩序。

操场上快要爆满的时候,查德把那本书绑在杆子上,举了起来。不远处有一对情侣在接吻,嘴巴贴着嘴巴,偶尔会抬头看上一眼——那个女孩用手指揉着自己的太阳穴——甚至在哈特把汽油倒向那本书的书页时,他们也没分开。

两个学校保安正在向查德靠近。他们肯定会阻止这件事:在属于学校的地方是不可能允许进行这种示威活动的。活动差不多就这样结束了,真会如此吗?然而,此刻沙希德并不希望这场活动被中断。他当然也不会厌恶地转身离开。他要亲眼目睹那本书的每一页都被火焰吞噬。

就在保安向查德靠近的同时,布朗罗也向他们挪了过去;他以镇静的姿态张开双臂,并且开始解释。但是他口吃的老毛病又犯了;两个保安交换了一下开心的眼神,比起这场示威活动,这位资深讲师的行为让他们更感兴趣;毕竟,这场示威活动是和平的。不过,沙希德知道,参与这种公开示威活动,布朗罗是在拿自己的教职生涯冒险。

沙希德看见迪迪已经从学校的主楼出来，跟她的一些学生和她的一些仰慕者一起站在人群后面。

"天啊！"她喊叫道，还把一只手放在头顶。"在我们眼前竟然发生这种事啊！"

她非常果敢地挤过人群，向布朗罗走去。她气愤极了，简直想动手打他，可是人们都张着嘴看着她，所以打人肯定不是明智之举。她对她的前夫大加痛斥；对则盯着里亚兹直摇头，而且口吃得更加厉害，嘴唇一个劲儿地痉挛，却说不出话来。她绕着他走来走去，试图发现某种让她可以抓住把柄的东西；不过，学生们已经开始嘲笑他们竟然在这种场合上演"家庭矛盾"。

里亚兹深深吸了一口气。接着，他登上哈特摆放好的小箱子，并从萨迪克手上接过麦克风。在此之前，里亚兹等候在一边，一直显得似乎和整个事情毫不相干，甚至有些恍惚茫然，列宁在芬兰车站等候起事的时刻最终到来时，大概也是这种状态。

"下午好。"他对着麦克风试了试，然后清了清喉咙。

迪迪的声音响起："你准备怎么处理那本书？"

里亚兹似乎摇晃了一下身子，然后越过一片扭头回望的人的头顶，对迪迪说道："如果您愿意允许，我想做些解释。"

"你打算把它烧掉，是不是？"

这话倒是帮了他的忙。他向大家呼吁说："我马上就来解释。"

"你真的明白这样做意味着什么吗？"她质问道。

"我很抱歉，但是一个亚洲人的言论自由就要被权威当局封锁了吗？"

"不，不。"人们低声反对着。

她又说道:"可你为什么不先试着读读那本书?"

有人从窗户那边大声吼道:"让这位兄弟讲话!"

人群中有个声音应和道:"是该轮到他发言啦!"

"说吧,兄弟!"

"加油,伙计!"

"嗨,讲吧!"

"你明白了吗?"随着现场各种声音响起,里亚兹说道,"这就是民主!"

"民主!"她说。

"我可以开始吗?"

"我认为你——"

他打断她的话:"这些白人至上主义者今天下午要向我们发表关于民主的演说吗?或者,他们能否允许我们,就这一次,允许我们实践一下民主?"

聚集的人群都心怀期待转向迪迪;而迪迪也在对着人群搜寻,希望能找到支持者。她接触到沙希德的目光,并且直直地盯着沙希德看了一秒钟。沙希德想微笑一下,似乎是说,咱们当然是互相理解的,然而迪迪带着诧异的神情,已经转开了目光。

有些学生嘶嘶地吸着牙齿,开始发出嘘声。也有一些人在暗自窃笑。有个声音打破躁动的低语,叫道:"滚蛋吧,白人烂货!"

"对啊!"另一个声音跟着喊道,接着又是一个。

迪迪冲着里亚兹挥挥拳头,喊道:"从那些将会拯救我们的人手中救救大家吧!"

她匆匆忙忙地离开了。

"谢谢您，"里亚兹说，"总算啊。现在我可以开始了。"

里亚兹还是他平常那种冷嘲热讽的样子；他机敏地略作停顿，同时在心里构建了他关于白人假借自由之名敌视黑人、亚洲人所犯罪行的标准论述。神，犹如一阵顺风，给他以襄助。沙希德想起布朗罗说过，但愿自己能够信神。他当时推测布朗罗这么说只是一种玩世不恭的表现，然而现在他不那么确定了。在人的一生中，神可以惠赐多少好处啊——在特定情况之下！

里亚兹只是简短地讲了几句话，然后就看着查德，并举起一根手指。查德斜举着那本书。书的纸页像飞鸟的翅膀一样，在微风中拂动。哈特把一只打火机伸到书页中点燃。萨迪克与塔希拉立即向后跳开。黑烟笼罩了那本书，接着就向空中飘升而去。

人们又是嘘叫，又是鼓噪，如同在观赏焰火表演。大伙举起拳头，望着被烧成一团的书。曾经的特雷弗·巴斯，也就是曾经的穆罕默德·萨哈布丁·阿里-萨，如今化名查德的兄弟，一边在空中挥舞着烧成一团的书，一边胜利地哈哈大笑。

萨迪克欢呼起来；哈特、塔里克和其他人也一样欢呼起来；他们的欢乐之情天真而烂漫。沙希德站在人群当中，距离前面和后面都不远不近。他希望他的朋友们都不要看见他。但是他又怎么能逃得过他们的眼睛呢？他望着哈特，哈特也瞧见了他。他立刻移开视线，脸上带着愧疚的表情，好像他理应更加喜欢这个场面才对。他想表现出中立的样子，但他知道这是不可能做到的。这倒不是说他没有任何感受，就像大多数围观的人那样。如果说有什么感受，那就是他感到难为情。他是一个无法参与、无法放开自我的人。或许正是因为这点，他才那么喜欢迪迪的毒品。

他兴致勃勃地越过人群,望着查德的表情。他从不希望自己脸上会露出那种狂喜刚硬的表情!这场示威活动的愚蠢让他觉得胆寒。他们表现得多么心胸狭隘、多么缺乏理智、多么……绝对令人尴尬啊!然而,难道因为他缺乏他们的热情、因为他想悄悄地溜走,他就表现得更好一些吗?不可能;因为不够热情,他表现得更糟。他更没有那么单纯!

"这样做是不对的,"沙希德对他旁边的人说道,"咱们的族群到底怎么了?"

那个学生回答道:"你担心什么呢?那不过是一本书而已。"

书页上的火焰一阵摇曳;烧焦的纸张飞旋着掠过人群。有一部分飘向契尔本;另有几个部分朝着西邦公园地铁车站方向飞去;半张烧焦的封面垂直地飞上了天。

有人喊道:"看啊,他们把警察叫来了!"

警察在学校里是不受欢迎的:与焚烧文学书相比,他们的出现更有可能引发骚乱。顷刻之间,人们一边嘲笑,一边开始朝着各个方向四散而去。不知怎么搞的,那只麦克风的线断了。萨迪克也跑了起来。

里亚兹用手做成喇叭状,大声喊着告诫人们的话,但声音有些混乱不清。他的人马也想跟着喊话,却被操场入口处的一阵喧闹吸引了注意力;当时,沙希德正朝那边移动。原来是迪迪。她跟三个警察已经从大楼里走了出来。她朝里亚兹和查德指了指。布朗罗见状,立刻冲过去跟他们交涉。

查德通过一道边门冲出操场,到了校外的大街上;他把那本烧得黑漆漆的、冒着烟的书举在头顶上方,就像举着一把毁坏的雨伞,同时用不连贯的乌尔都语高声呐喊。里亚兹脚下一绊,从箱子上跌了下去。他东张西望地站在那儿,不知道该怎么办。

哈特、萨迪克和沙希德收起哈特的喇叭,把它们驮进大楼里;与此同时,消防队从另一个入口跑进了操场。

他们焚烧了那本书。整个事件实在有点勉强;不过,他们想干的就是烧书,而且也做到了。虽然点了火,但没有酿成大祸,当时也没有人受到伤害。学校校长肯定会惩治纵火烧书的人;但是沙希德怀疑她会采取更进一步的行动,因为她肯定害怕形势恶化。她早就对里亚兹这伙人产生了怀疑,可是,因为担心被戴上种族歧视的罪名,她却给他们搞了一个祷告室;除此之外,她便处处躲着他们,即使他们张贴煽动性的海报也不去管。

很多学生朝着小卖部走去;另有一些人则去了教室或图书馆。校园里很快又恢复了正常状态。英国的公共机构可能很烂,但是它们不会瘫痪,毕竟是已存在很多很多年了;这样一次小小的冲击,甚至许多起类似的冲突事件,都威胁不了什么;尽管如此,沙希德还是不喜欢自己这么去想。

现在坐在图书馆里看书是不可能了。他收拾好东西,心里明白自己应该跟迪迪待在一起。可是,他担心她会沮丧,担心自己没有能力应付,担心她会生他的气,更担心整个这件事搞得太过分了,并且致使他们之间的一切全结束了。

她办公室的门上钉着一张纸条,把她的课全取消了。沙希德猜想,她可能正在和校长讨论当前的形势。

一张有签名的书页躺在学校外面的排水沟里。不过,公共汽车还在运行；土耳其烤肉店正在营业；人们推着婴儿车，或是下班后走路回家。在进入地铁车站的台阶上，一个牧师蹲在那里，给一个整天坐在那儿的十几岁乞丐念着《圣经》。这些人都不知道附近有一本书被烧毁了。也许，他们当中极少有人会关心这种事情。但是，那天上午在市中心又爆炸了一颗炸弹：很多路段都设立了检查点。他知道，如果以为一切都还是安然无恙的样子，那肯定是想错了。

他想慢慢地走回自己的宿舍，甩上门，再拿支笔坐下来；他通常都是这样让自己悔悟的。这次毁书事件——书本身就是一个问题——包含着某种人生态度，他必须加以思考。

他登上楼梯；快接近他住的楼层时，忽然听见一些熟悉的说话声。他禁不住暗自咒骂。这伙人有几个一定是聚在里亚兹的房间里。他转身准备离开。他想到外面去。他已经不属于这帮人。他还没有做出决定：从哈特把汽油浇到书上的那一刻起，那种同盟关系就终止了。对于自己不喜欢的事情，他算是得到了很多教训；现在，他宁愿拥抱人生的变幻无常。或许，智慧的产生正是因为你不懂，而不是过于自信。这正是他所期望的。

另外，他也期望可以干脆直接地与这伙人分道扬镳。或者至少不用面对面。他不想多谈自己的事情，暂时也不会看见他们任何一个。但是同时，他也不想回避这些过去的朋友，好像自己是罪犯或遭到排斥的人似的。否则，大学生活会变得无法忍受。再说他也不会被赶出这幢宿舍楼。他完全可以从里亚兹的门前走过而不让他们注意到啊。

他走到楼梯最上面，才意识到他们并不是聚在里亚兹的房间。

查德、哈特、塔希拉、萨迪克、塔里克和妮娜搞开了他沙希德的房门;那道门自从齐力撬过后,就没法安全锁住了。

他站在这些眼神并不友善的人面前。他们突然静默下来。房间里没有地方可坐。哈特站在电脑旁边,用一张软磁盘扇着风。沙希德指着发亮的电脑屏幕说:"你们想用它吗?"

查德站起身,从哈特手中抢过磁盘,塞进自己的口袋。哈特则转开了眼神。

萨迪克又开始了刚才的谈话,"咱们现在就去瞧瞧她!"

哈特面含愧色地瞟了一眼沙希德,"她不在她的办公室。"

"这么说,你是查过了?"查德问。

哈特的回答几乎没法听到:"你让我去查的。"

"没错。"

一阵静默,接着萨迪克说道:"我明白了一件事——她让英国政府反对我们。"

"没有一点良心不安,"查德说,"她反对权威,却想使我们被抓起来。实在是太虚伪了。"

萨迪克说:"我可以告诉你们一些我调查过的事情,供你们佐证所掌握的情况。迪迪·奥丝古一直从非洲裔加勒比海黑人和亚裔学生当中寻找情人。绝对没错。"塔希拉和查德互相对视了一眼。哈特严肃地点点头。萨迪克继续说道:"证据都已经提出来了。校方知道她跟两个拉斯特法里教派的人有那种关系。出于政治方面的原因,她现在只找黑人或亚裔情人。"

塔希拉整了整她的头巾,"咱们的同胞一直都是白人玩弄的性对象。难怪他们嫌恶咱们的端庄节制。"

"这个色情教母鼓励有色人种的兄弟吸食毒品，"萨迪克继续说道，"她被男人操的时候，大半个伦敦都能听到她的叫声，就像汽车警报器在响。结果呢，她经常去堕胎。在妇科诊所她有专门记录！"

"萨迪克，"塔希拉说道，"你扯这种事情扯得太远了。"

"抱歉啊。瞧瞧她那种穿着打扮的德性，衣服紧绷在身上，每个部位都往外鼓凸，像塞在袜子里的土豆似的。"

"要是你去年也在这儿就好了，"查德说，"我们有个姐妹受那些后现代主义分子蛊惑，连事实都看不清。他们弄得她逃离了自己慈爱的父母，那对父母与里亚兹和我本人取得联系。她被人藏起来。那对可怜的父母几乎都要疯了。那个年轻姑娘被强迫说，宗教把女性当成二等公民一样对待。里亚兹亲自处理那个案子。那姑娘去了一家青年公寓，同意跟她的父母见面讨论。讨论啊！知道她藏在什么地方吗？迪迪·奥丝古把她藏在家里！"

"这个女人从人家父母身边偷走一个孩子？"塔希拉说。

"确实！我敢把奥丝古家族的某个成员藏到我的家里、用宣传给她洗脑吗？要是我那么干了，会是什么罪名啊？恐怖分子！狂人！疯子！咱们永远都赢不了。帝国主义思想观念还没有灭绝！"

"那个姑娘怎么了？"沙希德问道。

查德说："问得好。因为她遭到了谋害。"

"被她的父母？"

"你怎么会这么想，笨蛋？是她自己跳进泰晤士河死的。当一个人不知道自己是谁的时候，就会发生这种事情。"

"咱们不能对这种事情听之任之，"塔希拉说，"咱们找她讲理去。"

"对!"萨迪克说。

塔希拉说:"里亚兹大哥曾经讲过,最起码奥丝古必须得离开她的职位,因为她攻击少数民族。今天她还阻挠咱们的言论自由。这不正是种族主义的新闻审查吗,沙希德?"

沙希德垂下眼睛。

"她跟我们辩论过吗?"查德说。

"今天,"沙希德说,"她曾试过。"

"场合错了,"查德说,"想当着众人的面让咱们难堪而已。她真正询问过咱们为什么不想遭受侮辱吗?咱们的信仰总是比她的低等,而她却依然对大伙宣讲平等,她可曾解释过这是为什么?"

"她相信平等,很好啊,但前提是咱们都忘了咱们属于不同的族类。"塔希拉说,"只要咱们一维护咱们的独特性,咱们就低人一等,因为咱们相信愚昧。"

"她还向政府告发咱们!"哈特说。

查德说:"我永远不会干这种事——即便是对我的死敌也不会!"

"咱们去她的办公室,把道理争个明白。"哈特说。

"对,对,让她听听咱们的自由言论!"

查德盯着沙希德,问:"怎么样?"

沙希德说:"还没等到跟迪迪·奥丝古理论一句话,你们就会被保安抓起来。"

"你怎么知道?"

"你们还会被开除校籍。"

查德走过来,用手轻轻拂了一下沙希德的脑袋,好像他头上停着一只黄蜂似的。

"我也不想再上学了!我要开除他们!不要低估我们的力量!如果我们听从你的话,我们任何事情都别想干成,只会像小猫咪似的朝着空中乱踢腿!不,我已经用自己平凡的大脑想好要干什么了。我知道她住哪里。今天晚上,咱们就去造访她的私人住宅。"

"什么?"哈特说。

"为了让她记住,必须给她一点教训,"塔希拉说,"沙希德,你不同意吗?"

"我真想让她尝尝这个——"萨迪克伸出他的拳头,"让她好好记住咱们。"

"谁能责怪你呢?"查德走向门口。"里亚兹正在清真寺里等咱们。在跟鲁格曼·拉德先生会面之前,咱们得先讨论一下。他就要对在市政厅展览的事情做决定了。"

沙希德不知道他们会不会要他一起去。但查德只是拍了拍他自己的口袋。"谢谢你这张软盘啦。"

"你拿的是哪张?"

"里面只有里亚兹大哥的东西。"

沙希德伸手想要回来。"请你还给我,查德。"

"弄丢了。"

"可是我还没有搞好。我今天晚上打完就交给你。"

"打完了。"

"不,查德,还没打完!"

查德脸色冷酷得如同冻结的泥土。"哼,完了。打完了。绝对打完了。"

　　查德示意大伙该走了。他们往外走的时候,萨迪克反复唱起:
"奥丝古——去死吧！ 奥丝古——去死吧！"

　　沙希德把自己掼倒在床上,听见其他几个人加入萨迪克的吟
唱,下楼去了。

　　他必须得提醒迪迪,可她人在哪儿呢? 他冲回学校,但是没有人知道她在哪儿。他乘上地铁,然后从车站跑到她家里;住在她家的一个房客说,通常到这个时候她已经回来了。可是今天,连她的影子都还没见过。他草草写了一张纸条,放在门厅的桌子上,说他正在找她,而且还会再来。

　　他走了很长时间,走得精疲力竭,还走迷了方向。最后他找到一部电话,给她拨了好几次,心想她可能已经回家了。但每次听到的都是她的电话留言机的声音。恐惧像寒冷一样袭遍他的全身。他感到胸口发闷,连挪动脚步都困难。他的身体知道,他所做的事情是不可挽回的。

　　他坐上一辆公共汽车,最后来到摩洛克酒吧;他要了一杯啤酒,坐下来,像在那儿的其他人一样落寞无助。不过,他仍然相信里亚兹是个富有同情心、愿意倾听别人想法的人,相信这位大哥能够洞悉人性、承认人性。要是能跟里亚兹谈谈,迪迪和他本人的窘境很可能会得到解决。只是查德不能在场,因为查德是不会让他与里亚兹单独相处的。怎么办呢?

他把每件事情都翻来覆去地想了又想,然后又喝了两杯多啤酒。最后,他想到一个主意,就起身离开了。

照明的长灯管嗡嗡响着。哈特显出一副大吃一惊的样子。看见沙希德的面孔似乎让他痛苦得不得了,连打个招呼都不肯。然而他心里却在翻腾,好像正在思索该怎么办。他继续招待客人,只当沙希德是一个看不见的人,而沙希德却始终又是点头又是微笑,尽管这样做并不容易。

最后,餐馆里只剩下沙希德一个人。哈特则用抹布擦着玻璃柜台。

“别靠近我。”

“我有事情要问你。”

“为啥?”

“拜托了,哈特。”

“你想干什么?”

“哈特。哈特。咱们是朋友啊。”

哈特的表情似乎缓和了。他从后面的房间把小弟叫出来,让小弟站在柜台后面。但随后他就登上后面的楼梯,直接去了他们家住的公寓。沙希德站在餐馆里,望着微波炉上的计时表。他以为哈特不过是要躲开他,可就在他打算离开时,哈特又回来了。哈特显得既小心翼翼又慌张害怕,沙希德从没见过他这种样子。

"你知道你都干了些什么。"在一张餐桌前,哈特与沙希德面对面坐下来,说道。

"干了什么?"

"为什么要说谎让事情恶化呢?"

"你得跟我讲明白啊,哈特。"

哈特的表情似乎是说沙希德正在开一个恶毒的笑话。"我用我的机子打印了里亚兹的诗。"

"已经打印了?"

"对。"

"明白了,"沙希德点点头,"懂啦。"

"我们真是没法相信!"

"我还没搞完我正在写的东西啊!"

"搞完?"

"那些散文诗——"

哈特苦涩地笑了笑。"你想里亚兹大哥会作何感想呢? 他就那么非常自豪地站在那儿,等着他的诗作被打印出来,干干净净,好让自己捧在手里,给他的朋友们看。我知道,他想用那些诗去赚一点稿费。"

"那份原始手稿还没有动过呢。"

"我从未见过他那样激动。过后,他就把他的情感很好地掩藏起来。他是一个高贵的人。但他的心却碎了。我们大伙都一样。"

沙希德记得曾读到过这样的诗句:

被风吹拂的沙粒诉说着这片无神土地上的通奸行为,

魔鬼和殖民主义分子掌管着这块土地，

不带面纱的少女嗅着西方的气息，艳羡着那些无耻之徒。

他已经开始怀着真诚之心给里亚兹的作品打字了。但是有一些字、一些词句和一些诗句，他怎么也译不好。而一旦他不做转译，他的心思就会开始神游。他是那么喜欢跟迪迪待在一起；所以，表达一下他对这种奇妙之事的迷惑似乎也是很自然的事情。

沙希德说："那是一种礼赞。"

"礼赞什么？"

"激情。"

哈特看上去一副会掐死沙希德的样子。"我本人可能有点思想肮脏，但是那种东西……你真是一只阴沟里的臭老鼠。"

"你就没有性幻想？"

哈特的眼珠子都快爆出来了。"大伙都知道我喜欢看那种玩意儿。可是我不会去做，更不会弄篇文章去写女孩子盘着双腿——"

"还要写她们秀发的气味，写她们膝盖后面的肌肤——"

"没错！还有她们身体的气味，以及各种各样的事情，诸如——互相嗅闻对方身上的，呃，敏感区。"

"神不是把敏感区赐给了我们吗？"

"可我不会把它们弄到印刷品上！我也不会把这种东西跟宗教字眼混在一起，不是吗？"

"那你是读过它了？"

"什么？"

"哈特，除了你刚才说的这些负面东西，我写的东西有没有让你喜欢的地方？有没有，哈特？"

一时之间，沙希德希望哈特会做出让步，他们的友谊也可以继续下去。当然，他们分享的东西肯定要比这些跟深入吧？然而，哈特只是用愤怒而茫然的表情盯着沙希德。他还不停地摇头，好像期望有个人会走到他跟前，给他提些建议。

"你是个喜欢胡说八道的恶魔，是个为其他种族做事的双重间谍！"

"哈特，我还是你的朋友——只要你愿意。"

"那你为什么糟蹋我们？你怎么能那样对待里亚兹大哥？我可否请教——他做过伤害你的事吗？"

沙希德知道自己无法解释，他觉得太羞耻了；他要自己忍住不哭。哈特是对的。他们烧掉了一本书；而他做过什么？他甚至未加思考就枉用了朋友的信任。如今他怎么还能抱怨呢？

"查德说里亚兹大哥有一次救了你的命。这是真的吗？"

"真的。"

"什么？"

"是真的。他救过我。"

"他救了你。这就是你跟他作对的原因吗？"

"哈特，请相信我。我是在玩——玩文字和观念游戏。"

"你以为你想玩什么就玩什么，对吧？我告诉你，有些事情并不好玩。"

"通常那些事情就是最好玩的。"

"我还能多说什么？你这会儿是什么都不信，不是吗？"

"我不知道！但我此刻正有困难，哈特。我必须得有安排和平衡。"

"很好。可是我们的宗教不是让你拿来做试验的，就像试试一套衣服是否合身那样！你必须得全盘接受！"

哈特的厌恶口气让沙希德激动起来。他很想揪住哈特的大翻领，告诉对方说：哈特，我还是那同一个人，从你第一次见到我以来，我并没有变成另外一个人……

他探过身去，"拜托啦，哈特，帮帮我。"

"怎么帮？"

"我想单独跟里亚兹谈谈。只要半小时就行。我得把事情都解释一下。你能帮我跟他说说吗？但别让查德知道。"

可是哈特连这个请求也不愿答应。

"查德兄弟和我们所有人，我们都信任你——除了塔希拉；从一开始，她就说你是一个面带坏笑、自私自利的家伙。结果，里亚兹把他饱含深情的作品交到你手上。这对我们任何一个人来说都算是一种殊荣啊！但他觉得你有特别之处。"哈特越是举出更多的实例来证明自己的愤慨，他的愤慨就越加强烈，以至说到最后，他对沙希德数不胜数的罪过简直是没法理解。"你现在怎么还可以妄想跟里亚兹大哥谈谈？他正忙着制订计划呢。"

"计划什么？"

"更多公正的报复。"

"比如说呢？"

"我不能告诉你。不过，鲁格曼·拉德也会亲自对那本书进行谴责。他，这个区最大的人物，也认为那本书肮脏。你还有什么好争辩的?"

"明白了。"

"很好。"

沙希德和哈特同时站了起来。沙希德伸出手,准备说再见。哈特往后一跳,心慌意乱地看着他。

"你要去哪儿?"

"什么?"沙希德迷惑地说,"得走了。但愿还能再见啊。"

"别!留下吧!"

"干什么?"

"你不想吃点东西吗?"

"我一点胃口都没有。"

几乎像是无意的动作,哈特推了沙希德一把。这一推虽然没有使全力,但却非常突然,以致正想悄悄离开的沙希德踉踉跄跄地向后倒在放饮料的冰箱上。冰箱上面放置腌菜的搁板从墙边弹了出来,几个大罐子飞落到地板上,摔破了,把黏糊糊的东西洒得满地都是。

哈特被自己的动作吓坏了;特别是他父亲从后面的房间跑出来,连情况都没弄明白,照着他的脑袋就狠狠揍了一下,致使他一下子滑倒在酱菜上,背部着地,悬空的双腿只管乱踢,简直像是要跳康康舞。他躺在那里,一边大声咒骂,一边在芒果酱中胡抓乱扒。

沙希德爬起来,把粘在身上的酱菜尽可能地都拂掉,便朝门口走去。他受了几处伤,但他不想停下来安慰自己。他要赶紧走掉,以免自己可能挥拳砸东西或情绪失控。

他一抬头，发现查德正在过马路。查德好像是知道沙希德人在这儿，并且正朝着他走过来。哈特在他们刚开始谈话的时候，肯定是上楼给查德打了电话。查德脸上的表情似乎并不友善。

沙希德夺门而出；他沿街向西，穿过马路，拐过街角，一边走一边推开路上的行人。接着，他停下脚步，向后看去。没错，查德确实正在追他。查德虽然身材粗笨，还长着一双大脚板，但身上却潜藏着野猪一样的凶狠。他看也不看就冲上马路，举着双拳，紧咬牙关，准备爆发。

沙希德竭尽全力奔跑，可是总跌跌撞撞步伐不稳。他很想跟查德谈谈，因为查德好像一只慢慢漏气的皮球：他拖着脚步，跳着奔跑，似乎随时会翻倒在地。但是只要沙希德一放慢脚步，查德就会爆发出新的劲头，恢复体力，继续追赶。

沙希德的气比查德足。他有开放的肺活量，跑得比查德快。为了逃走，他冲进一座大型购物中心，匆匆走过不二价音像、哈比塔特家具、迪克森电器和儿童早教玩具中心等商铺。最后，他从购物中心的后面绕了出来。等他发现查德被甩掉时，他如释重负地稍微欢呼了一声。他摇摇晃晃地往前走了几步，然后在人行道上坐下来；他的心脏猛烈地跳动，脑袋嗡嗡地眩晕。

这一次，他按响迪迪家的门铃后，布朗罗开了门。沙希德跟着布朗罗进到客厅，看着他把书从墙上抽出来，扔进箱子里。

"哦，布朗罗博士，迪迪在哪儿?"他声音沙哑地说。

布朗罗浑身酒气，显得焦躁不安，动作快速地干着，把东西甩得到处都是。

那些书有关于中国和苏联的,有东欧的旅游指南——迪迪说过,她丈夫有三年期间一直坚持他们去阿尔巴尼亚度假。另外,那些书中有马尔库塞①、米利班德②、艾萨克·多伊彻③、萨特、本雅明、E. P. 汤普森④、诺尔曼·布朗⑤等人的著作;还有关于马克思主义和历史、马克思主义和自由、马克思主义和民主、马克思主义和基督教等方面的书。

还有一些唱片,沙希德享受着暂时的平静,蹲下来翻了翻:交通乐队⑥、克里姆森国王乐队⑦、尼克·德雷克⑧、卡洛尔·金⑨、约翰·马丁⑩、警察乐队、艺术体操组合⑪,等等。

"她在哪儿?"

布朗罗说:"我要从这儿搬出去,再也不回来了。"

---

① 马尔库塞(1898—1979),二十世纪德裔美籍著名哲学家和社会理论家,著有《爱欲与文明》《单向度的人》等。
② 拉尔夫·米利班德(1924—1994),二十世纪英国重要的马克思学派政治理论家。
③ 艾萨克·多伊彻(1907—1967),出生于波兰的犹太裔马克思主义著作家、政治活动家,二战爆发后移居英国,著有《托洛茨基传》《斯大林传》等。
④ E. P. 汤普森(1924—1993),二十世纪英国重要的历史学家、作家、社会主义者、和平活动家,著有《英国工人阶级的形成》等。
⑤ 诺尔曼·布朗(1913—2002),美国二十世纪西方古典文化学者,著有《赫西俄德神谱》《窃贼赫尔墨斯:神话的演变》《对抗死亡:历史意义的精神分析》等。
⑥ 交通乐队,英国一支由西米德兰兹郡乐手组成的摇滚乐队,成立于1967年。
⑦ 克里姆森国王乐队,一支1969年在伦敦成立的摇滚乐队,几经解散和重建,尝试过爵士与民谣、古典与试验、硬摇滚与重金属、新浪潮等多种风格。
⑧ 尼克·德雷克(1948—1974),是英国摇滚音乐史上一个凡·高式的传奇人物,因药物过量逝世时年仅26岁,生前只发行过三张专辑,后来全部被追认为摇滚经典之作。
⑨ 卡洛尔·金(1942—),美国著名女歌手、歌词作者、钢琴家。
⑩ 约翰·马丁(1948—2009),英国著名歌手、歌词作者和吉他表演家。
⑪ 艺术体操组合,英国一支以流行摇滚为主的二重唱组合,成立于1980年。

"要是你知道的话，请告诉我。"

"谢天谢地，我已经不太了解我老婆的事了。说不定她向警方泄露了几个人名。"

"闭嘴。你是个混蛋。"

这话让布朗罗很高兴。"她干吗不把事情告诉你呢?"

沙希德拉开布朗罗一罐啤酒上面的扣环，喝了半罐。"事情并不是这样的。"

"事情可真乱啊。要是我有你的相貌，我就去搞比她更好的女人。"

"你到底在说什么?"

"你很受她垂青;但是这些女人对咱们期望值太高了，这一代女人。那些女性主义者的最终结果都又怎么样呢? 少数尖刻的白人中产阶级女人得到了她们想要的东西。可有谁真的需要那些争论和挑衅呢?"

"布朗罗博士——"

"闭嘴! 那些女人，她们会让你像奴仆一样跑前跑后，最后再把你的钞票、你的自尊以及所有该死的东西劫掠干净，好像她们遭受歧视都得怪你。像你这样的人，无论想从生活中索取什么都能如愿以偿，应该去找那些温柔、年轻、金发碧眼的尤物来吮吸你的东西——一个接一个甜美乖巧的尤物啊。呃，没错。这便是我想做的事情。"布朗罗舔了舔自己的嘴唇。

"谢谢，"沙希德说，"受益匪浅。"

他倒在一把椅子上，呼吸有点刺耳。他的裤子上散发着芒果酸辣酱的味道。他喝完啤酒，把空罐子丢进地板上的垃圾堆里。

布朗罗问道:"谁在追你?"

"先告诉我你干吗带走这些书?"

"它们是我的书。我为什么不该带走?"

"也许咱们应该生个火,把它们丢进去取取暖,对不?"

"别搞笑了。"

沙希德说:"但是烧书的事跟你无关,不是吗?所有的事情都
跟你无关。"

"何以见得?"

"全都拜拜啦。你已经给解聘了。"

"你怎么知道这事儿?一点不错,是给解聘了。没有气象预报
员,也能知道风往哪个方向吹啊。我将会有大量的时间去读书,不
是吗?历史,哲学,政治,文学。我都等不及了。"

"是吗?"

沙希德还在担心被人追踪,根本没法坐着不动。他走到窗户
那边,把手放在窗玻璃上。房间里很暖和,但他可以感觉到冷风从
窗户缝隙里钻进来。他竭力从城市的喧闹声中分辨是否有什么不
寻常的动静。他担心查德和其他人会带着大砍刀、雕刻刀、榔头等
器械摸到树篱附近。

布朗罗继续说道:"有什么好教的呢?在没有任何知识可以传
授的情况下,怎么可能还有东西可教呢?"

沙希德蹑手蹑脚地潜行到房子的后门。他检查一下花园,然
后把一张椅子顶在后门的门把手下面。

布朗罗还在说着:"我要去意大利生活,哪怕是只住帐篷。那
里的人知道生命只有一次,所以会最大限度地享受人生。"

沙希德瘫坐在靠背椅上。无法抑制的颤抖传遍他的全身。他实在很想回家，躺到自己的床上，好好想想自己该干什么。但他的房间就在里亚兹的隔壁，回那儿只能是他最后的选择。除非情况会有好转，否则他必须一走了之。

　　布朗罗额头上冒着汗，轰隆轰隆地干着活；他一边把书架上拉出一些空当，一边发出哼哧哼哧的声音；接着，他把箱子拖到门口，自言自语地嘀咕着说："这是我的。不对。是她的。我反正要带走这个。不，这本我可不想要，它会引起不愉快的记忆……"他开始把书一本一本地扔掉。"带走这本书毫无意义，还有这本，还有那本。我拿这些全是废话的书怎么办呢？"

　　布朗罗与迪迪的关系完了。也许他们再也不会跟对方见面；或者即便是见到，也基本上不会打招呼。

　　沙希德想起里亚兹在清真寺里说过的一番话：如果没有恒定的道德规范，没有让爱情可以在其中很好成长的条条框框——由神所恩赐，由社会所树立，那么爱情就是不可能的；不然的话，人们只会在一定时间里互相租用对方。在这种不信神的人生插曲中，人们都希望能够得到快乐和欢娱，甚至还会期望找到某种能让自己变得完善的东西。如果无法很快实现这个愿望，他们就会抛弃对方，继续去寻觅。一直寻觅下去。

　　在这样的情况下，还会有什么永恒或深入了解吗？他和迪迪陷入了一种迷人的亲密关系。他们出去约会过几次，坦诚相待，也分享过情人才能分享的最为放纵的情欲。当然，他们的做爱，想必只能算是各种技巧和表演的交流吧？他喜欢如此这般去做；而她喜欢另一种花样。他们对彼此有多少了解呢？他们不过是彼此生命中的一个过客而已。有什么能阻碍她寻找其他亚裔情人或黑人情人？她怎么就不可以呢？或许她每年都找一个情人，就像齐力利用女人那样利用男人，然后在考试期间再把他们甩掉。

说不定迪迪会离开他。或许他会终止与迪迪见面。为什么不呢？他们两人之间有什么？或许有一天，在不久的将来，他也会做布朗罗此刻正在做的事情——把他们的物品分开。而且像布朗罗一样，会有别的满怀希望的人在排队等候。

尽管这样，此刻，想到里亚兹却让沙希德厌恶得不寒而栗。他是一个多么枯燥、油滑的家伙；他的见解是多么狭隘、保守，多么充满怨恨和酸腐啊！

"嗨！"布朗罗说道，"帮把手，好吗？"

既然不知道现在该干什么，同时又希望能突然想到一个好主意，沙希德便开始动手帮助布朗罗。然而，就在他去搬一摞书的时候，却发现在一本小说上面搭着一个干枯皱缩的东西，看上去俨如一只母牛耳朵。

"天哪，这是什么？"他拎起那个东西。

布朗罗说："你觉得呢？"

"我很想知道啊。"

"其实是一只枯掉了的茄子，"布朗罗承认道，"对。就是它。"

"是那个茄子吗？"

"抱歉？"

"这是迪迪忘记腌起来的茄子吗？还是那个神奇的东西？"

布朗罗看上去很诡诈。"就算是吧。呃，是。这的确是——那个东西。"

“它怎么会在你们的客厅里？”

“这真他妈的不是故意弄到这儿的。我要这种神奇玩意儿干什么？”

“请你告诉我。”

“我们得把它拿给拉德的那些同事看。”

“他们被糊弄住了吗？”

“你真是胡说八道。你是不是嗑药了？我都能猜得出是谁给你的药。你可不能说你没在受教育。”布朗罗不怀好意地哈哈笑了起来。

沙希德又打开一罐啤酒。

布朗罗继续说道：“那些杂种没见到它，就不肯在市政厅展示它。发现它的那对夫妻也已经厌烦了人们在他们家里晃来晃去。所以我们就接收了它，拿给别的政务委员们看。等他们都傻笑完了之后，我想都没想就把它塞到了我的口袋里。”

“他准备把它弄到市政厅摆在曼德拉的画像旁边展示吗？”

“我想不会。”

“怎么会这样？”

“拉德很想给一些特许。他一直表示他愿意资助穆斯林学校，里亚兹的工作日程表上绝对有这个项目。但是对这只茄子，他不想搞正式的展览。‘这不是恰当的时候。’他坚持说。烧书这件事让他们转而反对起了里亚兹。说那是纳粹行为，诸如此类。”

“你怎么看烧书这件事？”

布朗罗又开始口吃了。他用手捂住嘴，向前弯着腰，好像快要呕吐的样子。末了，他才费劲地说道：“我必须得承认，那、那、那场大火实、实在让我难、难、难以接受。"

"可是你无法反抗他们团体一致的决定吧?"

"当然啦。我喜欢什么有何要紧呢? 我告诉拉德,里亚兹和他的伙伴们不是纳粹分子。还有你的理由也具有某种奇怪的合理性。"

"没错。里亚兹对拉德的拒绝是不是很失望?"

布朗罗竭力想好好控制住自己,说道:"在烧、烧、烧书之后,他知道,我们还能进拉德的办公室完全是幸、幸、幸运的。我想拉德会有一段时间不和里亚兹交往。不过,他说了一件事。"

"什么?"

"他准备说这本书是一种侮辱,并要呼吁将它全部收回。实在是滑稽,保守党领导人也赞成这种做法。当然了,他们都很清楚这样的事儿永远不会发生。"

"那,干吗还要这样说?"

"别天真了,在这一带有个很大的亚洲人社区啊。再者说,在这个时候,里亚兹对他们来说可是太革、革命了。说实在的,到最后里亚兹是有点悲伤,好像英国总是高高在上地对待他似的。不过他是不会放弃的。他的工作——或者说,他的时代——几乎还没有开始呢。他经受了应该经受的不利状况,虽然这些不利状况没有多到将他压垮,但已足以驱使他超越那些安逸的民众。不过他得参与到主流社会中去,采取直截了当的行动。我有没有告诉过你? 已经有人邀请他上电视了。"

"里亚兹?"

"一个深夜节目的制作人给他打了电话,询问他是否愿意谈谈他的观点。"

"他准备做这个节目吗？"

"他说他得跟别人商量一下。不过他是受宠若惊啊。"

"真的吗？"

"他的小眼睛全亮了。他简直是急不可待。诱惑已经开始了。"

"我不能确定他真会往那个方向发展。"

"你不能确定？为什么？"

"到最后他会被孤立起来的。"

"咱们走着瞧吧，"布朗罗说，"对那些电视观众来说，里亚兹是一个招人的怪胎。以前，他们可从来没见过这样的。发展到最后，他完全可以操办自己的访谈节目。"

布朗罗继续装箱打包，然而动不动就停下来看看正在手上把玩那只茄子的沙希德，好像有话要说。"问题是，这个宗教信仰——迷信、教派、膜拜的形式、祈祷——有些是美好的，有些则非常有趣，全都有它们的目的。但有谁会认为这些宗教行为能经得起理性主义的考验呢？不过，就在你认为神死了、被埋葬了的时候，你会发现他只不过是在等着复活！现在每个家伙都发现自己身上也具有某些神性。我算什么人呢，竟要挑战这点？"

"对极了。我得说，布朗罗博士，你只不过是一个懦弱的混蛋。"

"谢谢你了。那他们是傻瓜，还是我是傻瓜？我算什么啊？"

"你能算什么？"

"因为，因为，你这个白、白痴，我相信的所有东西全都变成了粪土。一直到七十年代末的时候,我们都在讨论后革命时代的社会,争论辩证法的本质,探讨历史的意义。而自始至终,当我们在自己的期刊上辩论的时候,我们也失去了一切。英国民众并不需要教、教育,住宅,艺、艺术,公正,平等……"

"怎么会这样?"

"因为他们是一群该死的贪得无厌、缺乏远见的傻、傻逼。"

"劳工阶级?"

"当然!"

"一群傻逼?"

"当然!"布朗罗使劲想控制住自己。"不,不,情况要复杂多了。非常复杂!"他呜咽起来,"我不能说他们背叛了我们——尽管我是这么认为的,我真的这么认为! 这不是真的,不是真的! 他们背、背、背叛了自己!"

他解开衬衫,用衬衫擦了擦自己泪湿的脸。他把手往下一甩,头向后一仰,嘴唇哆嗦着,用他那思想家的前额面对着天花板。

"割、割、割开我的喉管吧。拜托。迷失在我四十多年的人生岁月里——连家在哪儿都不清楚! 趁着情况还没有更加恶、恶、恶化,结束我的生命吧!"

沙希德跳起来,冲到窗户那里。他以为自己听到了查德咳嗽的声音,便躲在布满灰尘的窗帘后面,向外面窥视。

"你用不着恳求,布朗罗,割喉咙的人这会儿正在外面查看地址呢。他们就要踏上门前的小路了。只要你保持着这种姿势,救赎的时刻马上就会到来!"

沙希德没看到任何人。不过,外面一片昏暗,如果他的敌人真的摸了过来,他必将陷在这里无处可逃;而布朗罗,像果戈理笔下那个等着穿紧身衣的狂人一样语无伦次地说着胡话,肯定也提供不了什么保护。

"还有什么呢?"布朗罗呜咽着说,没有听沙希德说话。

"爱情呢?"

"爱情?为什么?你得到爱情了吗?"

"我?呃,不知道。"

"跟我老婆呢?"

"为什么问我?我也是什么都不知道啊。"

"我明白。在抗议那本书的过程中,无论是谁看见你的样子,都会说,那个小子处境尴尬了。"

"他们会吗?"

"你的问题比我糟糕多了。"布朗罗勉强嘿嘿笑了笑,"你在躲谁呢?你真是他妈的吓傻了。是你那帮'朋友'吗?他们是不是强迫你坦白你的罪行啊?"

要是迪迪还不出现,沙希德也觉得情况很可能是这样,所以他不能再在这儿待下去了。倒不是说他现在不喜欢布朗罗。布朗罗也许是非常令人恼火,但他疯疯癫癫的坦率诚实确实让沙希德很着迷。

沙希德查看了外面的街道。好像没有什么敌情。他转过身来跟布朗罗道别,而布朗罗则在翻看他的唱片。

"沙希德,沙希德,那张《嗨,裘德》在哪儿呢?你知道那张唱片吗?"

"我曾经听过,是的。"

"你刚刚伸着鼻子翻看的时候，见过它吗？《他的世界有点冷》，我想听麦卡特尼唱这首歌。我想听乔治·哈里森和约翰·列侬唱'nah、nah、nah'。我现在就要听！"布朗罗向前弯着腰，"那张唱片，不是有帕洛风①标志的那张；是那张商标上有苹果图案的，B面有《革命》那首歌，封面上的男人穿着雨衣，麦卡特尼的脸印在'流行乐之最'几个字上面，每个人都在唱——"沙希德踮着脚尖走到房间另一头。"我能理解那首歌！爱，自由，和平，团结！人们共同——干他们自己的事情！"

沙希德回过身来，往前疾走几步，俨然他要准备踢点球似的。他瞄准，照着布朗罗的屁股狠狠踢了一脚。布朗罗像跳水运动员一样往前弹去，四肢张开着倒在书堆里，脑袋则栽进一个空纸板箱子里。他就这么埋在那里，嘴里呻吟着说："但是那首歌说明了一切……一切啊！"

他躺在那儿，动都不想动了。

心满意足的沙希德歇了口气，朝门口走去。他信步走入户外阴冷的黑夜里，却忘了带一些东西。他返回去，找到那个茄子，塞进口袋，又抓起一罐啤酒，然后就离开了那里。

---

① 帕洛风（Parlophone），是一家起自德国、后发展到英国等地的唱片公司的标志。

第二十章

"来得正是时候啊,小子。"

齐力站在吧台旁边。他剃掉了胡子,在白衬衫外面套着他的阿玛尼外套,努力让自己保持着镇静。只需稍加修整,他就不再像是出入摩洛克酒吧的人了。酒吧招待问他是不是有葬礼要去参加。"我们的顾客经常往地上一倒就死了。"那个招待说,"只要他们没有蹲在牢里等着女王陛下发落。不会跟我说又有人死了吧?"

"今天不会,老伙计。我和我这位小弟有个拜会活动。我想我们也可以受理丧葬这种业务。"齐力看了看沙希德,仿佛他们是同谋,要去处理一件棘手的事情。"当然,这不是我今天的第一个约会。一直都在忙啊、忙啊、忙啊。"

两个老家伙跌倒在地板上,撞翻一张桌子。他们发疯似的缠斗在一起,像两条嬉闹的狗似的互相黏滋滋地啃着对方的脸颊。在另一个角落,有个家伙正在对着一只手提箱里的袜子和手表讨价还价,争吵已经开始。

斯特拉普对这些事情完全漠不关心。他低垂着眼皮,一副倦怠的样子;但在他的眼睑后面,那对仿佛带电的眸子却在不受他控制地转动。他因为身上蕴藏着一种冷酷的能量,在心里又是恼火又是神经质地厌烦;不过,他那些待在酒吧里的伙伴有很多计划在悄悄进行,显得很平静,几乎全都是心满意足的样子。

他说:"咱们不会跑很远,对吧?"

"伙计,你真是一事无成,"齐力答道,"这是生意。"

"好极了——你和我正在经营买卖。"

齐力转向沙希德,说:"今天上午我把斯特拉普带到戒毒中心。可是,就连他们也不肯收留这个浑小子。"

"为什么会这样?"

"毒瘾太深了。我大发雷霆地对他们说,你们这些混蛋,他当然毒瘾很深,否则我们不会来这儿,你们也不会在这儿!赶紧给他治疗吧!"

"他们说什么?"

"'趁着我们还没有叫警察,赶快滚蛋。'你嗑了些什么,斯特拉普?"齐力用手捅捅斯特拉普,"斯特拉普,伙计,你吞了些什么药?"

"只不过是两片安非他命、几杯酒、一根大麻烟卷、一管可卡因和一点海洛因,就在一辆厢式警车的后面。"

"没错,"齐力说。他把沙希德上下打量一番。"把你的衬衣塞好。你跟人打架啦?"齐力梳理好自己的头发,却把梳子掉到了地上。斯特拉普俯下身,把梳子捡起来交给齐力。在起身的时候,斯特拉普发现沙希德看到了这一幕。他便飞红了脸,露出怒容。齐力问道："有钱吗?"

"不要老是问啊问的。"沙希德说,"我这会儿正在寻找迪迪。我必须得找到她。而且我还有很多别的事情需要考虑。"

"她不在这儿。"

"可她失踪了!"

"永远不要寻找女人。她们会来找你的。她们天生就会浪漫。"齐力转向酒吧招待,说:"老伙计,一品脱淡啤酒,外加一大杯威士忌。你想喝什么?"

"不要。"

齐力把威士忌倒进啤酒里,喝了下去。沙希德付钱的时候,齐力对斯特拉普说:"我们会回来的。"

斯特拉普从高脚凳上跳下来,在齐力面前站定。"不成,你不能走。你一直说这是笔大生意! 现在正在进行! 你却想把我踹掉啦!"

齐力抓起斯特拉普虚弱的手,尽量握了握。"我会回来的。听着,咱们会再碰头的,老斯特拉。这可不是说说而已。"接着,他转向自己的弟弟。"走啦!"

斯特拉普站在酒吧门口,冲着他们沿街而去的背影大声吼叫。"全他妈的是废话,从卑鄙的吸毒鬼烂嘴里喷出来的!"

"你在那儿等着吧!"齐力喊道。他的车还是"借"给了那个男人,所以他们得乘坐公车去苏尔玛的住处。"他喊我什么?"

"卑鄙的吸毒鬼。"

"该死的混蛋。"齐力似乎期望沙希德会说刚才的话不是真的。"那个斯特拉普快变成一个他妈的负担了。但是我不能把他丢下不管。"他们坐在双层公共汽车上面一层的前排座位上,就像他们小时候喜欢的那样。"所有人都是那样对待他的。不过他快把我逼疯了。我就是因为这个才想把他送进戒毒中心,摆脱这个家伙。"

在苏尔玛住的大楼的电梯里,齐力又梳了梳头发,还把手掌捂到嘴巴前面,哈了哈气。突然,他惊慌不安地看着沙希德。

"我说话不是含含糊糊的,对吧?"

"你说什么?"

"我说话含糊吗?"

"还行啦。"

"确定?"

"什么呀?"

到了苏尔玛住的楼层后,齐力没有往走廊里走,反而走到楼梯那边,开始下楼,还一边走一边说:"我已经不再郁闷了。"

"齐力,要是你现在不进去,"沙希德在他后面吼道,"我可就走啦。我有很多事情等着处理呢。"

齐力折返回来。"好吧,好吧。不过你得问她要点零花钱。"

"你想让苏尔玛给咱们钱?"

"就要几镑。我不能问她要。呃——也许我可以。不行。倒不是我很在乎她是否恨我。只是她肯定会辱骂我,而我不想让你难受。所以,钱的事最好还是由你来处理。"

"咱们先看看情况如何吧,"沙希德怀疑地说,"说不定她会把咱们踢出来的。"

"你说的非常正确。这很可能是一次恐怖的经历。我跟你说啊,如果情绪状态不好,我是绝对不会进去的。"

沙希德明白他说的"情绪状态"是什么意思。沙希德拿着他们在路上买的塑料棒球球棒和一只球,齐力则挖了一点可卡因,凑到鼻子跟前。尽管他的手一直在颤抖,但他没有让一粒粉漏掉。沙希德虽然一直都认识自己的哥哥,却实在搞不懂齐力怎么会把自己搞得如此悲惨。不过,望着齐力,沙希德意识到自己正在明白一个教训:不想活下去是怎么回事。

他们正要往前走时,齐力揉揉自己的鼻子,开始检查手指。"你为什么那样看着我?我这儿没有血块,不是吗?"

"别说啦!"

"快告诉我,我会不会在我老婆面前流血啊!如果那样可就精彩了,不是吗?"

"哦,天啊,我想我真的快疯了!"

齐力揿响门铃。接着,他把弟弟推到公寓门口,自己站在后面。"每个人的境况都是一样的。"他恢复了自信,说道。"谁也不会死于自怜自哀。"

苏尔玛站在那里,面带嘲讽;她打扮得很精致:柠檬绿的纱丽、金手镯、发光的口红。

沙希德努力振作精神。"你怎么样,苏尔玛?"

苏尔玛对她丈夫短暂而锐利地审视了一眼。她的声音带着一些失望,说道:"你看起来还是像个无赖。"

齐力从自己的外套上揪了一根棉线,让它掉到地毯上。他抱起萨菲尔,热情地亲了亲她。"我只是过来看看这个公主。"

苏尔玛说:"我当然知道。"

齐力从沙希德手上拿过球棒,送给萨菲尔。"一份礼物。"

"就这个,讨厌的家伙?"苏尔玛说,"不久以前你简直要烧钱玩啊。"

"那时候每个家伙都疯了。"

"尤其是你。"

"苏尔玛,说得对!咱们真是意见一致啊!"齐力激动地说。沙希德本来希望他会控制好自己,不过现在发现苏尔玛也并不压制他。"咱们多么喜欢钱啊!再说钱正是咱们的优势!咱们就是喜欢拥有别人所没有的东西。你知道我们想对他们做什么吗?"

"做什么?"沙希德问,因为苏尔玛没有表现出要鼓励齐力说下去的样子。

"我们想压垮他们!对!因为他们懒惰、失败、贫穷!他们曾经是如何对待咱们的?咱们干吗那么弱智,居然不懂这种繁华昌盛会急剧演变、化为泡影?只有那些特别精于世故的家伙才会捞到真金白银。咱们总是没法抓住时机节点啊。"

苏尔玛看起来好像更喜欢丈夫不正常时的样子,而不是听他这种摩洛克式的分析。她露出开心、轻松的微笑:她准备摆脱这个家伙真是太正确了!

"我们总是忽视在我们前面必将出现的灾难!"

苏尔玛冲着沙希德点点头。沙希德此刻紧抓着餐桌,特别害怕会被这种气氛吞噬掉。房间在漂浮,几个墙角在晃悠,距离也在忽远忽近地变幻。

"你还好吧?"

每一样东西都在变形扭曲,并且如同埃舍尔绘画中的情景一样浮沉摇荡。他唯一的希望就是能挺直站稳。

"不算太糟,苏尔玛。有一点……最近有些事情让人心烦。"

他知道,熔化的地板即将像张开的伤口一样裂开:残废、狂人、遭受酷刑的人以及唱圣歌的教徒,全都变异成尖叫的虫子,从裂开的地洞里蜂拥而出,塞满每个人的嘴巴,直到大伙窒息。

"交到新朋友啦?"

"抱歉?"

苏尔玛转向齐力,"他没事吧?"

齐力大声喊道:"沙希德!"

"我真替他担心。"苏尔玛说,"他好像再过十分钟就要死了似的。"

齐力自己倒是非常兴奋,简直是在房间里来回小跑。沙希德则吃惊地看着哥哥在每一堵墙前面停了又停。在任何一个方面,齐力都缺乏稳定的力量;沙希德真想看到在房间另一头出现一个形若齐力的墙洞,然后,灯光熄灭,一堵墙坍塌,一股阴风刮来,将窗帘吹得飘进飘出。

齐力斜眼看看弟弟。"再过五分钟就死了。不过,别为这小子担心,我一直都在照顾他,他的健康会变得非常之好。"

"你就是这样照顾自己家人的吗——把他们交到宗教狂的手里?"

"你知道,我愿意对你非常开诚布公。我是不会谴责那些被你称为宗教狂的人的。"

"一派胡言,齐力。"

"苏尔玛,他们必须得信仰一些东西、依靠一些东西!这些信仰可以让他们熬过黑夜。要是我们也有所信仰,我们肯定会过得幸福一些!真正缺乏信仰的是我们!"

"荒唐!"

"那你干吗要回老家?"齐力说,"在那里,那些狂热分子掌管着那个精神病院。对拥有自由思想的人来说,那里一无所有!"

苏尔玛半蹲下来,通过一架照相机看着齐力。齐力用手遮住自己的脸。"我准备认真学习一下摄影。你知道我一直都非常渴望。"她用更加平稳的声音继续说道:"我和几个女性朋友,我们准备办一份报纸,一本杂志。专门办给女性的,叫做《女性世界》。"

"别太傻啦!"

苏尔玛转向沙希德;沙希德正在尝试离开餐桌,迈出试探性的一步,但却发现敞开的空间太荒凉了。

"这就是他给过我的最大鼓励。"她拍拍自己的额头,"他从来都接受不了我这儿也长着脑子。"她仔细看看齐力,"不过,现在你再也不能说什么话来打压我了。"

"苏尔玛,我只是想说,谁来为这个杂志埋单呢?"

"当然是由我们的父亲、兄弟和丈夫啊。他们正在资助我们这个微不足道的嗜好。在起步的时候。"

齐力没法表示反对了。"想法不错,一如既往,苏尔玛。你真是一个让人难以置信的女人,真的!内容都是关于婴儿、婚礼、时尚之类的吧?"

"你知道我们女孩子的天性,我们从来不会想别的。不过,其他问题也会讨论。"

她显然对这些问题已经考虑过了;内容有更多,她只是不想多说而已。

齐力说:"你指的不是女人所关心的问题——堕胎、政治、自由、头巾①,等等吧?"苏尔玛咬住嘴唇,让人难以觉察地微微点了下头。"别太傻啦,苏尔玛。你承担不了这些问题。他们会在监狱里折磨你,而我得去把你捞出来。想想那得让我花多少钱吧!"

苏尔玛转开身,不想再理睬她的丈夫。小萨菲尔,既快乐又紧张,瞧着她的父母争争吵吵。

沙希德勉力让自己挪到了卧室里。苏尔玛的行李箱已经装了一半,她的护照和机票放在床上。沙希德可以听见苏尔玛和齐力还在隔壁房间争吵。

他抓起电话,在口袋里摸出一个号码。海辛斯公寓里的电话响了很长时间,最后一个虚弱的声音接了电话。这下算是猜对了。她告诉他过去的路线,还提醒他具体地址。他会想法尽快赶到那里去跟迪迪会面。

他从卧室出来时,萨菲尔正在把她画的两张图画和一个绑着一些烟斗通条的鸡蛋盒交给齐力。

"这是一架小飞机,"她解释说,"不过明天我要把它涂成黄颜色的。你要和我们一起走吗?"

"这回不行,宝贝。爸爸会等着你回来的。"

苏尔玛从地板上拾起一个东西,扮了个怪相。"好家伙,齐力,这个恶心人的玩意儿是什么?"

齐力走了过去。

---

① hijab,穆斯林妇女穿戴的头巾。

沙希德想抢走那个东西。"肯定是萨菲尔把它从我口袋里拉出来的。"

苏尔玛紧抓那个东西。"可这是什么呢?"

"我想应该是一个干枯的茄子,"沙希德说,"不过也可能是别的什么东西。"

"你要留着它?"

"如果你不介意的话。"

苏尔玛把东西交给沙希德,转开身,还干笑了一声。"齐力,你的老弟打算口袋装着一个干瘪的茄子到处游荡,这到底是什么意思啊?"

齐力转向沙希德。"你觉得你带着的是什么,弟弟? 你又不能拿它当烟抽。"

"我不会拿它当烟抽。"

"把它放在这儿吧,免得丢了。"

"别烦我!"

"真是混账啊!"苏尔玛叹着气说。

兄弟两个很荒唐地争夺起了那块蔬菜。最后他们面对面站住在那里,喘着粗气,准备挥拳相向。

"你们的老爸会怎么说啊?"苏尔玛说道,"我是要离开这个家了!"

齐力最后一次抱起萨菲尔,亲了亲她。萨菲尔摸摸自己的脸颊。房间里一阵静谧。小姑娘开口说:"我们来玩捉迷藏吧。"

齐力把萨菲尔放下来,眼光瞟了瞟苏尔玛。"我想爹爹必须得走了。我的小淘气包,我最疼爱的小宝贝儿。"

"就玩一次,"萨菲尔说,"而且我不是淘气包——你是。"她藏到了沙发后面。

沙希德注意到齐力在向他鼓励地点头示意。

"苏尔玛,"沙希德开口道,"你身上有没有一点钱啊?"

"干什么用,亲爱的?"

"乘地铁……买书。我现在有点缺钱。"

"我现在身边只带卢比①。不过有一个办法可以弄到钱,你不妨试试。"

齐力来了兴趣,问道:"什么办法?"

"工作。"

"哦,苏尔玛,老婆、老婆。"齐力双膝跪下,朝她爬了过去。"我爱你,宝贝,特别是在你伤害我的时候。给我们一些钱吧。我可以做任何事情,但是请不要离开!"苏尔玛拖着脚向后退,齐力便抓住她的脚踝,舔她的脚趾。苏尔玛控制不住自己,便尖叫起来。

突然之间,扎普站在厨房门口;他穿着围裙,还挥舞着一把木质汤勺。

齐力还在求着:"留下来吧! 让我永远和你待在一起吧!"

"喂!"扎普喊道。齐力四肢着地,大为迷惑地抬头望着他。"这是怎么回事? 爬在那儿的就是那个家伙吗?"

"是的。"苏尔玛抱起萨菲尔,退到餐桌后面。

"退后!"扎普朝兄弟俩迟疑地跨了一步。"滚回去,穆罕默德先生! 你们两个都是恐怖分子! 别来打扰我们这些正派人士!"

---

① 卢比,印度、巴基斯坦、斯里兰卡等国的货币单位。

齐力把手伸进自己的外套口袋。沙希德立刻把他这个疑惑不解的哥哥拉起来，硬是推着他向门口走去。

　　齐力指着扎普，"这是怎么回事？"

　　"别想这些了。"沙希德说。

　　"照顾好他。"苏尔玛说。

　　"爸爸！"萨菲尔哭喊着。

　　"那个该死的怪胎到底是谁？"齐力说。

　　"再见，苏尔玛。我们保持联络。很高兴见到你。"

　　"你没事吧，齐力？齐力！"

　　"撑得住。"

　　"你带着刀子？"

　　齐力先用嘲弄的眼神看了他一眼，然后拍拍自己的外套。"当然。谁也不会不带武器就在伦敦乱逛，不是吗？"

　　齐力把手伸进自己的口袋。这让沙希德确信，齐力会掏出锐器让他看上一眼以示安慰；然而，齐力掏出来的却是万宝路烟盒，里面装着盛可卡因的信封、单刃刀片和卷成筒状的美钞。

　　"不要在这儿吸这玩意儿。这里是骑士桥！"

　　"那就更好。"

　　沙希德把他朝一个商店门口推去。

　　"到那边——要快点！"

　　他仔细观察着雾蒙蒙、空荡荡的街道，生怕会有路人或警察出现；齐力则蹲下去，吸掉他的白粉，然后站起来，心满意足地吸吸鼻子，又用手背揉揉鼻子，并顺手丢掉那个纸信封。忽然，那家商店的警报器在他们头顶上方响了起来,发出颤抖而铿锵的铃声。沙希德立刻想拉着齐力走开。可是沙希德没能移动半步,因为齐力坚持要在街沟里找到他揉成一团、随手扔掉的烟盒;经过仔细查找,齐力才找到那玩意儿,塞进他的外套口袋。

最后,沙希德总算松了一口气,他们快速地走了起来。

"咱们要去哪儿?"齐力问道。

"你今天晚上不要离开我。"

"小弟,你在颤抖。谁在找你麻烦? 只要你告诉我,我会好好修理他们的。除非他们是警察。"

"什么?"

"我是这么想的,"齐力一边快速往前走,一边低声咕哝。"他们正在追咱们两个人。小心提防那些穿便衣的家伙。"他向后仰了仰头,"那些杂种无处不在,总是穿着雨衣,但不戴帽子。"

"齐力,我恳求你今天晚上就待在我身边。"

"没问题。"正当沙希德要对哥哥表示感谢,齐力却显得非常不安地又说了一句:"问题是,老弟,我现在正好没有货了。"

"把那种鬼东西戒掉吧,齐力! 要是知道你吸白粉吸上了瘾,老爸会说什么呢?"

"上瘾?"

"是啊。"

"你可能是对的。或许瘾君子就是我现在的名字。跟你说吧,只要你能戒掉,我就扔掉我的毒品。"

"我吸什么毒了?"

"苏尔玛说得对。宗教之毒。你跟那帮家伙陷得太深了。他们现在是不是正在找你？"

"我想是吧。"

"你才刚刚上大学啊。"齐力抓住沙希德的手臂，"知道吗？今天看见小宝贝萨菲尔，我特别想要自由。我都快要为她哭了。"他停下来，纠结于他的内心。"也为我自己，为所有搞错了事情，这都是真话。"

"这才像话。"

"是啊。兄弟，别担心，我不会丢下你的。但今天晚上我也很需要斯特拉普啊。"齐力点燃一根香烟，哆哆嗦嗦的手指滑过一辆敞篷奔驰，同时观察着街道，好像他的敌人可能会从任何方向冒出来似的。"苏尔玛就是因为那些事才恨我的吧？你看到她家里那个戴围嘴儿的混蛋了吧？我真是不敢相信。不过，也许……也许他给了她我没法给的东西。"

"也许吧。他有一幢豪宅。"

"是吗？她有没有说过她什么时候回来？"

"得几个月吧。"

"这是起码的，你说呢？沙希德，我绝望啊。没有毒品，我就犯糊涂，别的任何事情都不能思考。只要一没法思考，我就不能相信未来我会有任何精神上的安宁。我唯一渴望的就是脑子里有五分钟的平静啊！真希望那些噪音不要来烦我！"他喃喃低语着，"沙希德，我没有别的地方可以去求助了。斯特拉普是个有很多关系的小子。"

"我根本不知道他有这么大的能量。"

沙希德开始走下骑士桥地铁车站的台阶。

齐力态度温和、但语气坚决地问道："咱们待会儿会跟斯特拉普见面吗？"

"对，对。但是得先去见另外一个人。"

"谁啊？"

"你会知道的。"

沙希德和齐力冲下通向地下室的阶梯。沙希德敲了敲窗玻璃，开始是轻轻地叩，接着是用力地敲，最后是用整个手掌使劲儿地拍打窗框。可就是没人回应。他又一遍一遍地喊着她的名字。

齐力跳过来跳过去，又是跺脚又是咬嘴唇。"咱们走吧。说不定她在自己家里呢。咱们可以过会儿再来看看。"

"我去过了，她不在那边！快来啊，迪迪！齐力，她肯定是去了什么地方！"

就在沙希德打算转身走开的时候，齐力却伸手一指，说："瞧，那边！"

有一只手拉开了窗帘的一角。沙希德认出了她的戒指，差一点喊出她的名字。

她谨慎小心地打开大门，跟他们两个谁也没打招呼。她在他们身后锁好大门，然后是房门，确定两道门都安全无虞。沙希德从未见过她显得如此虚弱。他用双唇摩挲她苍白的脸颊，而她却不想碰他。

她一直坐在地下室的沙发上，这是她和沙希德第一次做爱的地方。他们曾在这儿通宵地嘲笑一切、交谈、乔装打扮，到了早上还跑出去吃早餐。现在，这套公寓却冷飕飕的，因为暖气坏掉了。

她的外套披在她的肩上。她又坐回自己坐过的地方,抱住双膝,时不时地摇晃一下身子。她的周围竖着三个装满东西的购物袋。

"我在到处找你,"沙希德说,"你还好吧?"

她摇了摇头。

他们每个人的心情都乱糟糟的。气氛虽然平静,却蕴藏着躁动;这让齐力想到赶紧钻到厨房里,去"洗洗手并烧壶水"。迪迪又是咬指甲又是叹气,一会儿把双腿交叉一会儿又岔开双腿。沙希德在沙发的另一边坐下,很高兴能一个人跟她待一会儿。

他靠过去,碰碰她的手臂。"咱们干吗不待在这儿呢?"

她惊慌地一动。"什么时候?"

"就今天晚上啊。齐力可以睡在这儿。你和我——咱们可以聊聊天。"

"为了什么? 你应该注意的是人们怎么做,而不是人们怎么说。而这正是我打算要做的。"

他从未见过她如此心神不宁;她对他的信任已经全都毁了。

"等到早上咱们会感觉好些的。"他说,"咱们可以出去吃早餐。你说呢?"

他再次伸手想抱住她。她却跳起来,想把外套穿上。但她怎么着都找不到袖子,便立刻冲着这件衣服发起火来,好像要把它撕烂似的。

"我需要待在我的家里,躺在我自己的床上。这一天已经够倒霉了。我丈夫跟那本绑在杆子上的书有他妈的什么关系啊? 你看见那个窝囊废欢呼了吗?"她气呼呼地又把那件外套裹在身上,站在那里,抱着双臂不让外套滑落。"你不是上街去买了那根杆子吗?"

"我是买了!咱们现在不要再想这件事了!"

"不想?让咱们赶紧忘了这件事,特别是在你他妈的居然对我撒谎,不告诉我买它干什么用之后?"

"迪迪——"

"你当着我的面撒了谎,不是吗?"

"现在我想说的是咱们有充分的理由待在这里。"

她嘶哑着喊道:"不,没有理由!"

"有。"

"什么理由?"

"查德和别的人知道你住的地方。"

"为什么?你是怎么知道的?"她目瞪口呆地盯着他,"是他们说的吗?你看见他们啦?"

"是的。在他们烧了那本书之后。他们不喜欢我们这两个人。"

"你是怎么惹恼他们的?你不是帮他们烧书了吗?"

"没有。我对里亚兹做了一些坏事。"

"什么?"

"我……改写了他的一些诗。"

"真的?什么时候?"

"打字的时候。"

"可为什么呢?"

"我不是故意的。我只是不喜欢他那些诗的写法。我本来打算把那些东西再改回去的,可是没有来得及。"

"天哪!"她突然哈哈一笑,"这又是一件你没有告诉我的事情。"

"事情总得一步一步来。"

"现在他们准备来拜访我们了?"

"迪迪,他们很容易就能把别人煽动起来。这帮人都是偏执狂,他们需要通过不断行动来保持团结。"

"我会叫警察。"

"你讨厌警察。"

"谁在乎啊?"

"是你把警察叫到学校去的吗?"

"是的。"从厨房里传来声响。齐力好像正在自言自语。迪迪接着说:"我更为你担心啊。你和你那些了不起的朋友闹翻了?"

"是,是啊。"

"你以前也这样说过。那你怎么还能回你的宿舍呢?"

"你说得很对。我很清楚。我是不能回去了。"

"你最好跟我待在一起。"

这个想法让沙希德心里一沉。他并不想让自己的生活发生这么大的变化,他也不想被迫投入她的怀抱。

"你的宿舍就在里亚兹的隔壁啊。你还能怎么办?"

"让我再好好想想。"

"好啊。"

她走进厨房,去看齐力在干什么。沙希德检查了一下窗户。他坐下来;接着,他又在房间里走来走去;他真想歇斯底里地哈哈大笑;他想念自己的父亲。随后,他也去了厨房。

"你哥哥用鼻子找到一瓶伏特加,"迪迪说,"这个坏蛋倒是很得意。可我得付钱给海辛斯。"齐力往后靠着洗碗池,酒瓶举在嘴边。他一边大口饮着酒,一边吸着烟。"他还想亲我呢。他想把我的乳头含到嘴里。"

"你了解我,"齐力说道,"试试总是值得的。"

沙希德说:"只要你想让人恶心,你就试吧。"

"怎么会让人恶心?我很孤独,知道吗?今天晚上我渴望女人的爱抚。我想感觉温暖的肌肤。这个要求过分吗?"

沙希德傻呵呵地笑了。

"你也不要以为自己就比我强。就会逃避事情,而不是去抗争。"齐力把酒瓶塞到外套里面,检查一下他的刀子。"咱们是留下呢还是离开?"

"迪迪?"

"我们得离开这里。"

"很好,"齐力说,"呼吸一点新鲜空气,嗯?"

天正下着雨夹雪。明智的人都不会跑到外面来。整个城市润湿、黏滑,就像一座养鱼池的内壁。他们仅能勉强看清前面十码远的东西。他们三个像鬼魅一样踉踉跄跄、东倒西歪地在雾霭中穿行,每个人都抱着一个购物袋。迪迪走在他们当中,还抓着齐力的手臂。无论如何,有齐力在,沙希德和迪迪都很放心。沙希德对他仍然怀有一些怪怪的弟弟对哥哥的信赖之情,迪迪对此似乎已有察觉。终于,他们三个爬上一辆公共汽车。

齐力推开摩洛克酒吧的大门,他们随在他后面走了进去。那里的人满满的。一场风雪是阻挡不了那些常客的。他们还能干别的什么呢？侍应生站在他的台子旁边，四周是一箱箱的唱片。有几个女孩在地板中央跳着舞。

这种氛围让齐力很开心。他点了酒，然后探问斯特拉普的行踪。酒吧服务生什么都不想告诉他们；"依照规矩，"他总是这么说。

"想必是充当孬种的规矩。"迪迪评论说。

齐力给服务生买了一杯酒。他才说有几个小伙子来找过斯特拉普。

"哪些小伙子？"

"亚洲人。而且巴基佬不喝酒，只工作。以前也从未没见过他们。"

"他跟他们一起走了吗？"沙希德问道。

"没错。"

"自愿的？"

这家伙耸了耸肩。

"他们再也没有回来过？"

"是啊。"

他们快速喝完杯中酒，然后在街上叫了一辆小型出租车。

第二十一章

迪迪惊叫道:"哦,天啊,这是怎么回事?"

"没事的。"沙希德说。

迪迪以为查德和其他人曾经闯入过她的家。这里看上去就像被捣毁了:家具挪离了原来的位置;书本和唱片撒的到处都是,混杂其间还有空罐头盒、剪报以及迪迪的物品。房子里弥散着酒液洒出后造成的酸臭气息。然而《嘿,裘德》这首歌仍在重复播放。所以,搞破坏的只能是布朗罗;他把各种东西随处乱丢,不过,大部分物件都没有带走。

即便如此,小心翼翼地走在一片狼藉中,她还是禁不住勃然大怒。假如布朗罗在这儿,她肯定会杀死他,杀死自己犯下的这个错误。

"我居然嫁给了他,不是吗?"

"你也离开了这个混蛋。"

"碰上我情绪低落的时候,就像现在,一定要提醒我,我干的这件事还是值得赞赏的。"

齐力站在那里,手里攥着那瓶伏特加。他看上去一副精疲力竭的样子。"我要躺下来,行吗?"

"随便你想干什么吧。"

他拿着酒瓶走到楼梯口,开始往上爬。

沙希德朝他走过去。"你务必要确定所有的门是不是都锁好了,好吗? 要知道,什么事情都可能发生。"

"当然。"齐力赞同道。

"至少布朗罗是永远滚蛋了。"等到齐力上了楼,沙希德说。

他走到窗户那里,掀开窗帘,细听夜晚的动静。他很高兴能和迪迪单独待在一起。

迪迪在一片垃圾中躺下来,而且想拉着沙希德跟她一起躺下,嘴上还说着:"至少我还有你。摸摸我。一直抱着我。"

"现在不行。"

"什么?"

"迪迪,别拉我。"

"我的自信全都没了。"

"我的一切也都完蛋了!"

"让我们互相搂着。这也算过分吗?"

"让我一个人待会儿。"

"好吧。"

她离开他一点,躺好;她嘴巴半张,焦躁不安地用手摸了下额头。过了一会儿,她强迫自己爬起来。

她说:"我想今晚和你一起吃点东西。我觉得这还是应该的,你说呢? 或者你想要离开吗?"

"我要待在这儿。"

她走进厨房,开亮电灯,打开收音机,然后慢慢拆开买来的东西。心思一集中,倒让她平静下来,呼吸也更为顺畅了。她有一大罐优质橄榄油,她给他往一个小碟子里倒了一些;他则坐在那儿,把面包撕开,浸在油里面。他们话讲得不多,但她给了他一些烹调方面的指导。她准备了用提卡汁①拌过的烤鲭鱼和新鲜芫荽。还有用新鲜土豆、一只牛油果和薄荷做的色拉,盛在一个透明的大碗里。

她请他整理好餐桌,铺上一块干净的桌布;他摆好亚麻餐巾,点亮蜡烛,关掉头顶上方的电灯。他把黄油刮到一只盘子里,摆上正餐用的玻璃酒杯,打开酒瓶并且斟好。现在,厨房里变得温暖起来,洋溢着馥郁的菜香。收音机里播放着一首他们两个都很喜欢的歌曲。

她从烤箱里又拿了一些面包,放在餐桌上。两个人觉得相当惬意温馨,需要干上一杯。

"来,祝好运。"她说。

"对!"

恰在这时,他们发现映在窗户上的影子。他们两个谁也没动。他们瞪眼盯着有阴影的地方,以为自己是吸毒后有了幻觉,而窗户上的那个影子是一只猫,但却想不出此刻怎么会发生这种事情。

① 提卡汁,印度人常用的一种腌泡汁,由香料和酸奶混合而成。

沙希德放下酒杯,悄悄地走到外面的门厅里。他准备去叫齐力。但大门上的信箱发出咔咔的声响。"是我呀,斯特拉普,老斯特拉。"有个声音冲着信箱的开口喊道,"是正式拜访,伙计。"

沙希德刚打开门就后悔了。斯特拉普不紧不慢地走进客厅,迈脚的时候总是极为小心地向前迈出,仿佛不确定他的脚能否承受得了他的体重。他看上去状况并不怎么好。颧骨部位有擦伤,衣服搞得脏污不堪。他的样子就像有人让他在地板上打过滚似的。

沙希德没办法,只好跟在他后面。

"我还以为你跟你的老哥们儿特雷弗在一起呢。"他开口道,无法掩饰自己的厌烦。

斯特拉普转向他,露出一副吃惊的样子。"你怎么知道他这个名字? 不管怎么说,比起大部分人来,他对我要客气得多。查德是那种有宗教信仰的人,他理解被社会抛弃的人,也同情生活穷苦的人。他从底层出发去看待一切事情。而你只想着要变成白人,并且忘记了你是谁。"他突然喊叫起来,"你和你哥就只想着操那些白人婊子! 就是因为这个,他再也不想跟你来往了。他给过你一个好机会,不是吗?"

"管好你自己的事情吧。"

"他因为什么事儿要杀你?"

"他想杀我?"

"你会受到一次严厉的教训。"

"真希望我没让你进来。"

"你想怎么把我挡到外面,烂货? 嘿,不要碰我,你这家伙。"

"滚出去。"

"我不想把事情搞严重啊，"斯特拉普警告说，他似乎在掩饰什么让他有恃无恐的情况。"问题是，棕肤色的小子，你哥齐力欠我钱。他藏在这儿的什么地方？"这时，迪迪已经走进客厅；他看着迪迪，说："女士，你见过我那个伙伴吗？"

"我们正要吃东西。"

斯特拉普摸摸自己的肚子。"喂饱这个学生小情人，是吧？"他对沙希德讥嘲道："妈咪煮的饭总是最美味的。"

她不耐烦地说道："我给你做个三明治。你可以离开这儿，到街上去吃，对吧？"

斯特拉普在房间里走来走去，但就是不往门口走。他开始自怜自哀起来。"去你的三明治。你以为老是被人家排斥的滋味好受吗？"

她平静地看着他。"是够惨的。"

"那天晚上在摩洛克酒吧，你确实喜欢我。但那时候，你是想嗑药兴奋一下，教师小姐。顺便说一句，为什么精明的人总是这么邋遢？是因为过于忙着思考工人革命的问题呢，还是因为女清洁工今天没来打扫？"

"你就不能让我们清静一会儿吗？"

斯特拉普把一只手伸进头发里开始抓挠。如此弄了一会儿，他用力扯下一团头发，随手一丢。

他说："可我很可能还会再来，并且住在这儿。房间很充足。有些地方的中产阶级矫揉造作习气倒是挺对我当下的口味。"

"你想拥有这样的房子？那就去找个工作啊，"沙希德说，"干一点考古。然后你就可以买你自己的——"

"我已经警告过你,烂货。"斯特拉普不加掩饰地狠狠瞪了他一眼。"还有,我要你给我一份工作——马上。"

迪迪开口说:"拿着你丢下的头发和你其余的东西滚出去!"

"那帮兄弟烧了那本书,对吧?"

迪迪和沙希德都没有说话。

"而她讨厌他们那么干。给警察通风报信来抓他们。你们,还有你们的书。你们这些人太搞笑了,一本书居然能比受苦受难的人们更让你们紧张不安?"

"你现在就让我很受罪,斯特拉普。"

"好啦,我这就走。不过,我喜欢人家客客气气地请求我。我是个受到性侮辱、社会地位低下的家伙,对吧?可我仍然是一个'人',不是吗?"

"当然,是。"迪迪对沙希德说道:"我要去做三明治,再去洗个澡。完了,咱们就开饭。"

"好的。"

迪迪离开之后,斯特拉普仍然不停地走来走去,还不时拿起某样东西瞧瞧。他打开一个小巧的印度盒子,里面装着一些大麻。这让他心情好了很多——沙希德早就发现他好像有些紧张,但现在他却显得亲密地低声说"等我抽完我就滚蛋",好像他刚才说过的话都不算什么。

他开始卷大麻烟。沙希德走进厨房去告诉迪迪。等沙希德从厨房出来时,斯特拉普正扶着敞开的前门;这家伙因为按捺不住的内心欢腾,激动得嘴巴都歪了。

"人全在这儿，没有任何敌情！"他用军人的声音喊道。

萨迪克与哈特就站在那里。

"你这个混蛋！"沙希德冲着斯特拉普惊叫道。

在萨迪克与哈特后面，查德顺着房前的通道窜过来，挡住了门廊。看到眼前的情景让他喜不自禁。

"这下可逮着你了，而且为时不晚，"他说道，"瞧这人渣，不出所料——跟他的婊子藏在一起。显而易见的事情啊。兄弟们，抓住这个奸细，抓住这个离经叛道的家伙！"

萨迪克一把抓住沙希德的手臂。沙希德想挣脱，但萨迪克的指甲掐进了他的肉里。

"哈特——上啊！"查德说。

沙希德看着哈特，哈特显得有些茫然无措。他知道自己刚刚接到一个命令，在一定程度上也很想服从。他抓住沙希德的手，用力握紧。查德再走几步，来到门厅里。在他身后，还有人——塔瑞克与塔希拉也跟了过来。

查德抓住沙希德一搡，使他后背顶住墙，同时任意摆布他，击打他的脑袋。接着，查德又把他转过来从后面抓住，推给哈特。

"接着揍。"愤怒的查德现在浑身都在颤抖。"接着揍啊！"

哈特很清楚查德要他做什么，但是他吓坏了。他陡然冒出一句："可我爸爸正在外面找我呢！"

"你老爸？"查德问道，"他和这件事有什么关系？"

"但我不能再待在这儿了。"

"揍他！"查德吼道，"这个白痴憎恨我们，憎恨上帝！给这个魔鬼一拳！"

萨迪克看到哈特迟疑不决的样子，就退后一步，然后反手一巴掌打在沙希德的脸上。"好极了！"沙希德的嘴流出血来时，他叫了一声。查德用拳头猛揍沙希德的肾脏部位。"这个恶魔被打败啦！"

沙希德踉踉跄跄站不稳了，但查德还在踢他。迪迪跑了出来。"放开他！"

查德用粗壮的手臂拦住她。"他是我们的人。让我们收拾他，贱女人，这样你就没有麻烦！"

沙希德痛苦地弯下腰，几乎要昏厥过去。萨迪克一边往门口拽他，一边说："我们要处理这个奸细。他欺骗和污辱了自己的同胞。他已经堕落了。"

迪迪推开查德，抓住沙希德的另外一只胳膊。沙希德被他们一边一个拉扯着。"放开他！"

"作恶必有恶报。这个道理很难理解吗？"

"很虔诚啊，特雷弗先生——"她说。

"不要把那个名字用在我身上！那不是我真正的身份！"

查德举起手来想打她。要打她是轻而易举的事情。但这样一来将会是不可挽回的一步。她对此很清楚，虽然畏缩了一下，但几乎没有后退。查德也很清楚。

里亚兹由另外一个兄弟陪着匆匆地走进来，头上沾着雪，手里拎着公文包，俨然是参加会议晚到了。他表情惊讶地看了看四周。

"他就在这儿！"查德指着喘息困难的沙希德，毫无必要地说。"他生病了，有病，就像你告诉我们的那样，有病。"

"而且这会儿病得更重了。"萨迪克说，沙希德则在干呕。

"我们逮到了他们俩!"能够为里亚兹完成此事,查德很明显觉得非常高兴。

里亚兹的伙伴们都在等着。他环顾了一下所有人。他僵直地站在那儿,一动不动——眼前的状况把他震住了;他甚至连眼睛都不眨一下,生怕哪个动作会泄露他的内心活动。

"现在怎么办,大哥?"查德不抱希望,但态度恭顺、口气迫切地问,"该立刻采取什么行动呢?"但是,里亚兹的牙齿似乎在磨得嘎嘎直响。"下一步你想怎么办? 我们要把他带走吗?"

"还是就在这儿修理他?"萨迪克跟着问道。

"当然,我们得抓紧!"

可就在此时,哈特张着嘴指向楼梯,好像看见了魔鬼。

"弟兄们!"

他们看着他。

"是那个疯子!"

齐力本来在楼梯顶端已经昏睡过去,尽管酒瓶还抓在手里。但是这场骚动把他吵醒了。他不光是苏醒过来,还振作了一番精神,最后张开结实的双腿站了起来。

他接受了哈特的恭维。"说得对。"他往下捋捋头发,抚平衣领,刷刷地挥了几下手上的刀子,就像电影明星准备进行决斗的场面。"嘿,各位!"

他缓缓地走下楼梯,一边走一边拍着栏杆,嘴边还荡着一丝挑衅的笑意。毒品造成的兴奋正在他的体内快速流窜。

他说道:"罗伯特·德尼罗等候在此。"

"哈、哈、哈! 好极了!"查德如同街头打手似的比画了几下。

他显得好像知道怎么打斗——想必是出自老早岁月的经验。"我们这就上啦!"

"呀嗬?"齐力仿佛被对手预备打斗的样子激得更兴奋了。"来啊!"

查德对其他人说:"准备好了吗?"

萨迪克举起拳头。里亚兹照旧站着,既不说话,也不动一下,只用眼睛盯着。

就在这时,斯特拉普从客厅里跑出来,在大家面前狂舞起来。

"就要烧起来啦,就要烧起来啦! 全他妈的该死! 你们全都他妈的该死!"

迪迪大叫道:"你干了什么?"

"就要坍塌喽,你们这帮烂货! 知道吗,查德? 这就是你想要的。"

"这是怎么回事?"里亚兹终于开口了。

迪迪赶紧冲进客厅,别的人跟在她后面。窗帘的底部已经被斯特拉普点燃的一堆火烧着了。

迪迪冲到窗帘旁边,一把抓住,把窗帘从上面的轨道上扯下来,然后对着闷燃的布料猛踩起来。斯特拉普则在狂叫:"烧啊,烧啊,你们这些混蛋!"

在其他人都过去看发生什么事情时,萨迪克留在门厅里继续抓着沙希德。萨迪克当时根本没有想到齐力距离他有多么近,也没有意识到齐力可能会出手多么狠毒。齐力先是用掌锋将他劈倒,接着一把抓住他,用膝盖顶向他的裆部,然后将他用力扔到外面的街上。紧接着,齐力砰地一声甩上房门,在裤子上蹭了蹭手。

"谁是下一个?"

在客厅里,迪迪正在灭火;齐力猛地一下把里亚兹扯到身前,用一只胳膊卡在里亚兹的胸前,另一只手用刀子抵住他的喉咙。

"滚蛋,"他对其他人命令道,"放开我弟弟,否则这位仁兄的咽喉就得裂开。"

里亚兹的脸上露出极其畏惧的表情;他的眼睛也慌张闪烁起来,好像所有事情都不可思议地变得黯淡了,而且疼痛已经开始。另外,他赶紧把头往后仰,身体保持僵直不动,生怕齐力一不小心会割他一刀。

"走!走!"他对其他人咕噜着,几乎没有动嘴唇。

"放开他!"查德对齐力说,"不然有你好看!"

齐力哈哈一笑。查德向前大胆跨了一步。齐力毫不犹豫地拿刀划了里亚兹一下。一道血红的印痕显了出来。里亚兹用一根沾有墨渍的手指碰碰那道印痕,然后目瞪口呆地盯着血迹。查德根本无法容忍这种事情,但他不得不后退。

"另外,把这件该死的衬衫脱下来!"齐力对里亚兹命令道,"我不知道你是怎么搞到它的,伙计,可我得把它要回来。你敢说它不是我的吗?"

里亚兹看着查德,"怎么……?"

查德沮丧地咕噜道:"是他的。"

"干得好啊,查德。"哈特低声抱怨道。

里亚兹被迫无奈,只得先脱下外套,递给哈特。然后,他带着狐疑的表情看着其他人,开始解开衬衫的纽扣。

"快点!"齐力说。

里亚兹终于脱掉了衬衫;他的身子又苍白又皮包骨。因为没别的办法,他只得把夹克直接穿在自己身上。

"滚吧!"

查德不肯离开。

"滚蛋,胖子!"齐力下达命令,"然后我就放了这个家伙!"

"像我们这样的人有很多,成千上万!"当他们一伙人离开房间时,查德挥了一下手臂,喊道。

"带着他们来找我啊!"齐力怒吼道。

等那伙人全都到了外面之后,齐力把里亚兹扔到房子前面的花园里,而且把他的公文包也跟着丢了出去。

　　齐力和斯特拉普要离开。他们性急地站在门口,分享着迪迪的大麻。斯特拉普的趣味很特别,眼睛直往地板、天花板和墙壁上面打量;他没法面对沙希德。沙希德正想痛骂他一顿,但齐力摇了摇头。

　　"你,到外面等着去。"沙希德说。

　　斯特拉普很高兴能到外面。沙希德拥抱自己的哥哥;齐力也抱住他,吻了吻。

　　"谢谢,真的,你救了我的命。"

　　"印象深刻吧?从楼梯下来,多酷的进场啊?但是有谁会信我呢?真应该有人把当时的场景拍摄下来。"

　　"那把刀子真带劲。"

　　"真的带劲吧?不过,我真该割开他的鼻子,或是把我名字的缩写刻在上面——地方是足够的——这样他就不会忘掉我了。你现在没事吧？"

"浑身疼痛。"

"肯定会的。"

沙希德问："要去什么地方吗？"

齐力点点头。

"跟斯特拉普一起去？"

"当然。"

"可他干了这种事？"

齐力耸耸肩，"就今天晚上。你愿意帮我跟老妈谈谈吗？"

"谈什么？"

"就说我没事吧？就说我的情况越来越好。你知道该怎么办。"

"我会做到的。"

"握个手吧，弟弟。"

所有人都已经离开。沙希德和迪迪总算可以单独待在一起了。他们现在都不想吃东西，但却默不作声地干着活，拆开纸箱，把书拿出来，再把它们摆回到书架上。他们整理房间，掸去灰尘，还用了吸尘器清扫。花了两三个小时，他们才把房间恢复有条不紊的外观，不过这样干活还是很有治疗效果的。借助凝望和充满鼓励的微笑，他们互相安慰着对方。

活干完之前，沙希德走进厨房，准备拿一瓶水。结果，他看见哈特正扒着水槽后面的高窗，用一枚硬币敲窗玻璃。沙希德正要喊迪迪，却想到她已经够难受了。在打扫房间的过程中，有时她即便是站着也会闭上眼睛,然后又会猛然张开,惊恐万分地瞪着四周。

沙希德从厨房抽屉里抽出一把长刀。他费力地爬到滴水板上,把窗户打开一点点。哈特向上跳着,试图通过那道缝隙说话。

"你愿意听我说几句话吗?"

"为什么?"

"拜托了,沙希德。"

沙希德回身过去把厨房门关好,以免迪迪会听见他们。

他问哈特说:"我为什么要相信你?"

"但我很抱歉。对已经发生的事情,我想说真的抱歉。"

"呃,是吗?"沙希德准备关上窗户。

"真的,真的啊!"哈特大声叫道,"要是你愿意听就好了! 没有其他人——就我一个!"沙希德并不想跟哈特断交。他把窗户口又开大了一些,但用长刀指着哈特。哈特说:"安拉是仁慈和宽恕的,所以将来我对别人只会表达爱和关心。我对他们干出的事情感到羞耻。"

"为什么?"

"无论你们做了什么,我都没有资格去谴责别人。只有神才可以那样做。我把自己摆在那个位置上,好像自己从未做过任何不对的事情,这完全是错误的。我希望你不要背弃神。"

"跟你说实话吧,哈特——"

"嗯?"

"我很厌恶被别人呼来喝去,不管是被里亚兹、查德,还是被神。世界上有那么多东西需要学习、阅读和探索,所以我不想受到任何限制。而你……"

"我怎么了?"

"你所修的会计学功课。要是你不能通过考试,你会后悔的。"沙希德能感觉到站在暗影里的哈特正在倾听。"当然了,兄弟,生命中有很多东西是必须去经历,而不是只消化一本古老的书吧?男人和女人做什么,他们能创造什么,这些肯定比神应该去做的事情更加有趣吧?"

"我不赞同,"哈特说,"不过我明白你要说什么。我已经把必须说的话说过了。"他跳到地上,踉踉跄跄地穿过灌木丛。

沙希德喊道:"你要去哪里?"

"去乐园。"

"今天晚上?"

"还有事情要办啊。"

"什么事情?"

哈特在花园里站定,耸了耸肩。

"我有样东西要给你,"沙希德说,"你可以在那儿等一下吗?"

他从外衣口袋里掏出那个茄子,解释了他是怎么得到的,同时用一张报纸包裹好,从开着的窗户口扔到哈特手里。

"我能到你们家的餐馆来吗?咱们还能交谈吗?"沙希德问,"这些都没有问题吧?"

"随时都行。还有,拜托了,原谅我,"哈特从街上回应道,"原谅我们所有人吧,也希望仁慈无处不在!"

"当然,当然啦!"沙希德冲着他的背影喊道,一直望着他,直到再也看不见他。

沙希德和迪迪坐下来,吃了一些意大利通心粉。他们喝掉两瓶酒,然后决定上床睡觉。沙希德心里有种如释重负和获得胜利的感觉;尽管发生了这许多事情,他毕竟还是挺了过来,而且在以前也从未学到过如此多的东西。但是迪迪却显得忧心忡忡,无法平静下来。她说,是她的身体而非她的精神始终觉得异常激动;所以对她来说,入睡是不可能的。看了一会儿电视之后,沙希德提议他们两个不妨出去走走,缓解一下过度紧张的神经。说不定在外面他们还能稍微聊一聊。

夜已经很深。他们为了抵御凛冽的冷风,把自己裹得严严实实;他们互相扶持着对方,俨如一对年老的残疾病人。他们打算爬进公园,到一片林区走一走;但是当他们快走近那里时,却听到了警笛声。远处,一辆救护车在大街疾驰而过,还闯过了交通红灯。接着是消防车和警车。一团烟雾升向空中。

他们顺着公园的外侧行走,希望可以找到一个地方能翻过去。但是看到人们纷纷走出自己的房子,沿着大街跑去,他们把外套和围巾更紧地裹了裹,心里弥漫着不祥的预感,朝着噩梦发生的地方跋涉而去。

出事的地方,警察已经设了封锁线。那里有三辆消防车。消防人员正冲着一扇被打碎的商店橱窗往里面喷水。那是一家书店,他们最近进去过。有些店员已经赶到,正在跟警察争论,但是警察拒绝让他们靠近。沙希德听见一个警察说,司法部门已经开始在废墟中搜集证据。现场的所有东西都必须保持原貌。

迪迪抱着自己,瑟瑟发抖;她问一个老人是否知道发生了什么事。老人说,是汽油弹。这家书店遭到了狂热分子的攻击,他推测说。毕竟,这次袭击的目的不是从店里偷东西——一个人弄一大堆书干什么?——而是要毁掉这家书店。

老人还说:"我听见一些可怕的尖叫声。"

"怎么会?"沙希德问道,"店里面有人?"

老人摇摇头。"当时在刮大风。他们投掷的第一颗汽油弹破窗而入。第二颗则在投弹的那个家伙眼前爆炸了。其他人想灭火,但那个男孩的手和脸上都着了。谁还能有办法呢?等到警察赶到时,他们已经全都跑了。那个小伙子肯定撑不了太久,我真不该这么想,可他伤成了那样。"

迪迪把围巾拉起来,遮住嘴巴和鼻子,只让眼睛露在外面。他们又在那里站了很长一段时间。不过,现在也没什么可看的了。

他们决定去远行。

比起两个人约定的时间,沙希德醒得早了。外面一片漆黑。他说服自己离开温暖的被窝,快速穿好衣服。那种样子就像他要错过什么重要事情似的。今天早上他有很多事情想做。

他进到厨房,煮了一壶咖啡,心想自己可以坐在餐桌前等着花园里光线明亮起来。然而,没过几分钟,他又回到迪迪的卧室,打开阅读灯,把咖啡放在写字桌上。要是吵醒了她,她随时可以让他出去。在一些尚未批改的学习报告、信件和剪报中间,他找到一支笔尖尚好的自来水笔,满怀兴奋地开始写了起来。他必须对自己最近的经历有所感悟;他要认识并搞懂其中的道理。一个人何以会使自己被一种制度或教条束缚住呢?这样的人为什么会觉得自己非如此不可?僵化不变的自我是不存在的;我们的多重自我当然也是每天都在融合、变化的吧？在这个世界上，生命存在的方式必定是数不清的。他要追随着自己的好奇心，在工作和爱情之中展开自己的生命。

迪迪一觉醒来，很高兴看见他。在她洗头发、穿衣服的时候，他跑着去了超级市场。他们早餐吃熏鲑鱼和烤蘑菇、烤土豆。

他帮着她准备度周末的行囊。他们把旅行袋里的书掏出来，将一些录音带丢进去，还为该带什么东西进行一些争辩。当他们最后离开时，她身穿一件长及脚踝、有黑色天鹅绒领子的红色大衣，里面是一条黑色短裙，还戴了一顶方格花纹的圆帽子。在大街尽头，他们买了三份报纸，两份严肃大报和一份八卦小报，然后就打了一辆出租车去他的宿舍，因为这样的日子不该去等公共汽车。

他们忐忑不安地上了楼，但是并没有里亚兹或其他人的动静。沙希德换掉身上的衣服，把另外几件衣服、笔记本和一些书装进包里。这个房间让他觉得不安全，他得搬出去；不过他不打算现在就考虑这件事。离开时，他把耳朵贴到里亚兹的门上。里面阒寂无声。

他们乘地铁来到维多利亚车站，买好车票。列车正在等着发车，他们面对面坐在靠窗的座位。很快，他们缓缓驶过了大桥，桥的一边是发电厂，另一边是耸立着金色和平宝塔的巴特西公园。他翻开报纸。其中两份报纸全都报道了焚书事件和攻击书店事件，查德在后一起事件中严重受伤。读了这些，他再也不想读下去了。迪迪把报纸收起来。他们就坐在那里互相望着对方。

他不知道他们各自的未来会怎么样；但是就他自己来说，他要跟迪迪在一起。他会接受她所给予的一切，也会把自己能够给予的一切都交付给她。以前他可从未依赖过什么人。

这个周末,他们会住在某个海边小镇提供住宿加早餐的便宜小旅舍;会在那里湿漉漉的海滩上散步;会把自己包得像靠养老金生活的退休老人一样,躺在码头边的折叠帆布长椅上;会狼吞虎咽地大吃蟹肉三明治、牡蛎和硬干酪,会到酒吧里躲雨;他们也可以到游乐场去撒钱赌上一把。他们不会错过任何一座维多利亚时期的蜡像馆。到了下午,他们会睡上一觉;然后在五点钟起来喝一杯,五点半的时候再喝一杯。他们会聊各种各样的话题,直到聊得厌烦为止。

星期一,他们会乘火车去看望沙希德的母亲。他可以驾驶母亲的车载着迪迪在他曾经成长的地方兜兜风。他还必须向母亲解释清楚齐力遇到了很严重的问题,他们需要让他暂时脱离家里的生意,不过他还是有机会重整旗鼓的。星期一晚上,他和迪迪就会回到伦敦。

这一切真是太丰富多彩了;事实上,他早就可以欢呼了,特别是在迪迪宣布说她已经弄到星期一王子音乐会的门票时。听完音乐会,国王十字区的一个仓库还要搞一场非公开性的舞会,唱片公司有人已经替她搞到了入场券。

她从旅行袋里掏出一瓶酒,打开,又掏出两个平底杯。她倒好酒,递给他一杯;两人笑了笑,碰了碰杯。她一口喝干,又倒了一杯;于是他也干掉自己的酒,并照她的样子又倒上一杯。

他看着车窗外面;户外的空气似乎变得更加清澈了。用不了多久,他们就可以朝着海边走去。那里有一家她喜欢的饭馆,可以吃午饭。他什么事情都不用操心。他们互相凝视着对方,好像在问，这趟算是何种新奇的冒险啊？

　　"等玩得没劲了再说。"她说。

　　"到时候再说。"他说。

图书在版编目（CIP）数据

黑色唱片/(英) 哈尼夫·库雷西著；曹元勇译. -- 上海：上海文艺出版社, 2018
（哈尼夫·库雷西小说精品系列）

ISBN 978-7-5321-6630-5

Ⅰ. ①黑… Ⅱ. ①哈… ②曹… Ⅲ. ①长篇小说－英国－现代

Ⅳ. ①I561.45

中国版本图书馆CIP数据核字(2018)第086138号

THE BLACK ALBUM

著作权合同登记图字：09-2017-036号

发 行 人：陈　征

责任编辑：田肖霞

封面摄影：韩　博

封面设计：朱云雁

书　　名：黑色唱片

作　　者：(英) 哈尼夫·库雷西

译　　者：曹元勇

出　　版：上海世纪出版集团　　上海文艺出版社

地　　址：上海绍兴路7号　200020

发　　行：上海文艺出版社发行中心发行

　　　　　上海市绍兴路50号　200020　www.ewen.co

印　　刷：崇明裕安印刷厂

开　　本：890×1240　1/32

印　　张：12

插　　页：2

字　　数：258,000

印　　次：2018年6月第1版　2018年6月第1次印刷

Ｉ Ｓ Ｂ Ｎ：978-7-5321-6630-5/I·5281

定　　价：49.00元

告 读 者：如发现本书有质量问题请与印刷厂质量科联系　T:021-59404766